李鸣生，当代著名作家。1956年生于四川简阳。1974年入伍。1991年毕业于解放军艺术学院文学系。中国报告文学学会副会长。中国作家协会报告文学委员会委员。中国文字著作权协会常务理事。

1981年发表第一首诗歌。1982年发表第一篇小说。1984年发表第一部中篇报告文学。1990年创作第一部电视剧剧本（中央电视台播出）。1991年发表第一部长篇报告文学。主要作品有：《李鸣生文集》（十六卷），李鸣生“航天七部曲”（七卷），李鸣生“走出地球村”系列丛书（七卷），中篇小说、电视剧、电视专题片、电影纪录片多部，共约九百万字。

作品曾获三届鲁迅文学奖、三届国家“五个一工程”奖、三届中国报告文学奖，以及中国图书奖、中国改革开放三十年优秀报告文学奖、中国长篇广播金奖、北京市优秀文学作品奖、上海重大文艺工程精品图书奖、《当代》文学奖、首届《中华文学选刊》奖、冯牧文学奖、徐迟报告文学奖、全军文学作品特等奖、全军文学作品一等奖、中国人民解放军文艺奖等二十二项。

有作品入选《21世纪中国文学大系》《21世纪中国最佳纪实文学》《中国报告文学精品文库》《共和国作家文库》《新中国60年文学大系》《30年文学典藏》《中国优秀报告文学读本》《中国报告文学精选》及大中专院校教材等数十种文本。

李鸣生微信公众号：lms6668

博客中国李鸣生专栏：limingsheng.blogchina.com

李鸣生新浪微博：@李鸣生

作　者　采　访　手　迹

李鸣生文集

中国机器人之父

天地出版社

图书在版编目（CIP）数据

中国机器人之父/李鸣生著.—成都:天地出版社，
2017.2
（李鸣生文集）
ISBN 978-7-5455-2152-8

Ⅰ.①中… Ⅱ.①李… Ⅲ.①报告文学-中国-当代
Ⅳ.①I25

中国版本图书馆 CIP 数据核字（2016）第 179822 号

ZHONGGUO JIQIREN ZHI FU

中国机器人之父 李鸣生 著

出 品 人 罗文琦

选题策划 张 京
选题组稿 谭清洁 漆秋香
责任编辑 谭清洁 漆秋香等（本书责任编辑：程 于）
装帧设计 冠腾文化
电脑制作 四川胜翔数码印务设计有限公司
责任印制 田东洋

出版发行 天地出版社
（成都市青羊区槐树街 2 号 邮政编码：610031）
网 址 http://www.tiandiph.com
http://www.天地出版社.com
电子邮箱 tiandicbs@vip.163.com

印 刷 四川经纬印务有限公司
版 次 2017 年 2 月第一版
印 次 2017 年 2 月第一次印刷
规 格 168mm×240mm 1/16
总 印 张 330（本书印张：16.75）
总 字 数 4700 千(本书字数：233 千)
总 定 价 698.00 元
书 号 ISBN 978-7-5455-2152-8

科学家不仅仅是这个世界的探索者和反叛者、知识的生产者和传播者，更是科学文化与人类精神的铸造者和体现者。基于他们对知识价值和人类福祉所拥有的天才的判断力，他们必须对民族、人类乃至整个地球生命具有高尚的责任意识和良好的道德水准。于是我们说，科学家是这个世界上最沉重的一个角色，科学家的人生是与众不同的另一种人生。

——题　记

序

有思想的非虚构：李鸣生报告文学论

丁晓原

尽管我们有《左传》《史记》这样久远的文学纪实的传统，但具有特指性的报告文学还只是一种只有百余年历史的后起文体。建构晚近三十年中国报告文学史的优秀作家有许多，其中特别重要的是一批穿越上世纪70年代末至新世纪的资深报告文学家，我们称之为跨世纪报告文学作家。但真正具有文体史意义的，或其创作参与了文体建设的报告文学作家，并不是很多。李鸣生是其中不可或缺的一位，他的写作对报告文学文体具有典型意义。这位写作了《飞向太空港》《澳星风险发射》《走出地球村》《中国“长征号”》《远征三万六》《千古一梦》《发射将军》“航天七部曲”的“太史令”，以其独特的创作，为我们书写了新中国航天的悲壮历史。它们既是航天的壮美诗史，也是国志，是文学。作家的地位是由作品的品位决定的，作家的个人史由其创作史建构。李鸣生以其高水准、大规模的航天作品，铸就了他在文坛作为中国航天首席报告文学家、中国航天文学领军者的地位，即使在世界航天文学的书写中也可作如是观。此外，《走出地球村》《中国863》和《震中在人心》三部作品分别获得第一届、第二届和第五届鲁迅文学奖。获得三届鲁迅文学奖的作家很少，尽管获奖不是评价作家创作的唯一尺度，但李鸣生的这些作品摄取独特，叙事宏阔，思考深广，语言表达颇具个性意味，是完全配得上鲁迅文学奖这一荣誉的。

我们对作家的创作进行价值评估，需要超越作品某种应时而生的新闻性，获得必要的时间间距和空间背景。时间是最有信度的批评家，空间也为批评提供了更多的参数。基于这样的认知，我们将李鸣生个人的报告文学创作史，推置于晚近三十多年中国报告文学史中加以观照考察，解析作家创作的特质，探索其何以并在多大程度上实现了对报告文学文体的有效诠释，这应该是很有意义的。

一

我以为，报告文学是一种个人化的社会写作。从作者主体角色的存在视之，这是一种典型的知识分子写作方式。对此，李鸣生也是认同的。他在鲁迅文学院第二十届中青年作家高级研讨班的研讨会上，就明确地告诉他的青年同道："我认为，真正的报告文学作家是典型的知识分子。"①

知识分子的范畴具有多种义项。这里所说的知识分子不是"知识"的知识分子或者是"专业"的知识分子，而是公共知识分子。这种知识分子的基本特点是介入社会；作为社会良知，基于独立思想而向社会发言。因此，报告文学的写字间是整个社会，它拒绝一厢情愿的私人写作。并且从根本上说，作家的思想品位决定着报告文学作品的品质，而有品位的思想需要作家秉持独立的人格。在李鸣生看来，"知识分子最大的特点就是他的人格的独立，这点，作为一名优秀的报告文

① 李鸣生：《报告文学作家要人格独立》，中国作家网2013年7月2日。

学作家必须具备”。由此李鸣生给出“报告文学作家和新闻记者的区别”的关键之处在于，“新闻记者是要在现场报道，要在第一时间内把最有价值的信息传达出去（**深度报道另当别论**）；报告文学作家是要在这些新闻事件的基础上作出自己的独立思考，最终传递和表达的是你对这个世界的思考，而你的思考要与众不同。所以，在所有的社会问题上，作为报告文学作家必须建立起自己独立的思想体系，进行与众不同的思考，最终发出与众不同的声音”。[①] 由此可见，思考、思想之于报告文学作家李鸣生所具有的特别意义。“一个民族光有空间的高度是不够的，还必须要有思想的高度。唯有拥有了思想的高度，其眼光、胸襟、境界才大不一样，甚至说话的气派、分量也大不相同；而天天看到、想到的，就不仅仅是秦砖汉瓦巍峨长城、滔滔黄河滚滚长江，还有五洲四海辽阔世界、万里长空茫茫宇宙！”（《**千古一梦·尾声**》）这是李鸣生长篇报告文学《千古一梦》中一段具有主题性意义的表述。根据这一表述，结合体现作者追寻思想自觉的创作实践，我们可以获得观照、读取李鸣生报告文学特质与价值的一个优选的视角。在我看来，李鸣生的报告文学体现为一种有思想的非虚构写作范式。

思想为美是报告文学写作美学中的一条重要原则，这是这一文体作为知识分子写作方式的一种内在规定。著有《西部在移民》的麦天枢曾经说过：“当思想的深度构成读者对报告文学的普遍要求的时候，思想性就表现为一种美；思想性通过文学手段来承载，思想性就变成了文学性。”[②] 优秀的报告文学是作家卓异思想的产物，同时它又如思想的“发生器”，能够激活读者的关联思考与叩问。《哥德巴赫猜想》

---

① 李鸣生：《报告文学作家要人格独立》，中国作家网 2013 年 7 月 2 日。

② 参见《太行夜话——报告文学五人谈》，《光明日报》1988 年 9 月 23 日。

在新的历史时期首次正面叙写讴歌科学工作者的业绩和科学精神，在拨乱反正之初具有显然的思想先锋意义。《人妖之间》直击现实严重的腐败，开创了新时期以批判为价值取向的“问题报告文学”的先河。作者感于世相而提出的“人们啊，要警惕”的告诫，危言醒世，启人深思！李鸣生初入文坛，就浸润着新时期报告文学的文学精神。在其后的写作中，他奉持“独立人格、独立立场、独立思想、独立写作”的原则。这一原则来自他长期写作实践的真切体悟，也视为他对报告文学理想写作的一种诉求。出版文集时，这一原则被赫然印在文集的封面上，这充分说明作者对这诸多“独立”的特别看重。

我以为，四个“独立”的核心在于“独立思想”。“独立思想”是我们解读李鸣生报告文学的“文眼”。李鸣生是一位对思想有着执着认知的作家。他以为：“一个作家的思想非常重要，无论你是写什么的。思想决定作品的高度，决定作品的品质，甚至说思想决定一切。而这种思想，必须属于自己。”① “思想”在李鸣生报告文学写作中是一种整体性的存在，它涉及选题与格局、价值取向和叙事设置、思想表达和语言策略，等等。特别与众不同的是，思想于报告文学家李鸣生而言，更可贵的是体现为思考的方法、思维的智慧。我们读李鸣生的作品，很容易获得一种直观的感觉，就是大题材、大视野、大构架、大叙事、大主题、大气场。同样是科技题材的报告文学，徐迟的《地质之光》《哥德巴赫猜想》《生命之树长绿》等可谓是精致的诗，而李鸣生的《飞向太空港》《千古一梦》等作品是一种史诗的创制，即便是《发射将军》这样的人物报告文学，也注意将个人史与国史的叙事有机融合，体现出别有意味的史性。我以为李鸣生写作中显示出的种种大

① 参见杨鸥：《李鸣生：中国航天史诗的书写者》，《人民日报·海外版》2010 年 8 月 6 日。

观，从根本上说是来自作家的大思维。其中具有李鸣生原创性新思维的，是其关于“星际文明”“宇宙文明”的发明与阐释。这是李鸣生卓然有成、自立于文坛的思想前提。

二

航天书写于李鸣生而言是一种宿命，一种天作之合的情缘，是个体生命史的建构，也是作者贡献天地文明的事业！“十五年的发射场生活，使我比一般人更有条件看到天空，也更有机会随着火箭卫星的一次次升腾，对我们居住的这个星球以及顽强地活在这个星球上的同类进行立体的思索，从而改变了我跪着看待人生的姿势，获得了一个与众不同的审视世界的角度。”（《飞向太空港·后记〈天空让人想起使命〉》）这位结缘于航天伟业的作家，是以航天人的姿态入轨报告文学天地的。从李鸣生的话中，我们可以获知作者不仅具有得天独厚的熟稔题材的条件，而且更重要的是由此衍生出的心理优势和写作智慧。“发射场成了我的精神牧场”（《千古一梦》）。在对象主体化的领悟之中，李鸣生开启了辽阔宽广的思维空间。这种思维空间早在写作《飞向太空港》时就已形成了。《飞向太空港》叙写的是中国“长征三号”火箭发射美国“亚洲一号”卫星的故事。这样的题材在当时极易写成高度意识形态化的主题，但李鸣生显然并没有为思维定式所囿。有作品“题记”可证：“谨以此书，献给创造空间文明、寻找人类新家园的航天勇士们！”这里所说的“空间文明”为李鸣生首先提出，在作品后记《天空让人想起使命》中，作者对此有具体的阐释。这篇后记中，作者从容地挥洒着沛然的才情，演绎着飞天想象的迷人：在宇宙文明的时代，“也许，宇宙公民们还会从各自的星球走来，手牵着手，肩并着肩，欢聚一堂，嬉笑打闹，谈天说地。而地球人回忆的话题一定是：在很久很久以前，我们如何艰难、痛苦地挣扎在地球上”。这不只是凌虚的想象，更有对科学逻辑的预知。李鸣生认为：“从区域文明到地球文明，从地球文明到星际文明，从星际文明再到地球文明，应该是一个无法抗拒的自然规律。航天时代带来的宇宙意识，导致了人类认识的飞跃，从而把人类的思想与情感引升到一个辽远而广阔的大境界。”这一表述中所包含的卓异的宏大思维，表明了作者思维的开阔与大气。而正是这样的思维建构，促成了《飞向太空港》得以大起高开，使李鸣生此后能以高水准的创作在充满竞争的报告文学领域中步履稳健地登堂入室。

《飞向太空港》的主题不只是此类题材通常会有的爱国主义精神。它的主题是复调式的。作者将中外航天合作置于中国改革开放的大背景之中，《周游列国的中国专家们》等章节极其真实地反映了开放之初始，人们在观念、能力、文化以及适应国际规则等方面所面临的种种问题。从这一点而言，这部作品可以说是为中国的开放史留存了一段生动而珍贵的侧影。而更富创意的是作者基于空间文明的思想，将不同文明的交流设置为一个叙写重点，以开放、包容的姿态，使作品超越政治叙事，建构起一个更为宏大的文明叙事。作品共六章，其中第四章《火箭，另一个伟大的文明》、第五章《我们都是地球人》和第六章《跨越国界的飞行》都直接关联了不同文明交流的叙事。正如作品中作者在与美方技术专家交流时所说，中美火箭与卫星的合作，“不单单是一次空间技术的合作，也是两个民族、两种文化、两种感情的一次交流与沟通；不光是发射一颗卫星，也是中美两国科学家在一起共同创造空间文明。因为开发宇宙，造福人类，是全人类的共同使命”。这里给出的正是《飞向太空港》的核心价值。李鸣生在《中国“长征号”》中有一段关于“长征号”意义的表述凝练而到位：“‘长征号’其实就是中华民族的一种象征，它象征着力量，象征着智慧，象征着精神！‘长征号’从封闭走向开放、从靶场走向市场的历史，就是中华民族从传统走向现代、从国内走向世界的历史；‘长征号’与世界接轨的历史，就是中华民族与世界融合的历史。”我想，这一表述用于对《飞向太空港》多维主题的解读，也是非常合适的。

如果按照“主旋律”作品的写作制式，李鸣生的《澳星风险发射》自然无法进入“主旋律”的“轨道”；而若是按照“问题报告文学”的写作要求，则这一作品需要设置为“批判”的模式。《澳星风险发射》由作品题目就可知晓所写重心，但这里的“风险”并不是作为一种“问题”来作否定性报告的。航天是一种高风险的科技，因此，失败也是航天史的一种真实。作者将 1992 年 3 月 22 日“澳星”发射失败视作一种客观存在，以一种中性的叙事立场，在中国航天文学中第一次直面失败，并对此作全展式的报告，“本来，人们对那个春天的夜晚寄予了再大不过的希望。结果，那个春天的夜晚回报给人们的却是天大的懊丧和无尽的遗憾；中华民族的自尊心受到了空前的刺激，火箭子孙的感情遭到了莫名的戏弄”，“失败似一道无形的阴影，笼罩在发射场的上空；失败像一个看不见的幽灵，潜伏在人们的心底”。作品以真实而很有故事性的叙写，凸显了极具中国特色的失败心理和失败文化。但显然，李鸣生并不是因为“懊丧”与“遗恨”而言说失败，而是因为真正领悟了诗人惠特曼所说的“当失败不可避免时，失败也是伟大的”的深意。作者以为：“一个民族，如果不光会欢呼成功，而且还能正视失败、接受失败、超越失败，甚至达到一种欣赏失败的境界，那这个民族该是多么地伟大而不可战胜啊！”由此，作品既展示“澳星”发射失败后种种中国式的反应，也不吝笔墨实写了中国航天人艰辛负重、超越失败的壮美精神。这样颠覆常规的写作，在当代中国报告文学史上也是少数的典型个例。作品这种有意义的立异，正是建立在作者独立思想、独立写作的基础之上的。从这个角度而言，《澳星风险发射》是有思想非虚构的一个典型样本。

如果我们仅仅关注创作了航天及其他高科技题材作品的李鸣生的存在价值，是不够的，也是不完整的。我们还应当关注他的另一部作品——《震中在人心》，关注这部作品的写作怎样“避免概念化，避免传统的主流叙事”，又怎样将“传统的‘主流’叙事转化为作家个性化的作品叙事”[①]。李鸣生的这一表达实际上涉及了公共的“主流叙事”和作家个人的“作品叙事”这个重要的话题。真正的报告文学需要作家在面对重大的公共写作题材时，善于将新闻写作常设的“主流叙事”有效地转化为文学创作别异的“作品叙事”。这里的“作品叙事”，就是基于主体独特感受、独立价值判断、独立思想的具有个人色彩的非虚构的文学叙事。在这一点上，《震中在人心》尤显其意义。这部取材于汶川特大地震的作品，在第五届鲁迅文学奖终评中以名列第一胜出。有意思的是，在初评时因为作品思想的某种“异调”、主题的非主旋律而差一点遭淘汰出局。这是很值得我们思考的。我们需要反思何为地震非虚构作品的终极价值。我以为钱刚的《唐山大地震》和李鸣生的《震中在人心》，在某种角度上对此作了例说。《唐山大地震》就是一部具有多功能的皇皇之作，它“是作者为今天和明天的人类学家、社会学家、地震学家、心理学家……为我们整个星球上的人们留下的一部关于大毁灭的真实记录，一部蒙受了不可抵御的灾难的人的真实记录”[②]。《震中在人心》不仅有通常的对抗震救灾的感人场面的描写，

① 《李鸣生在〈千古一梦〉研讨会上的发言》，中国作家网 2009 年 5 月 22 日。

② 徐怀中：《唐山大地震・代序》，《解放军文艺》1986 年第 3 期。

而且更有对人类遭遇重大创伤的生命之痛的感悟，还有对地震灾害作出的深刻反思。作品不仅观照地震的视角独异，而且在情感与思考的深度上超越了同类作品。作者曾说，“面对灾难，作家不应缺席；面对死亡，文学不该沉默”。大地震的写作有很多可能性，应该有对一方有难、八方支援，以人为本、抢救生命等主题的表现。但大地震终究是对人类的重创，因此大悲悯应该是此类写作不可或缺的元素。“我只为真相，只为实情，只为血印，只为泪痕，只为记录，只为见证。我不想把废墟变成大厦，把悲剧变成喜剧；我不想把谎言变成真理，把哭泣变成歌声；我不想把反思变成庆典……公示汶川大地震灾难的真相，传递废墟的气息，留下亡灵的心声，定格人心的表情。”正是有了这样的思考，作者不仅独异地摄取地震的镜头，而且在叙事处理、情感书写和思考深度以及批判性等方面超越了同类题材的作品。

有思想的非虚构，需要达成报告客体的本真、呈现主体自我的元真，从而实现报告文学文体有自我且真实的文体性。真实是报告文学的生命，是其文体力量生成的支点。报告文学的真实说到底需要作家独立地思考和判断，不违心，不唯上，不唯书，不唯权威名家，而能唯实，尊重并敬畏叙写对象本身的历史存在。作为一个有思想的非虚构作家，李鸣生是严格持守这样的写作原则的。其作品里有一个关于钱学森的个例可以说明这一点。钱学森是名满世界的杰出科学家，“钱学森的脑袋比一般人的大，略呈方形；尤其是额头，非常宽阔，而且发亮。你很难说清他的脑袋具体哪点与众不同，但给你的印象就是与众不同，似乎藏有一座智慧的金山，又像装着一组成功的密码，满脑袋都长满了天才的花朵与知识的森林，甚至连每根头发丝都像是一棵智慧的大树”。（**《走出地球村》**）可是就是这样的科学家，当年却坚持航天飞船“五人舱”的设计主张。“钱学森解释说，这五个人的分工是：一个是指令长，一个是航天员，一个是随船工程师，一个是随船医生，再加上一个政委。”（《千古一梦》）就是“再加上一个政委”的极简叙说，意味无限地实写了当时中国航天发展的复杂的政治生态。尽管科学的“钥匙”可以开启政治的“后门”，但科技的研发需要盖上“政治的印章”。“再加上一个政委”并不是钱学森的非科学，而是政治异化下一种集体无意识的表达。这便是历史的真实，也是一个关于钱学森的真实的插曲。

三

研读李鸣生的报告文学，我以为他的最大优势，并不在于新闻性，而体现为作品思想性的整体生成和他对非虚构文学性的自觉追求。这是决定李鸣生报告文学写作能在较高水准上长期可持续发展的关键因素。而这对新常态语境中的报告文学写作，更具有切实的意义。所谓“新常态”，取自经济学界的一个热词，报告文学的“新常态”就是全媒体或融媒体的存在。全媒体时代的报告文学，它原有的“新闻性”红利大为减少，文体一般的新闻优势已不存在。这就需要报告文学基于非虚构原则，通过有深度有个性的思想表达和非虚构文学的美学建设，激发文体内在的活力，有效强化非虚构叙事的优势。

文学性不高，是制约报告文学作为审美文体而发展的一个重要因素，也是影响读者阅读的一个基本问题。尤其在全媒体时代，报告文学文体的新闻性优势已经失去，报告文学的写作并不能简单依赖新闻性，在此背景中，文学性的意义就显得特别重要。报告文学的文学性是什么？烦琐的学院派式的论证最终也许还是无解。在美国非虚构作家杰克·哈特的《故事技巧——叙事性非虚构文学写作指南》中，“叙事性非虚构文学”命题及其展开的思路，对于报告文学文学性的研究和达成，或许能给我们一些有意义的启发。

我以为作为一种叙事文学样式，将报告文学定义为“叙事性非虚构文学”，是符合这一文体逻辑的。报告文学是真实的叙事，小说是虚构的叙事，它们共同的要求是叙事。叙事构成报告文学写作的本体，它既承载着作品思想情感等价值表达，同时又是写作本身的重要目的。

李鸣生的作品具有强烈的叙事意识。《中国“长征号”》是中国火箭发射美国卫星的大叙事，作品以事件演化为叙事线索。这是作品建章的目录：第一章《怪圈》、第二章《变轨》、第三章《推销》、第四章《天机》、第五章《谈判》、第六章《碰撞》、第七章《发射》、第八章《草图》、第九章《保险》、第十章《贷款》、第十一章《合同》、第十二章《失败》、第十三章《检讨》、第十四章《发愤》、第十五章《官司》、第十六章《爆炸》、第十七章《阵痛》、第十八章《反省》、第十九章《雪耻》、第二十章《代价》。由章目设置可见，作者十分重视作品的叙事构篇，贯穿其中的线索主干清晰而又跌宕曲折，故事性很强，对读者别有一种牵引力。《发射将军》是一部人物报告，作品以“发射将军”与发射相关的人生历程为叙事线索，具有某种纪传体的特征。作品从第一章《军委令》将主人公由战场奉调至发射场作为故事的发端，以人物离休生活“晚年赋”作结，突出了“故事性”人物的叙事。吸引读者的是将军的传奇和在传奇中蕴含的伟大精神。

一个叙事优化的文本，首先需要建构一个与之适配的叙事结构。李鸣生能根据客体本身内在的逻辑和主题思想表达的需要来配置这样的结构。《走出地球村》写的是“东方红一号”卫星飞天的故事。卫星的研制动议于1958年，发射成功在1970年。这是一个具有特殊的政治生态的时期。根据这样一种特殊的存在，作品设置卫星叙事和政治叙事双线叙事结构。政治叙事在《走出地球村》中是充分的，从开篇“苏联第一颗卫星上天，艾森豪威尔总统手中桥牌落地”，到“美国人造‘小月亮’挂到天上，周恩来午夜拿起直通毛泽东的电话”，一直贯穿到收结“卫星功臣登上天安门”。而“‘小弟弟’找‘老大哥’学放卫星”“忍着饥饿的肚子，中国从八公里起飞”“‘东方红一号’人造卫星方案诞生”“马灯前钱学森坐卧不安”“火箭司令神游戈壁”等则为卫星叙事。这种双线并置反映的正是“东方红一号”卫星的一种特殊的历史真实。这样的安排一方面强化了对科学家忍辱负重、刻苦创造、献身科学光辉形象的再现，另一方面对非科学的政治对于科学的干预、对于科学家的摧残，进行了深刻的反思和批判。

一般来说，李鸣生的报告文学叙事构架是宏大的，这是因为叙事对象具有先在的宏大性。但是单纯的宏大无法抵达文学叙事所需要的细部深层的景致，宏大叙事需要有具体叙事作坚实的支撑。李鸣生也有作品如《发射将军》，表面看不是宏大题材，书写的只是某个人物。但对于这样的作品作者并不就小写微，而是注意将人物推置时代与历史的宏大背景中加以表现。在历时演进的纵轴上融合将军的个人叙事、导弹部队的集体叙事和共和国历史的大叙事。作为文学的非虚构叙事，在李鸣生报告文学中大叙事与小叙事是相生的，而小叙事的核心则是具体的人物叙事。“叙事需要三大支柱：人物、动作和场景。排在第一位的是人物，因为人物能够推动动作和场景的发展。”① 对于人物叙事的意义，李鸣生是充分认知的。他说自己的作品“希望通过人物把我们的历史，一个非同寻常的历史写出来”②。李鸣生把人物作为历史叙

① 杰克·哈特：《故事技巧——叙事性非虚构文学写作指南》，第74页，叶青、曾轶峰译，中国人民大学出版社，2012年。

② 《李鸣生在〈千古一梦〉研讨会上的发言》，中国作家网2009年5月22日。

事的要素，而在我看来人物就是历史的本身，作者笔下的许多人物，航天人、科学家等，正是他们创造了作者叙写的历史。不仅如此，作者再现的人物，许多是中国脊梁式的人物而又具有常人情怀。作品的感染力来自于这些走近读者的真实而感人的人物。

李鸣生报告文学的人物叙事，颇多性格叙事、精神叙事。《中国863》是一部题材重大的长篇，作品首章《悄悄发生的革命》格局甚大，由美国“星球大战计划”、欧洲“尤里卡计划”、日本“振兴科学技术政策大纲”叙述领起，导出中国的“863计划”。这是典型的宏大叙事。以后的全部篇幅从第二章到第七章都为具体的人物叙事，其中第二章《科委来了个“厉害的老太婆”》，是作品重点写作的一章。“厉害的老太婆”是朱丽兰。“厉害”是其作为管理者的主导性格，改革创新，敢于担当。但作品没有将她写成一个单面的概念人物，而是运用细节集成的方法，还原朱丽兰既“厉害”又和蔼；既是工作狂，又会理发、织毛衣、弹钢琴的圆形立体的本真。而李鸣生航天系列中的航天人的形象，是最烙印在心底的、难忘感人的。作者叙写这些人物，不只写他们的科学智慧、科技才能，而更重于对他们作精神性叙事。赵廉清是创建西昌发射场的指挥者，在非常年代，知其不可为而为之，积劳成疾。他留给这个世界最后的镜头是：“他手上紧紧揣着一样东西。这样东西不是别的，就是他生前一直随身携带的那个军用挎包！而护士打开挎包后，只看见两样东西：一份皱巴巴的施工图纸，一个被啃了小半的冷馒头！”（《千古一梦》）从这样的细节中我们可以看到，一个瘦小羸弱的生命里，升华出一个伟大的精神形象。

四

故事是什么？乔恩·弗兰克林在《为故事而写作》中为我们给出了“定义”之一：“当人物遇到错综复杂的情况，而他又不得不面对和解决时，行动就发生了，故事正是由一连串这样的行动所构成的。”[①]这一表述中关键词是冲突，是矛盾。故事存在于冲突、矛盾之中，冲突、矛盾推衍出故事。非虚构的报告文学作者无法依靠想象力制造故事，但是他可以从对真实客体冲突、矛盾的存在中，选择并呈现其中的故事。李鸣生说，在他的作品中，“我希望呈现大的矛盾”[②]。《走出地球村》中有极“左”政治与卫星科技的矛盾，《中国“长征号”》中有开放与保守、体制与市场、国力基础与航天发展、中外文化等之间的矛盾，航天人存在的价值就是“面对和解决”“错综复杂”的矛盾冲突。这些形成了李鸣生叙事的基本构架和基础。这样的矛盾构篇也决定了李鸣生报告文学叙事的丰富性和复杂性。在总体的矛盾叙事基础上，作者再相宜地采用悬念式叙事方法，就更有效地强化了作品叙事的故事性。悬念不是虚拟的，而是实际发生的状况，也是航天高风险的一种表征。作品一环扣一环的悬念叙写，渲染了其时其地其情的紧张感。而报告文学所需的现场感就在这紧张感之中，特别扣人心弦，使人身临其境，强化了故事性叙事对读者的吸附力。

李鸣生报告文学的叙事方法是富有变化的，他能根据不同的报告对象运用相应的方法。在他的作品中读者可以分享到多种叙事艺术所

---

① 杰克·哈特：《故事技巧——叙事性非虚构文学写作指南》，第 6 页，叶青、曾轶峰译，中国人民大学出版社，2012 年。

② 《李鸣生在〈千古一梦〉研讨会上的发言》，中国作家网 2009 年 5 月 22 日。

产生的叙事之美。在《千古一梦》中，作者设计了“双声叙事”，即作者（采访者）叙事和人物（被访者）叙事的结合，特别是导入当事人的自述，以人物的亲历亲验，真实地还原出特定时空中人物和事件的现场情状。这是一份珍贵的活的航天档案。《发射将军》则注意在“实体叙事”中有机地穿插“软性叙事”。所谓“实体叙事”是指与作品主人公“发射将军”直接关联的主干内容的记写，而“软性叙事”则如对导弹部队饥饿、文艺生活极度贫乏等的叙说。《震中在人心》则是一部运用镜头观察和叙事的作品，“用镜头定格真相，让文字留下思考”，大量的照片极具视觉冲击力和情思震撼力，不只是为文字的叙述提供了直观的背景，而且照片本身也成为作品的一种独特的叙事元素，生成了超越文字的叙述力量。

五

文学是语言的艺术，报告文学也是。语言是作品思想的现实，也是叙事生成的工具，还是作为审美的报告文学的要素。报告文学创作中语言的问题，主要是缺乏主体鲜明个性的语言新闻化，另一个是小说化的语言絮叨铺张。李鸣生的报告文学大多为长篇，但语言凝练具有表现力，诚朴简约不过度藻饰，并且具有自己鲜明的个性，许多语言表达有意味、情味、趣味，有效地增强了他作品的文学美感。在这里，我不打算对李鸣生报告文学的语言艺术进行全面的解析，只就他的“智慧语言”和“软语言”运用之美作一解读。

所谓“智慧语言”，是指形象生动、意含新异别致、具有特殊表现力的语言。比如“已经点火的火箭竟然无视天下众生，老练得如同一位千岁老人，打个盘腿坐在那儿，连动都懒得动弹一下”。（《澳星风险发射》）写卫星发射的失败，作者用拟人化的手法形容，以独特的冷峻与幽默，写意地写出发射失败的状态和航天人的尴尬，用语非常新颖。作者以幽默笔法言说失败，正与作品正视失败、超越失败的主题相关。幽默的语言是典型的智慧语言。在李鸣生的作品中已不是偶尔为之，而是一种个性的语言景观。“在国际市场上，美国人早就大把大把地捞着美元，中国人为什么不能去弄点‘零花钱’？在国际空间俱乐部里，美国人可以大口大口地喝着‘咖啡’，中国人为什么就不能去喝上一杯‘清茶’？”（《中国“长征号”》）这一表达的语境是，对于中国航天进入国际市场，国内以为冒险，西方设置障碍。这里的美元与“零花钱”之喻，客观地表示中美航天科技实力和航天市场份额的差距，“清茶”之类意含走中国自己的航天发展之路。整体的表意是非常清晰的，就是中国应该进入国际航天市场进行竞争，只不过用“李式语言”表达，意味意趣就大不一样了。“已经欠着一屁股账的中国专家当然拿不出这笔钱来，他们只有一个价值连城的传家宝，这就是：自力更生！”（《中国“长征号”》）“一屁股账”与“价值连城”对举，极简地实写了中国航天发展的境况，高度凝练了中国航天的伟大精神。

李鸣生幽默的语言可分为“麻辣幽默”和“冷幽默”。“这一年，‘反右斗争’刚刚过去，‘大跃进’的旋风又骤然卷起，中国人像被灌了一桶大剂量的兴奋剂。”（《千古一梦》）“据说，两年前一所中学考试时，发生过这样一个故事——试卷问：爱因斯坦是谁？学生答：美国当代著名歌星。”（《飞向太空港》）这种幽默让我们无法轻松说笑，其间的麻辣唤起读者对非常年代的反思与批判；是对过度娱乐化，忽视科学世相的揭露和讽刺。“美国人把这条山沟称为‘神秘的峡谷’，而当地彝族老人则说：‘什么神秘不神秘，这山沟就是我们过去放羊的地方！’故此，当地人称‘赶羊沟’。”（《飞向太空港》）这样的文字可谓冷幽默，读起来会忍俊不禁。报告文学拒绝虚构，但它同样需要作家具有丰富的想象力。想象之翼可以飞扬智慧的语言。“世界各国许多中学的少男少女们，每晚相聚在迷人的星空下，像谈论童话似的，长时间不知疲倦地谈论着卫星、卫星、卫星。仿佛苏联的这颗人造卫星，成了他们嘴里一块永远嚼不够的口香糖。”（《走出地球村》）以“口香糖”喻说人类第一颗人造卫星发射后对各国学生的影响力，新颖生动，可意会，也可言说，体现了李鸣生语言表达的一种智慧。

软语可人，是我阅读李鸣生作品时的一种直觉。我这里无法给出“软语”的标准解释。所谓软语，是一种“闲语”，它不属于主干叙事，但与主干叙事有所关联；在表情表意方面偏于柔细，静安之中，可入情入心。“将军家的院门是双扇的大铁门，夕阳照在斑斑驳驳的门上，给人暖洋洋的感觉。每当这时，将军便坐在门外一张自制的小折椅上，像一位坐在长满颗粒饱满的庄稼地边的老农，静静地守候着儿孙们的归来。夕阳在他眼角的皱褶里绣着陈年旧事，时光在他花白的头上写着岁月沧桑。”（《发射将军》）将军从战场到发射场，军人形象刚硬，棱角分明。而此时进入晚景的将军没有了豪情、霸气，却有人间的亲情和慈祥。“夕阳在他眼角的皱褶里绣着陈年旧事，时光在他花白的头上写着岁月沧桑。”我们从诗一样的句子中，可以读出将军人生种种的况味。

李鸣生的报告文学有种种特点和优点，而我最为看重的是他的作品有思想，也很文学。有思想，也文学，这就是我所希望读到的报告文学。

2015 年 8 月 28 日

目　录

开场白

最后一个采访人

都说，人与人之间的交往，靠的是缘分。我与“中国机器人之父”蒋新松的相识，或许便是一种缘分，一种至今也说不清道不明的缘分。

说来惭愧，我和绝大多数中国人一样，过去对蒋新松一无所知，甚至从未听说过这个名字。蒋新松早在 1931 年 8 月便来到了这个世上，可在六十六年之后的 1997 年 1 月我才知道，中国除了有个唱歌的蒋大为和死后才出名的蒋筑英，居然还有一个被人称为“中国机器人之父”的蒋新松！

当时，我正在中国科学院采访。有一天，有人向我提起蒋新松。出于礼节，我顺便问了一句：“蒋新松是干什么的？”对方说：“搞机器人的。”我又问了一句：“有什么特点吗？”对方说：“当过二十年的右派。”我一下便对蒋新松有了兴趣，甚至还有几分激动。我当时的想法是：搞机器人的专家鲜为人知，有职业特点；而二十年的右派经历，应该很有故事。

我很快找到蒋新松的电话，而后北京—沈阳、沈阳—北京、广州—成都、南京—天津，满世界找他。但一直杳无音信，直到 1997 年 2 月 27 日上午 10 点，我才在北京皇苑大酒店二楼会议室第一次见到了他。

那天，国家科委在皇苑大酒店召开“863 计划”高层专家会议，事前我从国家科委办公厅副主任蒙建东那里获得信息：中国高科技领域最权威的科学家都将出席。于是我于 27 日上午 8 点，准时入住皇苑大酒店。9 点整，会议正式开始，生物、信息、航天、激光、自动化、材料、能源等高科技领域的数十名专家纷纷落座。我拿出事先拟定好的采访名单，首先对号蒋新松。但科技界的会场不像政界的会场，一眼就能看出谁的官大、谁的官小，谁的职务高、谁的职务低。他们开会时，不按职位高低分前后，不依名望大小排座次，除了会议主持和发言人就座于台上外，其余专家都很随意地坐在下面，既不显山露水，也不装模作样，更不摆什么臭架子，个个平平常常，实实在在，完全是一副普通人的模样。因此，我很难分辨出谁是大科学家、谁是小科学家，谁是有名的专家、谁是无名的专家，更不可能从人群中一眼认出蒋新松。

我只好悄悄向身旁的人打听谁是蒋新松，对方给我指了指，我抬眼看去，这才恍然记起，就在几分钟前，我在过道上其实已经和蒋新松见过面了，只是由于他的衣着打扮、举止言谈以及在公众场合的表现实在过于普通过于平常，致使一向不以貌取人的我还是一不小心便把他给忽略掉了。

此刻，蒋新松就坐在我前三排的一个位子上，正认真听着别的专家的发言。我一看便知，他绝不是我们在电视上或者生活中常见的那种混饭吃的“会客”，而是一个真正的与会者；他虽然没用笔作记录，却能分明感到他是用脑子在记，在问，在想。

会议休息时，专家们大都散聚在二楼的阳台上，或彼此寒暄，或相互探讨，蒋新松也在其中，却不怎么说话，而是一副若有所思的样子。后来经人引荐，我与蒋新松碰面了。他的态度不冷不热，我也不卑不亢；但就在我们双手相握的一瞬间，彼此都用男人的眼光认真审视了对方一眼。

蒋新松有着一米七六的个子，头发稀疏，身体微胖，有点“将军肚”，还有点驼背（后来他对我说，这是他当了二十年右派留下的纪念）。他的言谈举止很平常，衣着打扮也很朴实，尽管戴着一副眼镜，看上去还是不像一个科学家，倒是很像我们生活中常见的工人老大哥。当然，他眼神中不经意间释放出来的清高与傲气，又让你很难把他和工人老大哥混在一起。

当天中午，我和科学家们共进午餐。我暗中“跟踪”蒋新松，见他落座后，我才自然地坐到他的旁边。多年来，我涉猎于官场、商场、文场（文艺界）、记场（新闻界）、电场（电影电视界），在这些场合吃饭时，或相互敬酒，或彼此神侃，不是你抽我抽，“烟酒不分家”，就是你好我好，“哥儿俩都好”，总是烟熏火燎，酒气冲天。但与科学家们一起吃饭，情景完全不同。他们从来不大吃大喝，也没钱大吃大喝，不会大吃大喝。他们的伙食标准一般都很低，即使如此高规格的会议，餐桌上的内容也简单得如同自己家里一样，好像从来就没把吃饭当作一回事情。而且他们不抽烟，不喝酒，更不大声喧哗，哗众取宠。好像吃饭，也是一道严谨的工作程序，甚至在端碗举筷、吃饭夹菜等一系列过程中，也表现出一种极为有序的温馨与宁静。如同一群老蚕，在默默吞吃着一树桑叶。

在与蒋新松吃饭的过程中，我注意到两个细节：一是蒋新松入座就餐时，在有许多空座位的情况下，他偏偏挑选了一个紧靠右边的位子。后来我问他为什么喜欢坐右边？他说，也许是当了二十年的右派，习惯了吧；二是他吃饭的速度很慢，脑子里好像总在想着什么事情，甚至在他用筷子把菜送进嘴里的一瞬间，仿佛都在思考着什么。吃饭对他来说，好像形同虚设，甚至是一种负担，完全看不出一点肠胃蠕动的快感。

“蒋老师，我准备写一部科技知识分子的书，想和你谈谈。”我终于开口了。

他继续吃饭，表情没有任何变化，就像没听见我的话一样。片刻，他才抬起头来，平静地看了我一眼，慢腾腾地吐出几个字来：“我有什么好谈的?”

这话像是问我，又像是问他自己，还有点像是在问这个热热闹闹的世界。语气如同窗外吹进来的风，冷冷的，硬硬的，让人觉着有点看破红尘、不近人情的味道；但又让你不得不承认，他的话绝对是真诚的。

我凭直觉判断：这是一个有着自己独特内心世界的人物；而这个内心世界往往只属于他自己，外人是轻易进不去的。于是我告诫自己，对待这样的科学家，得有所铺垫，不能操之过急；你越急，他越觉得你很功利；而科学家，最讨厌的就是功利。

因此，在此后的几天时间里，我并没有急于采访蒋新松，而是暗中观察他；尤其注意听他在会上的发言。他的发言与众不同，主要体现在观念的新颖和思维的逆向运用上。比如，有人说某个项目准备如何如何做，他则会讲哪些哪些不能干，常常给人意想不到的惊喜和启发。

会议结束后，为了能尽快采访蒋新松，我住进了清华大学。蒋新松是清华大学聘请的教授，又是“863 计划”自动化领域的首席科学家，所以清华便借了一套房子给他住。我一住进清华便与他多次联系，但直到 1997 年 3 月 14 日上午，他才被我的真诚打动，同意晚上 7 点半见面。

当晚 7 点半，我准时敲响了蒋新松的房门。他刚一开门，我便注意到，他下意识地看了一下手表。我想，他大概是以是否守时来判断我是不是一个有信誉的人，因为，科学家们是最守时的。我还注意到，他的这个家，完全是只有形式没有内容：家里除了一张简陋的沙发、一部便携式电脑、一个简易书架以及一个“吊儿郎当”的水壶外，剩下的便是清苦与孤寂，一片空空如也了。但这个“家”却给人一种“宁静致远”的感觉；尤其是写字台上那堆积如山的各种书籍资料，让你一眼看上去，便能感受到知识的富有和精神的张狂。

我开诚布公，说出打算写写他的意图。他听后笑了笑，还是不冷不热：“我有什么好写的?”

从他的语气和表情上我猜测，他的话有两层意思：一是他发自内心不愿被外界宣传；二是他对我的写作动机和能力表示怀疑。于是我说："我并不是想把你作为什么典型来宣传，而只想请你从一个普通人、一个科学家的角度和我随便聊聊。如果可能，把你的经历写出来，给历史和后人留下一份参考，或者说一点教训。再说了，写你，也不单是为你个人，而是为了整个科技事业。"

他想了想，说："那就聊聊吧！"

于是，我们从机器人开始聊。但由于我们是第一次聊，聊得并不随意。为缓解一下气氛，我有意引开话题，问他业余时间都喜欢读什么书？他说他在中学时代就很喜欢文学，文史哲的书都喜欢读，比如《史记》《资治通鉴》等；尤其喜欢读一些大科学家的传记，像牛顿、哥白尼、爱因斯坦什么的。我发现，聊到文学，他的情绪发生了变化，整个身心好像一下变得轻松起来，六十六岁的生命仿佛顺着时间的隧道一下回到了童年；此前的一脸清高和矜持，也一扫而光。

他说，他不光喜欢读文学作品，有时还喜欢写点小散文什么的，说着便将一篇文章递到我的手上。我接过一看，是篇小散文，题目叫《旱鸭子下水了》。由于字迹太小，加之打印效果不好，我说我带回去看吧。他说不行，只有这一份样稿。我说你为什么不在电脑里存一份呢？他说我最看不起的就是自己。我喜欢不断否定自己，常常今天把昨天的东西否定掉。我从来就是在不断否定自己中前进的，所以我从来不保存这些东西。再说，我从中学起就不喜欢记笔记，而喜欢用脑子记。这些东西脑子里有的是，什么时候想要，再写就是了。我说那怎么办呢？他说这样吧，我来念给你听。说着，他一边在屋里踱着步子，一边得意地念了起来：

小时候我家有个小院，有一年养了几只小鸭子，毛茸茸的小东西特别惹人喜爱。院子内没有水池，一天，我拿了个小盆，将一只鸭子放进盆内，喔！它们一个个都惊恐万状，哗啦哗啦，把我衣服都弄湿了。妈妈一把拉起我，说："你看，把一身都弄湿了，那旱鸭子哪能下水呢！"旱鸭子第一次下水的好玩景象，从此深深地留在了我童年的脑海里。

70年代末，我赴日本考察机器人回来后，面临一个问题，发展我国机器人事业从哪里开始呢？当时正值"四人帮"倒台不久，城市就业问题还很大。中国人多，要不要自动化仍是一个争论不休的问题。尽管机器人并不是人，只是一种新的、柔性的机器，但人们对它还是忧心忡忡。

…………

我望着他那一脸纯真、悠然自得的样子，心想：这哪像一位年近古稀的科学家哟，分明就是一个可爱的小顽童嘛！我说："没想到，你是搞科学的，还有这么好的文采。"

"我电脑里还有一篇小散文呢！那篇比这篇写得好。"说着，他按动电脑的鼠标，开始查找。可他查找了好几个子目录，也没找到那篇散文，我便过去帮他查看。不看不知道，一看吓一跳。他的电脑存放的文件大约有上千个，什么《访苏报告》《访美报告》，这个计划、那个设想，密密麻麻，目不暇接，且大部分都是英文。可我们一起查看了好几十个文件，还是找不着。我看时间已过11点，怕影响他休息，便起身告辞，约好明晚再谈。

翌日晚7点30分，我再次敲响了蒋新松的房门。他一开门便连连叹息道："哎，昨晚你走后，我又找了一个多小时，还是没找着那篇小散文；今天早上4点起床，我又找，还是没找着。这是怎么回事呢？"他一边说着，一边又坐在电脑跟前，伸手握住了鼠标。我忙劝阻道："别找了，我以后再看，太麻烦了。"他说："这不是麻不麻烦的问题，而是这篇东西肯定在里面，怎么就找不着呢？"我说："以后有时间再找吧，我今晚很想听你聊聊你的人生经历。""那好吧。"他这才无可奈何地坐了下来，而后拿起茶几上的一个橘子递到我的手上。

我忽然感到，今晚的他，对我少了几分矜持与戒备，而多了几分热情与信任。他坐下后，凝视着窗外，一动不动，仿佛一下便沉入到一种痛苦的回想与尴尬的苦涩之中；而此时此刻，清华园周末的夜晚安详宁静，没有歌声，没有喧哗，只有淡淡的风从窗外柔柔地吹来，默默地传递着一种少有的清闲与难得的宁静。我心里咯噔一下：今晚很可能要发生点什么。

果然，蒋新松敞开心扉，向我谈起他苦难的童年、苦难的少年、苦难的青年以及被打成右派后苦难的二十年；尤其谈到二十年后他错划“右派”终于改正那天，他声音哽咽，潸然泪下……我这才感到，这位当过流浪儿、童工、右派并差点自杀的科学家，实在是有太多的话需要倾诉了；他那压抑、沉积、封闭了几十年的内心世界，仿佛就像一条突然解冻的冰河，今晚终于找到了肆意奔泻的出口。

为了掩饰失控的情绪，他起身将一张 CD 插进电脑。片刻，贝多芬的《英雄交响曲》便在房间里悠悠回荡开来。他和我静静地听着“英雄”与“命运”的搏斗，彼此默不作声，心照不宣。大约过了几分钟，他才缓缓说道：“多年来我一直很喜欢听这首曲子，说不清什么原因，只要一听这曲子，便有一种解脱感和超脱感，便有一种使命感和责任感。仿佛这首曲子就是贝多芬为我而写的，它简直成了我的精神鸦片!”

接着，在音乐声中他又向我谈到他的志向、追求以及一系列有关中国 21 世纪的科技战略构想。他说：“我时时都有一种强烈的紧迫感，因为我还有很多很多的事情要做，而且要做的事情每一件都是事关国计民生的大事。过去是想干不让我干，现在既然让我干了，我没有理由不甩开膀子大干!”

我注意到，在他所有的言谈中，使用频率最高的是“国家”这个字眼，如“国家大事”“国家形象”“国家利益”“国家尊严”，等等。尤其是后来当我们谈到国有大中型企业的出路问题时，他更是满脸兴奋，激动难抑，几乎是对我宣布说：“我认为，我找到了一把解决中国国有大中型企业问题的钥匙!”说着，他把一份研究报告当场打印出来，而后使劲摇晃着，像摇晃着一面国旗，“这是我今天才刚刚写完的，已经思考好几年了。我准备尽快将它送到国家领导人的手上!”

我接过这份散发着油墨气息、长达近四万字的研究报告，急忙翻看起来。报告从科学技术的角度入手，对中国的大中型企业问题作了客观而独特的分析，指出了“突围”的路径和发展的方向，并大胆提出了大中型企业必须重组的理论。其思想之深刻，观点之新颖，材料之厚重，论证之严谨，笔锋之锐利，实属罕见。

我能成为这份研究报告的第一个读者，感到幸运。但我还是不无担忧地说：“大中型企业问题，恐怕是目前中国最难的一个难题了。”

“正因为难，我们就更应该去探索它！这是当代科学家不可推卸的责任。我相信，只要再给我一点时间，我一定能解开这道难题!”他说着又站了起来，在屋里走了几步，而后伸手调大了CD的音量，于是充满强烈悲壮感的《英雄交响曲》顿时响彻整个房间。也许是受到音乐的感染，他的情绪变得激昂起来，面对我一个听众，却如同讲演一般：

> 我从1958年打成右派到今天，一直忙忙碌碌，没有什么大悲，也没什么大喜，唯有祖国和科学，是我心中最大的依恋。我最欣赏的是美国总统肯尼迪的那句话：“不要问国家给予了你什么，而要问你为你的国家做了些什么。”搞科学，就得有探索精神，就得有不怕下地狱的精神，只要我能为我的国家做事情，即使有一天倒下，我也死而无憾。科学事业是一种永恒探索的事业，它既没有起点，也没有终点，成功的欢乐，永远是一刹那。但无穷的探索、无穷的苦恼，正是科学本身的魅力所在。我的欢乐，就是无穷的苦恼；我的幸福，就是永远的探索。这就是我的座右铭。

这个晚上，我们一直谈到深夜。

回到清华大学招待所，我怎么也睡不着了。深夜的清华园空旷而宁静，仿佛早已集体坠入梦中。我突然想起已故著名报告文学家徐迟老人，想起二十年前他撰写的《哥德巴赫猜想》的主人公陈景润……作家与科学家，文学与科学，似乎从来就有着割不断的情缘。莫非这次我与蒋新松的相识，又是某种情缘？

在此后的几天时间里，我与蒋新松又进行了多次交谈：关于历史与现实，关于中国与世界，关于梦想与追求，关于婚姻与爱情，关于今天与未来。总之，蒋新松对我几乎无所不谈，我们很快成了朋友。临别那天，我送了他一本我写的获得首届鲁迅文学奖的《走出地球村》。他接过书，随手翻了翻，然后说道："好，中华民族应该有走出地球的雄心和气魄！"

从清华大学归来，我的心情好几天平静不下来，总觉得蒋新松是个很有意思的人物。我首先在家里的饭桌上向我妻子和儿子谈起蒋新松，然后在其他一些场合也总忍不住要说上几句蒋新松。可每当我提到"蒋新松"三个字时，得到的第一反应总是："蒋新松是谁？"

我不甘心，又专门跑到北京四中和黄城根小学，问一些学生知不知道蒋新松。结果，得到的答案还是异口同声："不知道。"甚至有的学生还问我："是中国的，还是外国的？""是唱歌的，还是踢球的？"就是没有一个人回答是科学家，哪怕是一次错误的猜测。

如此荒诞的现实，若与当下火爆神州、家喻户晓的这个"星"那个"星"相比，这对曾被誉为科技古国、科技大国的中国来说，是不是也太荒诞了一点？

于是我想，该写写蒋新松了。

然而，正当我刚刚动笔之际，1997 年 4 月 4 日下午 5 点，中国"曙光"计算机设计师李国杰突然打来电话，说："鸣生，你知道吗？蒋新松去世了！"我大吃一惊："什么原因？"李国杰说："心脏病。"我脑子嗡的一下，顿时一片空白。怎么可能呢？这位未满六十六岁的科学家，两周前还与我推心置腹、侃侃而谈，转瞬间怎么就不辞而别、撒手人寰了呢？

一连几天里，我深感悲痛不已，每当一闭上眼睛，就会想起蒋新松。我与蒋新松的相识，仿佛不是巧合，而是上帝的有意安排。因为我采访蒋新松之后到他去世之前，没有任何一个人采访过他，他也没有接受过任何人的采访。

于是，我成了蒋新松生前最后一个采访人。

或许是出于某种说不清的责任，我决定把蒋新松推向社会。

然而历史的经验告诉我，人是复杂的，仅凭我对蒋新松本人单方面的了解，是不够的；何况当今社会无奇不有，各种伪劣产品比比皆是。那么有谁能保证，蒋新松就一定不是“伪劣产品”？

我开始从外围对蒋新松进行深度采访。

就在这时，蒋新松曾经的领导朱丽兰约见了我，她恳切地希望由我来写写蒋新松。她说：“蒋新松绝对是个科技帅才，是个难得的战略科学家！他代表了这个时代的一种精神。他的去世，不仅对他家庭是个很大的伤害，对我们国家也是一个很大的损失！”更出乎我意料的是，朱丽兰点名要我来写蒋新松的目的，不是要我塑造一个什么“典型”，而是希望我把蒋新松的学人品格和科学精神写出来，传递给大众，传递给社会，从而引起大家对科学精神和人才问题的反思。

于是，我匆匆飞往蒋新松的第二故乡——沈阳，开始了紧张的采访。为了听到真话，搞清蒋新松到底是真还是假，我不分白天夜晚，一个接着一个地约谈，一件事一件事地调查；为防止疏漏某些细节和疑点，我既录音，又笔记，双管齐下。

采访蒋新松的妻子，是个晚上。这个晚上沈阳的天全黑了，外面的风刮得很厉害，我和她坐在蒋新松的灵前，面对蒋新松的遗像，久久无语。她神情恍惚，面容憔悴，短短一个月，像是老了十岁。我刚一提起蒋新松，她便哭；说上几句蒋新松，她便泪流满面，哽咽不止。

结果，在长达几小时的采访中，录音机里除了我们的谈话声，全是她的哭泣声。

结束沈阳的采访，我对蒋新松已心中有数。回到北京，我又对国家科委、中国科学院、清华大学、北京大学等有关部门的专家、学者等作了采访，再次印证了我对蒋新松的判断，于是决定为他写一部书。因为在我看来，蒋新松不属于他个人，不属于他家庭，而属于中国。当下的中国，缺少一种真正的实事求是的科学精神，一种勇于担当责任、敢于坚持真理的学人品格，一种心甘情愿为国献身的男儿风范和英雄气度，一种难能可贵却几乎被人淡忘的国家意识！而这些东西，在蒋新松的身上都有足够的体现。

当然，我得坦白承认，此时的我也是心怀忐忑的。因为绝大多数中国人都不知道蒋新松，我站出来说蒋新松，能被理解吗？又会有多少听众呢？于是，我多次向国家科委、科学技术部、中央宣传部、中央组织部有关人士发出呼吁和建议，希望通过政府的倡导，把蒋新松推向社会，让更多的人接受蒋新松，就像人们接受鲜花、美酒，接受桑拿、摇滚，接受卡拉OK、足球！

终于，1998年4月9日，中央组织部、中央宣传部、科学技术部、中国科学院、中国工程学院五家联名作出决定，号召全国科技工作者学习蒋新松！

为了最大限度地接近真实，1998年5月20日，我再次前往沈阳调查采访。此次调查采访，我有意识找了一些持有不同看法的专家和学者，与他们作了深入地探讨与交流。最后，当数十万字的采访笔记和上百盒录音带摆在我的面前时，作为蒋新松生前的最后一个采访人，我想我该向读者朋友们讲讲蒋新松的故事了。

第一段

国，国家的国

两千多年前，著名思想家孟子说：“天下之本在于国。”

明末清初，著名思想家顾炎武也说：“国家兴亡，匹夫有责。”

再往近处说，四十五岁以上的中国人肯定还记得，“文化大革命”刚刚开始之际，毛泽东曾站在高高的天安门城楼上，面对数以万计、热血沸腾的红卫兵小将，挥动手臂发出过响彻云霄的“最高指示”：“你们要关心国家大事!”

毛泽东的这句话若用今天的电脑来计算，总共不到十个字节；但就是这句不到十个字节的“最高指示”，当时很快传遍长城内外大江南北，传遍九百六十万平方公里土地上的每一个村村寨寨，甚至在一些涂满标语口号的墙上和极不卫生的场合也有迹可寻；尤其是在年轻人确切地说是在“红卫兵小将”中，更是深入骨髓流传甚广。肯定地说，这句话在那个年代的中国，深入之深，流行之广，绝不亚于今天大街小巷到处都在狂吼乱叫的“你总是心太软”“该出手时就出手”!

的确，古往今来，岁月匆匆千千年，哪个英雄豪杰哪个仁人志士不是用一生的心血在一笔一画地书写着这个既简单又复杂的“国”字呢！可惜，在金钱像流行歌曲样被人们挂在嘴边并反复哼叫的今天，一个有目共睹的事实是，“国家”这个字眼对不少中国人来说已经显得陌生了，久违了，远远不像美元、日元、港币和人民币显得那么重要那么亲近了!

蒋新松是个例外。

蒋新松一生最喜欢谈的，就是国家大事；最喜欢做的，也是国家大事；所有与蒋新松接触过的人也都说，蒋新松是个最爱探讨国家大事的人，也是个最忧国忧民的人；而蒋新松自己也说，他来到这个世界后认识的第一个汉字，就是国，国家的国！

古人道，人生识字忧患始。那么，蒋新松一生的大忧大患，是不是从他认识第一个字就开始了呢？

1931 年 8 月，蒋新松出生在紧靠长江边上的江阴澄北镇。

关于江阴这座城市，有很多话题，但用“忠义之邦”四个字，似乎便可一言概之。四百多年前，中国明朝著名地理学家徐霞客出生于此；后来在同清军和日寇的历次斗争中，这儿也曾涌现过不少忠义之士；到 20 世纪 70 年代，名扬全国的“远望号”测量船基地也建于此，所以每次中国发射卫星时，总是把个小小的江阴县城搞得紧紧张张、神神秘秘。

由于蒋新松的家离长江只有几百米，长江边上那片温乎乎暖融融的小沙滩，便成了母亲常常带他去游玩的好地方。蒋新松的母亲出身于世代书香门第，又是辛亥革命后家乡第一批上学的女子；加之从小知书识礼，装了满肚子的墨水，所以蒋新松还差两个月才满四岁时，母亲便在长江边的沙滩上开始教他识字了。

蒋新松说，童年许许多多有趣的事情他早就忘得一干二净，可不知什么原因，唯独母亲第一次教他识字的情景，总是一闭上眼就记忆犹新。大约是 1935 年夏天的一个傍晚，刚刚吃罢晚饭，母亲便领着还不到四岁的他一蹦一跳地朝长江边走去。那天，红红的晚霞洒满了长江宽阔的水面，浓浓的江风阵阵拂来。走着走着，母亲停下脚步，拾起一根草棍，蹲在沙滩上一笔一画地写了起来。写完后，母亲用草棍指着刚刚写在沙滩上的一个字，教他念道：“国，国家的国！”

他模仿着母亲的发音，也小声念道：“国，国家的家！”

母亲笑了，大声纠正道："不对，是国，国家的国！"

他立即喊了起来："我知道了，是国，国家的国！"

母亲便将草棍塞进他的手里，然后手把着手地教他在沙滩上一笔一画地写了起来……一遍，两遍，只片刻工夫，他便推开母亲的手臂，自己拿起草棍，第一次在沙滩上"写"下了一个歪歪斜斜、傻里傻气的"国"字。

母亲再一次笑了，一把将他搂进怀里。他挣脱母亲的怀抱，沿着长江边上得意地疯跑起来，一边跑，一边很有节奏地大声叫喊道：

"国，国家的国！国，国家的家……"

蒋新松不到六周岁，母亲便准备让他上学了。为了让儿子长大后能具有松柏样的品格，并成为报效国家的栋梁之材，母亲特意为他取了个响亮的名字：新松！

就在这时，侵华日军的枪声响了！当时，日军向河北、山东、山西大举进攻，刚占领了上海的日军第六师团也开始向浙江一带侵犯。江阴城日夜笼罩在飞机的轰炸和炮弹的袭击中，人们惊慌失措，四处逃散。怀有身孕的母亲为了几个孩子的安全，只好带着外祖母和几个孩子，乘船溯江而上，流落苏北。

年仅六岁的蒋新松每日跟着母亲，打着赤脚，背着包袱，夹在被驱赶的人群当中，像一只被人追来撵去的小鸡，东躲西藏，四处逃命。每当夜幕降临时，他或躺在路边，或睡在草丛，又冷又累，又饥又渴。每当这时，他最想念的就是家。家有母爱，有父爱，有温暖，有小鸡，有小鸭，还有母亲在后院亲手栽下的各种青青苗苗、花花草草。这些东西他只要一闭上眼，便历历在目。可现在，家没了，小院没了，衣服没了，粮食没了，还有往日他眼中油画般的长江没有了，江面上高远的蓝天没有了，蓝天上飘飞的江鸥也没有了，而取而代之的，是枪声，是战火，是哭喊，是鲜血，是母亲绝望的目光，是老人弯曲的脊背，是小孩带血的泪水，是婴儿碎裂的尸体……更为严重的是，由于兵荒马乱，阴差阳错，后来父亲也和他们失去了联系。因此，这时的蒋新松尽管对“国家”还没概念，但对“家”却刻骨铭心。他在流浪途中目睹的那一幅幅惨绝人寰的血泪图画，在他心中烙下了深深的印痕，也埋下了仇恨和发愤的种子。六十年后，他这样回忆道：

> 儿时当亡国奴的情景，让我永生难忘。我本该欢乐的童年，却饱经了亡国的痛苦。但它却让我开始懂得了祖国的含义，同时也让我明白了一个简单的道理，这就是：只有国家强大了，个人才有自由、幸福和尊严可言；国家一旦遭难，必是山河破碎，人民倒霉，子孙遭罪！

1938年，母亲带着他重新回到被蹂躏得不成样子的故乡。此时的父亲依然和家中没有联系，全家只有靠母亲日夜做缝纫活儿来维持生计。但即使在如此艰难的境况下，母亲也依然坚持让他上学！

那是令蒋新松终生难忘的一个早上，母亲第一次送他上学。蒋新松说，那天，太阳照在青青的石板路上，暖风吹拂着他的胸膛，他穿着母亲为他赶做的新衣服，背着母亲为他赶做的新书包，一边走，一边听着母亲的教导：

“从今天起，你就开始上学读书了。读书，是一件很苦的事情，你一定要能吃苦。记住，吃得苦中苦，方为人上人。”

“妈妈，什么是人上人？”

“就是有出息的人，比别人有知识的人！”

“那我就做人上人！”

“读书、做事，最重要的是持之以恒。”母亲接着又说。

“妈妈，什么叫持之以恒？”

“就是要有长心。”

“妈妈，什么叫长心？”

“就是一辈子都要用心！”母亲伸出手臂比画着。

下午放学归来，他一进门就大声嚷道：“妈妈，今天老师表扬我了!”

“表扬你什么?”母亲问。

蒋新松说:“老师刚上课就问:谁会写字?我就举手说,我会。然后我就上去写了一个国家的国。老师就表扬我了。”

母亲摸着他的头,欣慰地笑了。

此后,在母亲的引导下,蒋新松每天一早起床,便在家的后院开始晨读。每逢假日,他会跟着母亲来到长江边上,双手捧着书本,面对滚滚江水,高声朗读。有时休息时,他还与母亲一起,对着滔滔江水大声唱着著名文学家刘半农和音乐家刘天华为他们学校谱写的《君永校歌》:

唱唱我们的小学堂,
学校里有的是我们的好花好草好教堂好操场。
唱唱我们的好学堂,
学校里有的是我们的好兄弟好姐妹好先生。
大家欢欢喜喜相亲相爱,
要把学问练得好,
要把身体锻炼强,
最要紧的是做好人学好样。

蒋新松刚满十岁的时候,小学毕业了——他因学习成绩突出,从三年级一下跳到了五年级。蒋新松说,这一时期,他看了不少课外书籍,尤其是一些写科学家的书,他一看就喜欢,爱不释手。小学毕业前夕,他还照了一张毕业照。领到毕业照的当晚,他一人偷偷躲在小屋里,拿起自己平生第一张照片,在小油灯下反复看来看去。他一边看,一边琢磨:那天我明明站着没动,怎么“咔嚓”一声,我就变成这张小小的纸片了呢?现在,我小学毕业了,再也不是小孩了,应该做点大事情了……想着想着,他心里突然一阵冲动,抓起钢笔,便在照片的背面写下一句话：

一个伟人在成长！

蒋新松说，写完这句话，我非常得意，又在心里偷偷念了好几遍，才把照片悄悄藏了起来。

小学毕业后，蒋新松以优异的成绩考上了当时全县最好的中学：南菁中学。

南菁中学的前身是南菁书院，始建于清朝光绪八年。由于该校有着良好的传统学风，加之中国有不少革命家和科学家都曾在这儿读过书，因此对年少心高的蒋新松有着很大的影响。蒋新松除了对化学、物理和实验课有着浓厚的兴趣外，对中国和外国一些伟大的科学家的故事，也几乎到了痴迷的状态。《哥白尼传》《爱迪生传》《达尔文传》等一大批伟人的传记，都是他最喜爱的读物。

蒋新松说，不知什么原因，每当我一读到他们的故事，心里便会热血奔涌，扑通扑通直打鼓，仿佛那一个个伟大的科学家就在我的身边，拉着我的手，与我作着亲切地交谈。难怪后来老师要他写一篇《我的志愿》的作文时，他写的是："我的志愿，就是长大后当一名科学家、发明家，做一个像牛顿、爱迪生、哥白尼、爱因斯坦那样的人。"而且，在班主任何吉人老师的引导下，他开始思考探讨起了重要的也是基本的问题：人生到底是为了什么？人生的价值和意义又是什么？

然而，学习成绩一直名列前茅的蒋新松刚读到高中一年级并一心要考大学时，国民党军对苏北解放区开始了大举的进攻，他的家乡江阴又变成了内战的前线。为了挣钱糊口，维持生计，当裁缝的父亲不顾母亲的再三反对，要强行中断儿子上学的梦想。

一天，父亲把蒋新松叫到一边，铁青着脸说："新松，爸爸为你找到了一个饭碗!”

“什么饭碗?”蒋新松惊喜地望着父亲。

“去纱厂做工。”父亲说。

“我不去!”蒋新松态度坚决。

“那怎么行!”父亲不容商量，“找到这个饭碗很不容易，你一定要好好干，保住这个饭碗!”

蒋新松当场流下了委屈的泪水，但迫于父亲的威严，不到十六岁的他，只好在1946年那个寒冷的冬季，进了一家纱厂当学徒工。关于这段生活，蒋新松五十年后在临终前的最后一篇文章中这样记叙道：

> 中途辍学，是我人生旅途中的第一次打击。学徒工生活是异常清苦的，两班倒，每天工作十三至十四小时，碰上星期六上夜班，星期日还得加班，一天工作长达十八小时。但作为产业工人的一名新兵，跟着老师傅学修纺纱机器，不久我又找到了新的乐趣，探讨起机器的工作原理来了，如机器为什么能按一定的节拍工作?电是怎么回事情?等等。知识的匮乏，又激起了我求学的欲望，一种悲伤，一种痛苦，一种期待，深深地埋在了我内心。我参加了师傅们组织的罢工，观看了师傅们和资本家的说理斗争。我的师傅要回上海去了，他告诉了我许多人世间的不平。我开始了解社会，了解了众多的社会现象，留给我的是更多的思索，及一长串得不到答案的“为什么”。
>
> 1948年春天，工厂倒闭了，不久，我回到了家中。辍学，失业，人世间的不幸，在我小小的年纪都经历了。后来父亲又让我到上海去找工作，历经一个多月之后，我又带着一颗失望的心，拖着疲乏不堪的身躯回到了江阴。但妈妈却安慰我说：“新松，你小小的年纪，不要悲伤，还可以再去念书!”

几年的学徒工经历，让小小年纪的蒋新松沉到了社会的最底层，使他不仅真切地品尝到了人生的酸苦与艰辛，也第一次懂得了什么是“工厂”，什么叫“工人”；尤其是纺纱厂里那锈迹斑斑的机器，摇摇晃晃的车间，体弱多病的女工，更是令他刻骨铭心永生难忘。他后来之所以坚定不移地要带头开辟中国工业自动化的道路，也许与他这段苦难的人生经历有关。此外，他在纱厂几年中最想念的是母亲，每当想起母亲第一次教他认字的情景，他便格外想念学校，想念教室，想念课本，所以他几乎每天都要在心里念叨着一句话：我要上学！

1949 年初，母亲终于说服父亲，让蒋新松回到了学校。为了报答父母，也为了珍惜这难得的上学机会，蒋新松非常刻苦。即便是在黎明来临前那最黑暗的日子里，他也以优异的成绩在大炮的轰鸣声中迎来了解放。三十八年后，他高中的同桌、哈尔滨工业大学计算机系教授胡铭曾先生回忆说，高中时，蒋新松是我们的头儿，他的点子特别多，加上他的脸上有雀斑，我们就给他起了个外号叫“点点”。他的成绩是我们全班最好的，在高二时就自学完了大学的化学课程，还和我们几个参加了县人民政府组织的农田水利调查，两个月走遍了半个江阴。高三时掀起了“参干”运动，他还带头报了名，很多同学也都跟着报了名。但由于身体的原因，他最终未被录取。

1951 年，蒋新松中学毕业后，为了实现自己当科学家的梦想，他只身一人跑到上海，住在姐姐家，准备报考大学。刚到上海的第一天，他放下书包便问当工程师的姐夫：“你看我报考什么学校好?”

姐夫说：“新中国急需建设人才，你应该报考工科。”

他忙问：“上海哪所工科大学最好?”

“当然是上海交通大学啰。”姐夫说。

“那我就报考上海交通大学！”他说。

姐夫大吃一惊，说：“你这孩子真是不知天高地厚。告诉你吧，上海交大是全国的名牌学校，连见过世面的上海人都不敢轻易报考，你怎么就想一步登天？你想过没有，如果上不去，万一跌下来怎么办？别忘了，你是在江阴乡下念的书！”

“乡下又怎么样？我就不信考不上！”说完，他转身进屋，关门，看书。

后来，《解放日报》公布了上海交大录取名单，蒋新松金榜题名，高中魁首。蒋新松说，当他把入学通知书得意地举到姐夫的鼻子面前时，姐夫在他肩上重重地拍了一掌：“看来，制造意外是你最大的特长！”

第二段

想自杀，不敢

蒋新松考上了上海交通大学的消息很快传遍了小小的江阴县城。母亲高兴，父亲高兴，哥哥姐姐高兴，还有亲戚和街坊邻居们也都高兴，并纷纷向他道喜祝贺！

蒋新松说，尤其是母亲，别看嘴上一句话也不说，心里却比谁都激动，比谁都高兴。母亲当天一大早还下了厨，精心为他做了一顿难得一遇的好饭菜，其中就有他最喜欢吃的红烧肉！那顿饭他吃得很香，吃得最饱。母亲就坐在他的身边，一句话也不说，只默默地看着他把一大块一大块的红烧肉夹起来，再送进嘴里，而母亲却连筷子也舍不得动一下。每当他吃完一块红烧肉，母亲就很幸福地冲他笑一笑，然后鼓励他再夹、再吃！为了让母亲高兴，为了让母亲的脸上不断出现笑容，他夹了一次又一次，吃了一块又一块，好像这顿饭不是为了填饱自己的肚子，而是给母亲做表演——他的表演越成功，母亲便越高兴。直到后来，再也吃不动了，他才歉意地冲着母亲嘿嘿一笑："妈妈，饱了！"

临走那天傍晚，母亲还陪他到长江边上散步。蒋新松说，那天傍晚江边很美，有落日，有江鸥。母亲在前，他在后，两个身影在沙滩上默默地移动着，那时光，那情景，那感觉，那意蕴，和童年时他跟在母亲的后面完全一样——

新松，还记得这儿吗？

记得。

还记得你在这儿认识的第一个字吗？

记得。

是什么？

国，国家的国。

当晚，母亲又亲自送他去了车站，还亲自把沉甸甸的书箱给他提上火车。在火车启动的那一瞬间，母亲热泪滚滚，说："新松，从今天起，你就是国家的人了。记住，读书，关键是要持之以恒！"

他点点头，把母亲的话默默记在心里。蒋新松说，火车启动后，他趴在车窗上，看见母亲一步步地追赶着火车，并不停地向他挥动着手臂，嘴里好像还在呼喊着什么。尽管母亲使出了全身的力气，火车还是距她越来越远，越来越远。那一刻，他的眼泪夺眶而出，使劲伸长脖子，想把母亲永远留在眼里；可母亲那弱小的身影越来越小，越来越小，直到完全消失。

蒋新松揣着大学录取通知书再次踏上热闹繁华的大上海，是 1951 年秋天的一个早晨。他扛着一大捆行李，背着沉甸甸的书箱，却轻松愉快地走在南京路上。刚刚获得解放的大上海，到处是一派喜气洋洋的新景象，匆匆穿行在街上的人们，不管是男是女，无论是老是少，个个朝气勃勃，年轻漂亮；甚至拉黄包车的车夫、卖报纸的报童、烙烧饼的姑娘，脸上也都挂满了笑容。望着眼前的一切，蒋新松心里涌动着说不出来的激动与高兴。

穿过淮海路，来到华山路，上海交通大学那古色古香的大门便出现在蒋新松的眼前。上海交通大学的前身是南洋公学，始建于 19 世纪末，为中国历史上最悠久的大学之一。1921 年，北洋政府交通部将南洋公学正式命名为交通大学。因该校早在 20 年代就参照美国麻省理工学院的办学经验实行了一系列的教学改革，故又有"东方麻省理工学院"之称。陆定一、邹韬奋、郑振铎、夏衍、茅以升、钱学森以及

“电脑大王”王安等一大批卓有成就的风云人物，都是从这儿起步，而后再叩响世界大门的。

进校一周，蒋新松便第一次领会到了什么叫“天外有天，人上有人”。考入交大的同学，大都是来自上海名牌中学的尖子生，个个基础扎实，聪明伶俐，争强好胜；尤其在英语方面，他更是望尘莫及。所以在短短的几天里，蒋新松便感到了自己的差距。但他凭着自己的聪明勤奋，几个月之后，他便与班里的同学不相上下；一年下来，他便进入了班里前几名。为了培养毅力和增强体质，他有意识地参加各项体育锻炼，像游泳、长跑、打球、举重什么的，一有时间就练，不到一年，体重便增加了五六公斤。

第一年学习结束后，国家为培养人才，决定从各校选送一批成绩优秀的学生参加华东地区留苏预备生的统考。经层层考试筛选，蒋新松有幸被选中。于是 1952 年秋，他从上海兴冲冲地来到北京留苏预备部，接受短期的俄语训练。训练期间，他们除了用速成法学习俄语外，每个人还必须通读《布尔什维克党史》和《斯大林传》等与苏联政治有关的书籍。

然而，就在蒋新松雄心勃勃，一心一意准备去苏联学习深造时，厄运却降临在了他的头上：在出国前的一次体检中，他被查出患有肺结核!

那是个倒霉的阴雨天，刚一检查完身体，蒋新松便从医生的眼神里感到有什么不对劲。他问医生发现了什么问题，医生躲躲闪闪，闭口不答。但最后，他还是想法在自己的体检表上看到了三个字：肺结核!

他知道，肺结核就是传染病！得了肺结核，就等于必须放弃学业，甚至意味着自己的生命行将结束！这对踌躇满志、风头正健的他来说，无疑是当头一棒!

很快，学校通知他停止学习！接着，又让他单独住进一间小屋，与人隔离，卧床休息。

躺在床上的蒋新松如同一匹刚刚还在蹦跳的烈马，突然间被一只无形的巨手按倒在了地上。蒋新松说，当时学校对肺结核这样的病，还没有什么特效药，只有天天给他打链霉素，一天两次，一次两针，天天打，月月打。可一盒打完了，两盒打完了，三盒也打完了；一个月过去了，两个月过去了，三个月也过去了，他每天除了低烧、低烧，还是低烧；医生使出了浑身解数，就是不退。

蒋新松的自尊心受到沉重打击，一向好强的他无法接受这一现实。刚开始，他对自己的病还抱有一线希望，可随着时间一天天过去，他失望了。

1953 年 6 月，久病不愈的蒋新松在床上躺了半年之后，终于留苏无望，被送回上海交大，一边修养，一边学习。他被安排到机电系二年级插班，并住进了专门为他准备的特殊宿舍：静斋。

开始，他还能强迫自己到教室听听课，可听着听着，脑子就走神。尽管他也很想听课，可就是听不进去。渐渐地，他再也听不进课，也看不了书了。甚至，他只要一打开书本，就难受，就头疼，如坐针毡，心烦意乱！于是，他开始逃离教室，开始夜夜失眠。每晚一躺在床上，就想自己的病；一想到自己的病，就有一种恐惧感——他听母亲说过，他的一个亲戚就是得肺结核死的。他非常清楚，如果自己不得肺结核，早就去了苏联。可现在，自己要当科学家的梦想，还有“精忠报国”的雄心大志，统统化为泡影。他这个所谓的“国家的优秀人才”，变成了一个整天躺在床上白吃白喝的废物！

他对自己动摇了，对前途绝望了。

又是一个失眠的夜晚，他突然冒出一个念头：自杀！蒋新松说，这个念头刚刚蹦出来，他腾地就从床上坐了起来，自己把自己吓出一头冷汗。但他很快又歪倒在了床上，陷入更深的痛苦之中：不自杀，活着又有什么意义呢？与其这样无所事事、半死不活，像一条癞皮狗一样地躺着，还不如一死了之！

从这天起，他的情绪陡然低沉下来，开始在精神上默默做着自杀的准备。过去的他，有时还能翻翻课本，一天也能吃上一点米饭。可现在，他把书本统统扔在了墙角。课，干脆不听了；饭，也不吃了；甚至老师同学给他送去的水果和糖块，他连看也不看一眼。总之不管谁去，他都态度冷漠，神情恍惚，甚至可以一天两天不说一句话。

蒋新松这些异常反应，被老师同学看在眼里；他想自杀的念头，也流露给了个别同学。没过几天，有人便将他的情况反映到了系里和学校，说他情绪低落，对生活、前途绝望，根本不是病的原因，而是政治立场、思想态度问题。其事实和根据是，过去的他学习优秀，现在却一落千丈，甚至连课也不听、书也不看了，这不是政治立场、思想态度问题，又是什么呢？

在那个年代，政治立场和政治态度问题，是最敏感的问题，也是最严重的问题。所以学校有关部门得到这一反映后，很快和他进行了非常严肃的谈话；接着又对他进行了严厉的盘问审查：

"你过去一直是优等生，为什么成绩会突然下降？"

"我身体有病。"

"病？一点小小的病就能成这样？"

"我有病是事实。"

"事实？我看你是思想有病，脑子有病。你整天消极悲观，对前途失去信心，连课也不上了，完全是思想问题嘛！当然，也是个政治立场问题，政治态度问题，你要好好反省自己！"

这一问一查，本来已经做好了自杀准备的蒋新松，反而不敢自杀了。蒋新松说，原因很简单，倘若我真的自杀了，就是"畏罪自杀"！所以为了证明我的清白，我再也不敢自杀了。

不敢自杀的蒋新松只好重新作了选择：不能死，只能活！然而一种想死不敢、求生不得的痛苦，依然煎熬着他，折磨着他。

这期间，他格外想念的，是老家的母亲。

有一天，他正躺在床上胡思乱想，忽听有人敲门，开门一看，竟是自己日夜思念的母亲！母亲拉过他的手，默默地看着他，却一句话也不说。望着母亲那一头白发，他似乎明白了什么。他后来才知道，是学校写信把母亲从老家专门请来的。

当晚，母亲陪他在校园散步。蒋新松说，那天晚上他和母亲在校园并肩走着，开始谁也不说一句话，后来母亲突然停住脚步。他顺着母亲的目光向上看去，一下就看到了耸立在学校机械馆对面的马可尼铜像。马可尼是世界著名的无线电发明家，20 世纪初曾来上海交通大学做过讲学访问。为了表示纪念，同时也是为了激励上海交大的学生们发愤学习，学校在二十年前特地为马可尼塑了一尊铜像。面对马可尼的铜像，蒋新松突然有了一种深深的羞愧感。

“新松，”母亲突然问道，“你知道茅以升先生吗?”

“知道。”蒋新松轻声答道。

“当年，家境极其贫困的茅以升在母亲的支持下，决心进京报考清华大学公费留学预备生。”母亲缓缓说道，“可等他赶到北京后，清华大学已经考过了，他只好改考了交通大学前身之一的唐山路矿学堂。可凭着他顽强的追求精神，后来竟建成了闻名中外的钱塘江大桥。”

蒋新松缓缓低下了头。

“还记得小时候妈妈教你认的第一字吗?”

“记得。”

“记得?”母亲追问声中带着几分愠怒，“是什么？你说!”

“国，国家的国。”他忙低声回答道。

母亲接着说道：“做人，最根本的是要有骨气。你是一个中国人，就要有中国人的骨气。你不是从小就想做伟人吗？自古雄才多磨难，只有吃得苦中苦，方为人上人。你连这点小小的病都害怕了，还算什么男子汉，还做什么伟人？你不是还想当一个科学家吗？你不是还要为国家做大事情吗？你不好好活着，怎么实现你的理想？你不好好活着，怎么为国家做大事情？要知道，你现在是国家的人，你活着，不只是为你，而是为了国家!”

母亲一口气说完，扔下他，走了。

蒋新松说，那是我的灵魂受到极大震动的一个夜晚。母亲的话不多，却很有分量，句句像针尖样刺痛着我的心，让我不得不振作，不得不发愤，不得不乖乖地从死亡线上退了回来。

几天后，寒假到了，母亲领着他回到了老家江阴。在老家的那段日子里，母亲每日和他一起温习功课，同时让他重读了长篇小说《钢铁是怎样炼成的》《我的大学》以及《爱迪生传》《哥白尼传》等名人传记。

一天傍晚，母亲和他一起又来到小时玩耍的沙滩边上。望着万古不变、奔流不息的长江，母亲依然默默不语，像是用心在体会着沙滩，体会着长江，体会着往日的苦涩和明天的希望。末了，母亲才像考官一样向他频频发问：

"新松，还记得小时候的事情吗?"

"记得，妈妈，就在这里，是你教我认识了第一个字：国，国家的国。"

"你说，这长江有一天会不会停止奔流?"

"不会。"

"为什么?"

"因为它有一个坚定的信念。"

"什么信念?"

"一定要奔向大海!"

母亲再没说什么，捡起一根小树棍，自己在沙滩上写起字来。写罢，树棍一扔，走了。蒋新松抬眼一看，沙滩上留下四个醒目的大字：持之以恒!

假期结束后，蒋新松又回到了上海交通大学。他后来在一篇回忆文章中说：

这次起死回生的经历，对我后来的成长起了很大的作用。我像一个经历了地狱考验之后从死亡线上爬起来的人，以后再遇到什么困难、问题和打击，也就全都无所畏惧了。而在我人生最关键的十字路口上，是母亲给了我生活下去的信心、勇气和力量。若是没有母亲在几次紧要关头对我的理解和帮助，也许就没有我的后来，就没有我的今天。我为一生能有这样的母亲而感到骄傲，感到幸运。

蒋新松回校后就参加了补考，成绩竟出奇的优秀。老师同学为他高兴，他自己也恢复了自信。过去的他，就是一个不读死书、不死记硬背的人，不管上什么课，从来不记笔记。现在，他依然我行我素，老师讲得好，他认真听；老师讲得不好，他就不听或者干脆走人，自己到图书馆看书。但每次考试，他各科成绩都是五分。蒋新松说，他在大学最不怕的，就是考试。每次口试，或者论文答辩，老师总是把他排在第一；而他最后的考试成绩，也总是排名第一。因此，随着他身体的逐渐康复，他很快又成了学校的优秀生。

1956 年春，新中国迎来了第一个“科学的春天”。为欢庆这一科学春天的到来，学校特地举行了一场文艺晚会。那晚，交大的师生欢聚一堂，同台献技，个个兴奋难抑。谁也没想到的是，平常很少显山露水的蒋新松，居然和一个女同学上台说了一段他自己创作的相声。在 50 年代的大学里，男女同台说相声，很可能是蒋新松的首创，所以赢得了老师和同学热烈的掌声。

是年夏天，蒋新松大学毕业了。学校征求他的分配意见时，他表示，希望尽快从事科研工作。

结果，他被中国科学院一眼看中。

第三段

右派，什么是右派？

中国科学院，乃中国科学界的最高殿堂。这里群英荟萃，人才济济，是中国科学巨子们运筹帷幄、大展身手的好地方。年仅二十五岁的蒋新松作为上海交大的一名学生，一毕业就能跨进中国科学院这所大门，无疑是他的一大幸运。

现在回过头去看，在新中国的历史上，1956 年是一个很特殊的年代。这年 1 月 14 日，中央在北京召开了著名的“关于知识分子问题会议”，首次把知识分子问题摆到了从未有过的重要位置；而周恩来在《关于知识分子问题的报告》中还明确提出了三点意见：

> 一、对所使用的知识分子应给予充分的信任与支持，让他们有职有权，重视他们的研究成果；
>
> 二、改善对他们的使用和安排；
>
> 三、为他们创造必要的工作条件（如配备助手、解决资料、制定合理的升级及奖励制度等）和必要的生活条件。

接着，1956 年 2 月，在《中共中央关于知识分子问题的指示》中，对知识分子在现代化国家中的作用和历史地位也作了充分的评估与肯定：

> 我国社会主义的经济建设和文化建设的高潮的到来，日益显出科学干部和一般文化干部的重要性……因此，党有必要进一步地把知识分子问题放在全党和国家的各个工作部门的议事日程上，要求全面规划，加强领导，克服我们在这方面工作中的缺点和错误，采取一系列的有效措施，充分地动员和发挥现有知识分子的力量……

正因如此，1956年的中国可以说简直成了知识分子的中国。在这一年里，中国每天的太阳仿佛都是为知识分子升起的，公园的每一朵鲜花仿佛也都是为知识分子而开放的，全中国的光亮好像都投射到了知识分子的身上，全中国的希望也似乎寄托在了知识分子的身上；而人心、民意、国运，也在九百六十万平方公里的古老土地上呈现出了分外动人的光彩。尤其是当周恩来组织制定的《十二年科技发展远景规划纲要》出台后，全国很快掀起了一个“向现代科学进军”的热潮，中国科学院很快成立了自动化、计算机、半导体和电子学等几个研究所。于是，几乎所有的中国知识分子都强烈地感受到：知识分子的春天来了，科学的春天来了！

蒋新松到中国科学院报到后，被分在了自动化控制研究所，心情不言而喻。他和所有新中国培养起来的知识分子一样，既有爱党爱国的赤诚之心，又有为党为国大干事业的宏伟之志，并为自己能赶上这个好的年代而庆幸，也为自己能每日沐浴在科学的春风里而自豪。

报到第二天，研究所给他们刚来的大学生放了两天假，他便借此机会去了故宫，去了天坛，去了香山，去了颐和园，还爬上了高高的万里长城。他从小热爱大自然，家乡的一山一水，他都怀有很深的感情，无论走到哪里，他最喜欢观赏的，便是大自然的名川胜景。他不是诗人，心里却总是充满着浓浓的诗情。在天坛的回音壁前，他像孩童般欢呼雀跃；在故宫的金銮殿前，他如智者样沉思徜徉；尤其是当他站在高高的八达岭上，凝视着雄伟的万里长城，幻想着自己的宏伟理想、远大前程时，更是豪情万丈，热血沸腾！蒋新松说，在那一刻，他突然想起自己在小学毕业照上写下的那句话：一个伟人在成长！于是面对蓝天，面对长城，他暗暗发誓：一定要当一个优秀的科学家，为国家的繁荣富强，奋斗一生！

上班第一天，领导找他谈话："你们是国家培养的人才，你们能进中国科学院，是相当不容易的事情，也是国家对你们的最大信任。中国科学院，是全国科技的龙头，每一项工作，都是国家的大事情，都与国家的建设和发展紧密相关。你们一定要珍惜这个机会，把国家大事当作自己的头等大事，努力工作，努力学习，多为国家作贡献！"

听了这话，蒋新松犹如古时进京考中了状元的贡生，兴奋得有点不知所措。

当时，自动化控制研究所组建了国内第一个计算机技术小组，蒋新松有幸成为这个小组的成员，并被中国科学院作为优秀人才推荐去参加了中国第一届电子计算机学习班。之后，他又被中科院派往北京大学，在著名教授董天保的领导下，学习研制中国的第一台数字机。

这一崭新的事业深深吸引着蒋新松。他每天从三里河赶往北京大学上班，风里雨里，早去晚归，从不间断；与此同时，他还要看书、听课、作业、自学英语和德语。他学什么，像什么；干什么，是什么。用当时一位老师的话说，他天生就是一个搞科学工作的料。

蒋新松的天赋、勤奋、才干、赤诚以及超人的记忆力，很快受到科学院老专家和同事们的好评。不久，他和另外三个年轻人被称为中科院的"四大小才子"！所以这一时期的他，可谓书生意气，春风得意。

然而人的命运，常常会在不经意间突然拐弯。

1957 年上半年，随着全党整风运动的开展，中国科学院组织群众开始了"大鸣大放"，各级领导号召大家"知无不言，言无不尽"，并特别强调"言者无罪"。于是对党满腔忠诚、一片痴情的知识分子们，纷纷开始了“大鸣大放”。

初出茅庐的蒋新松当然不会放过这样一个爱党爱国的好机会。蒋新松说，刚开始，他只是听老同志们讲，自己并没有发言，政治部主任就动员他说：“蒋新松同志，你怎么不讲呢？讲呀，年轻人嘛，有什么就讲什么，知无不言，言无不尽嘛！”听领导这么一开导，本来就爱说爱讲的他也就开始“知无不言，言无不尽”了，而且是一腔热血、慷慨激昂、苦口婆心、满腹真诚，提了不少自认为对党对国很有帮助的意见和建议。

不料形势很快急转直下，一场反右斗争的风暴突然席卷神州大地。第一批“反党反社会主义”的右派分子很快被揪了出来，蒋新松惊讶万分，如堕雾里。由于他每天都要到北京大学上班，所以一有空隙就去看路边的大字报，看得他额头冒汗，心惊肉跳；等晚上回到科学院，再把大字报上那些充满了血腥气息的新闻讲给同寝室的人听。

一天，他刚从北京大学回到科学院，见有不少人在一排墙报前围观着什么。他上前一看，墙上贴着一张很大的人头漫画像，他觉得这张漫画有些眼熟，再仔细一看，原来竟是他自己！而漫画的旁边，是一张大字报，大字报的标题触目惊心：右派分子蒋新松！上面公然写着“蒋新松传播胡风不是反革命的谣言”“蒋新松对党很有意见”“蒋新松替老右派分子说情”“蒋新松是个典型的小右派”，等等。蒋新松一下懵了：这是怎么回事？说了几句实话，怎么就成了右派？画我的漫画，岂不是对我人格的侮辱吗？

蒋新松更没想到的是，两天后，研究所竟开始了对他的批判！那天，面对一反常态的会场和转眼变得陌生的面孔，他据理力争，不以为然。有人说他反党，他就说，我不是反党，是给党提意见；有人说他反社会主义，他就说，我没有反社会主义，是给社会主义建设提合理化建议；有人说他是右派，他就说，我不知道什么左派右派，只知道做人应该正派；有人说他给党提意见就是右派，他就说，给党提意见不是右派，而是上级的安排；有人说他不老实，他就说，我不是不老实，而是实事求是。

但到1958年初，蒋新松还是被宣布为右派，并要他签字。他开始不签，后来一想，也许签了字，再批斗几次，便完事了，就签了。可一签完字，一顶“反党反人民的右派分子”的帽子很快就扣在了他的头上！

那是一个下着大雨的傍晚，他从会场出来后，竟不知道自己是怎么回到宿舍的。他万万没想到，从今以后，他就是个“反党反人民的右派”了，可已经是右派的他，却搞不清到底什么是“右派”，就像一个人被强行判了刑，却不知道自己到底犯了什么罪！他把自己关在屋里，倒在床上，抓扯着自己的头发，反复拷问自己：右派？到底什么是右派？难道说真话就是右派？难道给党提点意见、谈点看法就是右派？为什么昨天还是“国家的人才”，转眼就成了反党反社会主义的右派？他想不通，感到委屈，感到冤枉，感到连人格也受到了极大的侮辱！想着想着，他腾地从床上坐起，推开房门，疯了似的向外跑去。他跑到校门外一棵大树下，再也跑不动了，抱着冰冷的大树，使劲儿地摇晃着，拼命地捶打着，直到再也没有力气了，才一屁股坐在地上，流下了委屈的泪水……

蒋新松说，也许那天他的真情感动了老天爷，天空突然电闪雷鸣，接着便哗哗地下起雨来，且越下越大。雨水淋湿了他的头发，淋湿了他的全身，他却浑然不觉。就在这天晚上，他也曾想到过死，但这个念头刚一冒出来，他就制止了，并告诉自己，他不能死，不能当懦夫，不能做软骨头，即使用一生的代价，也要证明自己，必须证明自己！

过了很久很久，他才拖着沉重的步子回到宿舍。回到宿舍的第一件事，就是给妻子写信。可当他望着那张新婚不久的结婚照时，却怎么也拿不起笔来。写什么呢？他每次给妻子写信时，总要谈到他想当科学家的梦想，谈到他要为国家做大事的宏伟抱负。可现在，他什么梦也没实现，什么事也没做成，甚至科学家的桂冠还没得到，右派帽子反倒戴在了头上。最后，他还是拿起笔来，给妻子刘稀珍写了一封信。

稀珍：

我不得不告诉你一件很不幸的事情，我现在已被定为了右派，马上就要离开工作岗位去劳动改造。为了你的前途，你的幸福，我们离婚吧！

他刚一写完，便将信揉成一团，再一把扯碎。

但最后，他还是一咬牙，把信重新写好，寄了出去。

很快，妻子来信了。他打开一看，被妻子的话惊呆了：

新松：

……你忘了我们结婚前你给我说过的话了吗？你说，你将来一定要当一个了不起的大科学家，一定要为自己的国家做几件大事情！可现在，你的情绪为什么这么低落，你的精神为什么这么颓废？你的眼光为什么这么短浅？你的志气、骨气、傲气都到哪儿去了？现在，我不管你是什么右派、左派，我只知道你正派！在我的心中，你就是你，你是这个世界上最伟大的男人！不管是上刀山，下火海，我都跟着你！因为，两个人总比一个人顶着强！

读完妻子的来信，蒋新松的心被深深震撼了。他万万没有想到，外表看起来像风筝样柔弱的妻子，内心竟有铁石般的刚强。他顿时羞愧满面，无地自容。当晚，他给妻子回信道：

稀珍：

谢谢你的来信！现在，我不管什么右派不右派，我要像结婚前向你说过的那样，无论我前面的路多么遥远，多么艰险，一定要实现当科学家的梦想！

如果说，蒋新松在大学期间因患病对生命感到绝望时，是他母亲用母爱的力量把他从死亡的边缘拉了回来；那么当蒋新松在人生的旅途上第二次跌进深渊时，则是他的妻子用爱情的力量支撑了他的精神。以至于几十年过去之后，当蒋新松忆及此事时，对母亲和妻子依然充满了感激之情。他说，别看有些女性平常软弱无力，关键时刻却往往比男人还要坚强！

第四段

科学到底姓什么？

蒋新松被宣布为右派后，马上被降了两级工资。接着，他又被迫离开了最不愿离开却又不得不离开的科研工作岗位。

从此，他的脸上没有了笑容。他不再走进明亮而又富有优越感的办公室，也不再去众人仰慕的北京大学搞科研，往日与他朝夕相伴的机房、教室、资料、图纸，统统与他作别。他每天一大早起床，第一件事就是和一帮老右派一起打扫厕所、教室和院子，然后再到图书馆清理图书、报纸。扫帚、拖把、铁锹，如同一日三餐需要拿起的碗筷，成了他每天手中必备的工具。他原来在科学院春风得意的生活，转眼变成了暗淡无光的日子；他原来在北京大学的科研工作，也一下消失得无声无息。没有人和他一起吃饭，没有人和他一起下棋，没有人和他一起上厕所，更不会有人再和他讨论问题、交谈看法、商量工作，甚至没有人敢和他哪怕说上一句话！昨天不再属于他，梦想不再属于他，科学院不再属于他，过去一些有模有样的领导以及熟悉亲近的同事也不再属于他。随着他身份的改变，环境的改变，生活的改变，现实的一切变得荒诞滑稽，他甚至成了同类的陌生人！于是，人的孤独所固有的茫然感、漂浮感、凄凉感、寂寞感以及渺小感、落魄感、恐惧感、虚无感等，纷纷大踏步向他一拥而来，他生命仿佛从此跌进了无底的深渊。

但尽管如此，他不讨好领导，不接近群众（不是他不愿接近，而是他怕给别人带来麻烦），不请示任何工作，不汇报一点思想，甚至绝不主动向任何人说话——哪怕一句！即使有人与他迎面相遇，擦肩而过，他连眼皮也懒得抬一下。也就是从这个时候起，他感觉自己不再拥有温暖的白天，而只有寒冷的夜晚。

的确，1958 年的春天是寒冷的，也是漫长的。在那一个个寒冷而漫长的夜晚里，每当蒋新松结束一天的“改造”后，便将自己关在屋里，像等待恋人般的等待夜幕的降临。在这样的夜晚，他很想念妻子，很想念母亲，很想念家乡那片没有争斗、没有残杀的土地，以及流淌在家乡每一立方空气里的那一份淳朴的亲情。此外，长江那滚滚的浪，滔滔的水，那奔腾的浪花，如雷的咆哮，一想起来便总给他智慧和胆魄，信心与力量；仿佛那奔腾不息的江水，从他一生下来便开始了对他的培育和锻造。

这时的他虽然被停止了科研工作，却无法停止他对科学的热爱与向往、学习与思考；他尽管失去了白天，却因此得到了夜晚。而在他的感觉中，夜晚总是宽容的，也是平等的，它遮住了白天阳光下所有的邪念与丑恶，留给夜行者一个思索的空间。也就是从这个时候起，他有生以来第一次领会到了夜晚的妙不可言，于是每当夜色一旦堵住了窗口，他便悄悄拧开自制的小台灯，开始阅读、思索，思索、阅读。如果说这个世上人人都是一本书的话，那么过去他可以阅读别人，别人也可以阅读他。而现在，他不再有资格阅读别人，别人也不敢再阅读他，他只有自己阅读自己。

在阅读自己的夜晚，蒋新松独自忍受着凄苦，忍受着寂寞，忍受着孤独。面对孤独，他如同面对着一座阴冷的大山。但为了实现他当科学家的梦想，他必须接受孤独，习惯孤独，忍受孤独，学会孤单，直至最后一口吞下孤独！因为他知道，只有与孤独相伴，才有可能造就一个伟大的自我。他记得一位哲学家说过：“一切人间的罪恶，都产生于不能忍受孤独。”爱因斯坦也说过：“所有品质高尚的人都是孤独的——而且必须如此——正因为如此，他们才能享受自身环境中那种一尘不染的纯洁。”是的，卢梭是孤独的，他在孤独中与自己的灵魂对话；萨特是孤独的，他在孤独中反复锤炼着自己的意志；马克思也是孤独的，他在孤独中与爱侣燕妮频频交谈；还有爱因斯坦、哥白尼、伽利略、贝多芬、牛顿、凡·高，以及中国的屈原、杜甫、曹雪芹等伟大人物，哪一个不是孤独的！正是在一生孤独的缄默中，他们才使自我得以深沉的理性反省，以达到责任与使命的自觉；也正是在一生孤独的缄默中，他们才让自我摆脱了世俗的中伤、功利的浸染、是非的纠缠，从而获得了一种对人生、对事业、对明天、对希望不死的信念。

于是，失去了白天的蒋新松因祸得福，在这样的夜晚，他的灵魂特别的丰富，往事和历史特别的亲切，尊严和信念特别的坚定，思想与情感也特别的纯正；更难得的是，在这样的夜晚，他还获得了一份可以充分享受思考的特权。他思考自己的过去，自己的现在，自己的将来；思考什么是真正的科学，什么是真正的科学家；思考什么是科学的精神，什么是科学的品格，什么是科学的本质，什么是科学的灵魂。而他思考得最多的一个问题是：科学到底姓什么?!

在他看来，科学应该姓真，而不是姓假。科学就应该讲真话，说实情，就应该尊重规律，坚持真理，实事求是。中国科学院是中国科学的核心机构，实事求是是最起码的行动准则。而科技工作者讲真话，说实情，坚持真理，实事求是，则是最基本的人格素质。

可实际情况，为什么又恰恰相反呢？

蒋新松说，在思考上述问题的同时，他还常常对古今中外的一些伟人进行思考。比如：他们为什么会有创造伟业的巨大动力？他们为什么会有推动历史的超人精神？他们为什么会有扭转乾坤的宏大气魄？他们为什么会有充满悲剧的生命过程？

当然，他思考得最多的，也最令他感动的，是司马迁，是孙膑。司马迁遭阉割而写《史记》，孙膑遭膑罚而著《孙膑兵法》。其毅力，其胸襟，其胆略，其精神，令他感动，也令他震惊！而国外三位科学家因坚持科学的真理而殉难的故事，更是成了他每天晚上几乎都要自己给自己反复讲解的课程：

一位是希帕蒂亚，罗马时代亚历山大里亚最著名的女学者，杰出的数学家、天文学家和哲学家。她曾经一边在博物院讲学，一边注释柏拉图、亚里士多德和阿基米德等人的著作。后来，还担任了新柏拉图学院的院长。由于她渊博的学识和崇高的品德给她带来了极高的威望，基督教徒便强迫她信奉基督教。她不从，惹怒了基督教徒，于是公元415年的一天，当她去柏拉图学院讲学时，一群疯狂的基督教徒拦住了她的去路，并将她拉下马车拖进基督教堂。他们先撕去了她的衣服，接着又用锋利的贝壳将她身上的肉一块一块地割下来，然后将她鲜血流淌、仍在颤抖的身体扔进了熊熊的烈火之中。

一位是塞尔维特，西班牙的科学家。他思想激进，极力主张真理是在各种不同意见的冲突中产生的。1531年，他著了《论三位一体的错误》一书后，被德国宗教当局通缉。为了逃避宗教裁判所的酷刑，他被迫从德国逃到了法国。1546年，他又将他多年的思考和研究成果写成了一部不朽的名著《论基督教的复兴》。由于该书推翻了符合宗教目的的盖伦的血液循环论，教会很快便开始了对他的迫害。1553年，塞尔维特被宗教裁判所抓获，但在审判前，他又逃走了。被激怒了的教会便对他进行了缺席审判，并将他的著作和模拟像“用文火慢慢烧成了灰”。但已经死过一次的塞尔维特依然不屈不服，更不低头认错。四个月后，死里逃生的塞尔维特再次被教会抓获，并再次连同他的著作被判以死刑。处刑那天，教会的刽子手们用铁链将塞尔维特锁在火刑柱上，然后点燃了湿木柴。四小时之后，这位不畏强权、敢于坚持科学真理的伟大的科学家被活活烧死。

还有一位是布鲁诺，文艺复兴时期意大利的哲学家和科学家。由于他接受并发展了哥白尼的“日心说”，认为宇宙是无限的，太阳系只是无限宇宙中一个天体系统，并反对经院哲学，主张人们有怀疑宗教教义的自由，所以被宗教裁判所判处死刑，最后也被烈火烧死在罗马鲜花广场。

在一个个漆黑的夜晚，蒋新松一遍遍地在心里温习并思考着上述故事，越思考，越困惑：这三位科学家为人类带来了科学文明的火种，为什么烧毁他们的都是火？莫非要成“人上人”，就必然要“吃尽苦中苦”？难道“天降大任于斯人也”，就注定“必先苦其心志，劳其筋骨，饿其体肤，空乏其身”，就注定要被打入十八层地狱？

蒋新松说，在这样的思考和困惑中，他还时常想起英国诗人亚历山大·波普写在牛顿故居墙上的那首小诗：“自然和自然规律都隐藏在黑暗的夜间。上帝说：‘让牛顿降生吧，于是一切都变得光明了。’”是的，黑暗是曙光的母床，牛顿是伟大的。牛顿说得多好啊，“如果说我比别人看得远的话，那是由于我是站在巨人的肩上。”于是他想，牛顿可以站在巨人的肩上，我为什么就不能站在巨人的头上？

如此几个月下来，当这些思考在蒋新松的脑海中渐渐融解消化之后，他像一只蛹，虽然浑身上下褪去了一层皮，却完成了一次由天真到老练、从幼稚到成熟的精神蜕变；同时也明白了一个复杂而简单的道理：什么是科学？科学其实就是献身！在他看来，凡是伟大的科学家，都难以逃脱坎坷不幸的命运，都得经受人间的种种磨难，忍受人间的种种屈辱，接受人间的种种不平！

蒋新松说，他一旦明白这个道理后，心里便一下显得无怨无悔、心安理得、坦坦然然了。著名作家海明威的话也就成了他最好的自我安慰：“一个人可以被打败，但决不会被消灭！”

于是，在一个凄风冷雨的夜晚，他咬破食指，在一块白布上用自己的血给自己写下了一句诗人但丁的著名诗句：

> 我不入地狱，谁入地狱！

第五段

躲进猪圈，偷听新闻

1958 年夏天，蒋新松被下放到了河北藁城县一个叫茅庄的地方劳动改造。藁城县是抗日战争时期八路军的老根据地，著名的地道战的故事便发生于此。蒋新松和中国科学院一帮右派分子来到这里时，正是 1957 年大水暴涨之后饥荒正盛的季节。

告别了热火朝天的北京，离开了知识分子成堆的中国科学院，同时也避开了闲言碎语和一双双冷漠的眼睛，蒋新松心理上有了一种释然的感觉；尤其是当他把自己的被盖卷和书箱往生产队队长家的墙角一扔，而后走出灰暗的房间，直挺挺地站在长满瓜果、开满野花的农家小院时，他深深地吸了一口清清爽爽的空气，一下子就像卸掉了千斤重负，成了一个空空荡荡、一无所有的“自由人”。

但到农村的第一个晚上，蒋新松还是没有睡着觉。他躺在床上，不知自己到底身在何处；他明明睁眼醒着，却好似坠入梦中。他身下所谓的床，其实并不是床，而是在墙角铺了一层陈年的稻草，然后在稻草上放了一张草席。躺在这样的“床”上，他实在无法入睡，脑子里想的，全是打成右派前他正在干和将要干的有关自动化方面的事情。对此，他自己都感到奇怪、滑稽、荒唐、可笑！

也许是出于对他这位“秀才”的特殊照顾，他先被分配到妇女组干活，干活的内容包括锄草、整枝、打杈、间苗等。这些活的劳动强度虽然不重，可干活的方式却让蒋新松感到别扭：当地农民都习惯蹲着干活，而蒋新松从小学到中学到大学再到中国科学院，从来都是坐着——坐着听课，坐着看书，坐着写字，坐着开会，坐着讲话，就是被打成右派时说的那番话，也是坐着讲的。因此，他和妇女同志们一起只蹲了几天，便蹲得龇牙咧嘴腰酸背痛再也蹲不下去了。

后来，队长为了照顾他，又将他分配到了老头组。到了老头组也很别扭，为什么呢？他一个年纪轻轻的小伙子，整天和一帮弓腰驼背、满头白发的老头在一起，旁人背后不笑话你，你自己好意思吗？

再后来，随着他体力的逐渐提高，他干脆主动要求到了青年组。青年组的活当然很重，也很累。但是，像打坯、起圈、套犁、翻地、看水、推车等什么的，他样样抢着干，样样都能干。几个月下来，他比当地的农民还农民了。于是有老乡说，蒋新松学什么像什么，干什么是什么，是一块干农活的好料！

不久，"大跃进"的"共产风"嗖嗖地刮了起来，蒋新松所在的茅庄很快成立了人民公社，开始实行军事共产主义：各家把猪杀了，实行集体养猪；大队办起了食堂，农民开始吃大锅饭；大炼钢铁，轰轰烈烈，人人砸锅、砸勺、砸钟、砸床……

在刮来刮去的"跃进风"中，蒋新松"改造"的频率也就越来越快，今天被派到食堂当管理员，明天又被分到铁匠铺去管账；一会儿被喊去当炊事员，一会儿又被叫去拉风箱；后来，还加入了钢铁运输队。

蒋新松说，加入钢铁运输队后，他每天推着载有五百斤重的废钢铁的小车，进城，出城，再进城，再出城，如此这般，往返八次以上。实在太累，他居然一边推着车一边打瞌睡。等车碰到了障碍物，才猛然惊醒过来，大叫一声我的妈呀，然后一头栽倒在地上，旁人就是用脚踹，也踹不起来。

随着"跃进风"越刮越猛，"浮夸风"也很快刮了起来。"人有多大胆，地有多大产。"今天亩产五百斤，明天亩产一千斤，"卫星"越放越多，越放越高。浮夸的结果，大家都饿肚子。粮食吃光了，就吃红薯；红薯吃光了，就吃谷糠；谷糠吃光了，就吃榆树皮；榆树皮吃光了，就吃榆树叶；榆树叶吃光了，就吃棉籽饼；再吃下去，就……

蒋新松说，他当时没有任何选择，只有跟着吃。吃得一天拉五次稀，肛门都裂口了，还得吃下去。尤其是棉籽饼那玩意儿，本来就不是人吃的料，但能吃要吃，不能吃也要吃；想吃要吃，不想吃也得吃；吃得进去要吃，吃不进去也得吃，不然就会饿死！而且，即便生存条件如此艰难，劳动改造，一样也不能少。他每天一早下地干活，实在累了渴了，就蹲到田埂边上，用手捧起田里的水，咕咚咕咚灌上几口，然后趁机坐在田埂边上，望着地里的庄稼、田里的秧苗，以及那摇着尾巴、啃着荒草的老牛，开始胡思乱想。随着老牛的尾巴左摆右晃，一只只苍蝇便开始在他眼前飞来飞去。每当此时，那摇摇晃晃的牛尾巴，就像一根鞭子，狠狠地抽打着他的脊梁！

最令他刻骨铭心的，是有个单身农民家的那双筷子。这个农民非常穷，可谓家徒四壁，一贫如洗。家里除了一床破棉被，几乎一无所有，只有一双挂在墙上的筷子。蒋新松说，他曾经像观察细胞一样的观察过这双筷子，研究过这双筷子。这双筷子大概已经用过十几年了，磨损得像两根又细又瘦的柳条。可这位农民兄弟用一根麻绳把它紧紧拴在一起，每天吃饭时，就从墙上取下来；吃完饭后，再把它挂回墙上。好像永远不会把它扔掉，也舍不得把它扔掉。在这位农民兄弟的眼里，这双筷子似乎就是他最大的财富，丢了筷子，就等于丢了饭碗。而就是这双细瘦如柳的筷子，让蒋新松有生以来第一次对中国农民有了最形象、最生动的认识。以至于在后来长长的岁月里，每当他一想起这双筷子，他的脑子里就会闪出一个疑问：这就是中国的农民吗？

由于蒋新松这是第一次到农村，第一次真正接触农民，第一次实实在在地感受到中国农民生活的困苦与艰辛，所以村里的水磨、石碾，瘦猪、老牛，还有光着屁股的小孩、露着干瘪乳房的母亲，以及白发苍苍的老人和张着小嘴哭喊着要吃奶的婴儿，每天都在他的眼前晃来晃去，让他一到夜晚就无法入睡。因为他实在无法知道，这些祖祖辈辈受苦受难的农民兄弟，到底何时才能骑上现代化的牛背。

在这段日子里，劳动中的苦，对蒋新松来说其实并不算什么，而精神之苦才是他最大的苦。尽管胃口一向不错的他从来没有吃过一顿饱饭，肚子整天饿得咕咕叫，可他的大脑一刻也没停止过思考。他肠胃的蠕动与大脑的思考，常常是同步进行。

遗憾的是，他脑子思考的与他所亲眼见到的，反差太大，相去甚远。比如，生产队上报产量时，说亩产量高达一千斤；而他晚上躲在小油灯下偷偷一算时，却只有四百斤！明明只有四百斤，为什么要说成一千斤？在此之前，他只知道中国科学院有做假的现象，有不实事求是的地方，没想到在这偏远的农村，也照样搞假！如此下去，中国怎么得了啊！他想不通，困惑不已，也痛苦不已，于是总会禁不住一次次地追问自己：科学到底姓什么?!

为了排解自己心中的忧闷，他常常从夜半的失眠中起来，悄悄点燃小油灯，捂着自己饥饿的肚子，偷偷自学德语。他不知道自己所学的这些东西将来是否一定能用，但有一点他却始终坚信不疑，这就是：无论在任何时候，不管是顺境还是逆境，一个人只要不丢掉信念，不放弃努力，希望就肯定不会忘记你，肯定等着你！因此，他几乎每晚都要学到深夜。学得太累时，他便披衣下床，步出门外，围着农家的小院慢慢转圈。也许是搞自动化专业的缘故，转着转着，他脑了就想开了工业自动化和农业自动化的问题。中国是世界上历史最悠久的农业大国，农耕文化已经统治了几千年，什么时候才能结束农耕文化的统治呢？中国的农村什么时候才能摆脱原始的生产方式插上科学的翅膀呢？一想到这些，他就有一种冲动，一股激情，一种鼓胀在每一个细胞里的那种属于科学家才可能具有的强烈愿望。然而，一当想到自己是个正在劳动改造的右派时，心里泛起的又是难言的酸楚。

本来，他是一个从小就关心国家大事的人，也是一个一心要做国家大事的人，可现在，他连关心国家大事的资格都被取消了，他想关心却不让他关心了，他想做却不让他做了。甚至，他连自己的国家每天到底发生着什么事情，也一点都不知道了。作为一个非常热爱自己祖国的年轻的科技知识分子，居然中断了与自己祖国的联系，这是令他最无法容忍的事情。这时，他想起自己从北京偷偷带来的一个小收音机，于是就很想用这个收音机听听新闻，了解了解自己的国家每天到底都发生了什么事情。但他又迟迟不敢拿出来，怕别人发现后，说他偷听敌台。

一天深夜，他心里实在憋不住了，便偷偷躲到猪圈里，见四周没人，便小心翼翼地打开了收音机。由于没有耳塞，他把音量调到最低。为防止万一有人听见，他迫不得已，使用了一个最愚蠢的办法：一边听收音机，一边用脚踹猪的屁股。这样，猪发出的叫声，便压住了收音机的声音。过一会猪不叫了，他再对着猪屁股踹上两脚。如此往复，直到天明。

半年后，蒋新松即将离开农村。临走的头一天，生产队长的爱人找老乡们凑了一些面粉，特意为他做了几个足有半斤重的大馒头。老乡们都不吃，就让他一个人吃，说他来乡里受苦了，干了那么多的活，连饭都没吃饱过，很对不起他，希望他回北京后不要忘了他们；还说，如果他今后遇到什么不顺心的事，再回来就是了，他们会像亲兄弟一样待他的。

农民兄弟们像土地一样宽阔的胸怀，令蒋新松感动万分。他二话不说，一口气吃了好几个大馒头——那是他到农村后吃的唯一的一顿饱饭，吃得很香很香。临走那天，老乡们都去送他，他不让送，老乡们却坚决要送。其实，他也舍不得那些农民兄弟，哪怕和他们多说几句话，心里也觉得是种安慰，只是害怕自己这个右派连累了好心的他们。而农民兄弟好像不知道他是右派似的，一直把他送了很远很远，也舍不得回去。

将近四十年后，蒋新松在清华大学那间小屋向我谈起这段往事时，还念念不忘那半斤重的大馒头，念念不忘那些农民兄弟，他说："中国不光工业需要现代化，农业也需要现代化，只有工业、农业都现代化了，国家才会真正强大起来，老百姓也才会过上好日子。"

第六段

摘了帽的右派，还是右派

1958 年底，蒋新松回到了北京。回到北京的他尽管还是右派，但鉴于他在农村劳动改造中的表现；加上当时工厂里有许多实际问题很需要他这种既有才干又肯苦干的人去解决，所以他被重新分配到了控制理论和生产过程自动化研究室。

这一时期的蒋新松，脑子里装了一大堆的问题，如浮夸问题，搞假问题，老百姓的肚子问题，等等。但他不敢把这些问题说出来，更不敢去问有关部门或领导，而只能把这些问题偷偷存放在脑子里。他每天老老实实地上班，老老实实地下班，始终沉默不语，即便偶尔说上一句话，也格外小心、谨慎，就像一个在空中踩着钢丝走路的人，生怕背后突然有人横插一竿子。

随着时间的推移，他对自己不幸的遭遇也逐渐冷静下来。他想，事情既然已经发生了，那就让它去吧！再说了，大丈夫能伸能屈，当年的韩信不也受过胯下之辱吗，这点委屈又算得了什么呢？自己才二十七岁，人生的路刚刚开始，不管三七二十一，最要紧的是要争取到干工作的权利和机会，多为国家、为人民做点有益的事情，“右派”这顶帽子就是戴一辈子，又有什么关系呢？于是，他很快和课题组一起，到天津东亚毛纺厂和首都石景山钢铁厂搞了一系列的自动化革新项目。

当然，这一时期的蒋新松是在被秘密的监视中工作的。他干出来的一系列科技成果非但没有他的份儿，而且有关人士向上汇报工作成果时，连他的名字也不会提一下，也不敢提。有时想起这些事来，他也难免会有几分酸楚，但他总是自己“欺骗”自己说：自己是个右派，能让干工作就不错了，就该谢天谢地了，干吗还要去计较他人警惕的目光和个人的回报呢！所以他每天只管干活、干好活，其他一概不去多想，也不在乎。

但 1961 年后，对蒋新松的控制变得严格起来；到后来，有关方面还发出指示：像蒋新松这样的右派分子，不宜到科研现场工作。于是蒋新松又一次被晾在了一边。

可蒋新松是个从来就闲不住的人，他把自己关在屋里看了两天两夜的书，产生了一个新的想法：既然怕他这个右派分子搞破坏，不让他去工厂搞技术革新，那自己在家搞搞理论研究总可以吧？于是他找到当时的室主任童世璜，谈了自己的想法。童世璜觉得蒋新松确实是个人才，便给了他一个自动控制理论方面的研究课题，让他自己去研究。此后蒋新松便一心扑在了这个研究课题上。后来童世璜说，这个课题在 20 世纪 60 年代初期是自动控制理论领域中最前沿的一个课题，有很大的难度，在此之前有人搞过，但一直没有搞出来。

1962 年，鉴于蒋新松多年来态度端正，服从改造，工作出色，生活俭朴，既没有任何“反动言论”，也没有什么抵触情绪，更没有“反党反社会主义”的“反革命”现行活动，于是经过组织审批，终于为他摘掉了压在头上整整五年的右派帽子！

宣布摘帽那天，蒋新松流泪了。他后来说，那天，他好像有一种走出监狱大门的感觉。他流着泪把这一消息马上写信告诉了母亲，告诉了妻子。母亲和妻子接到信后，欣喜万分，来信反复叮嘱他说，一定要好好工作，一定要好好工作，为国家多作贡献！

不久，蒋新松写出了关于自动控制理论的研究论文。童世璜看后非常高兴，认为很有价值，又和他一起重写了一稿。论文定稿署名时，他的名字排在了前面。

论文以研究室的名义，很快报到了自动化研究所。刚从美国回来的自动化研究所副所长杨嘉墀看了后，大加赞赏，并向国外有关部门作了积极推荐。后来，这篇论文被国外一些专家普遍看好，通过层层筛选，决定在瑞典斯德哥尔摩召开的国际计量学会年会上作宣讲。

蒋新松得知这一消息后，犹如一个长年被关在黑屋里的人，有一天出门时突然看见了太阳，这太阳让他感到很温暖，同时也感到有点眩晕，以至于一时竟不敢相信自己真的看到了太阳。

然而，出人意料的是，由于蒋新松是“摘帽右派”，不但没有资格站到国际讲台上去理直气壮地宣读自己的论文，而且论文署名时连他的名字也不能排在前面。后来，尽管他的这篇论文最终也在国际讲坛上作了宣讲，可站在大洋彼岸讲坛上的，却是另一个身影。

得知这一消息的当晚，蒋新松一夜未眠。然而，在那个年代，他一个“摘帽右派”，即使有理，能找谁说理去？敢找谁说理去？他辗转反侧，思来想去，最后突然恍然大悟：原来摘了帽子的右派，还是右派，只是不再叫右派而叫“摘帽右派”而已。一旦明白这点后，就像有人在他刚刚愈合的伤口上又撒了一把盐，令他不寒而栗！

1963年，随着国民经济元气的逐渐恢复，国家的四个现代化建设被列入议事日程，于是蒋新松被派往兰州炼油厂参加由国家科委主持的一个自动化试点工作。

兰州的日子同样不好过。气候恶劣、生活艰苦不说，最难受的是那些暗中监视他的目光。但蒋新松就是蒋新松，只要让他工作，他就高兴，而且不讲条件，不讲价钱，不谈报酬，不计名利。所以到兰州炼油厂不久，他经过实际考察和分析研究，对生产过程中的自动化测试问题提出了颇有独创性的见解和改革方案，并亲自担任了现场副总指挥。

1965年初，他提出的使用伪随机码进行测试的方案获得成功。该项目的成功，使兰州炼油厂向着自动化的方向迈出了关键的一步，而且比日本早了两年。

然而，摘了帽的右派，毕竟还是右派。蒋新松的才干一旦显山露水，马上就有人看不惯了，很难受了。于是“骄傲自满”“自以为是”“不听群众意见”等各种各样的帽子，又一顶一顶地扣在了蒋新松的头上；有人还给北京中科院自动化研究所写信，向党组织反映他在兰州的“表现情况”；甚至除了每个月对他定期“帮助”一次外，还组织现场批判会，对他多次进行“批评”“教育”。

面对这些，蒋新松的选择是：除了工作，便是沉默。

1965 年 10 月的一个夜晚，蒋新松扛着沉甸甸的书箱和简单的行囊，从北京火车站踏上了去沈阳的列车。

也许是根据工作的需要，也许因为蒋新松是摘帽右派，总之，有关部门决定：蒋新松从北京中国科学院，调往东北工业自动化研究所，即后来的沈阳自动化研究所。

临行前，有关人士找他谈话，问他从北京调到东北有什么想法？他的回答很干脆：“没什么想法，只要让我工作，去哪儿都行!”

其实，身为一个“摘帽右派”，他能有什么想法呢？再说了，他又敢有什么想法呢？即使他有什么想法，有人听吗？所以他的想法是，无论留北京，还是去东北，对他这种被社会抛弃的人来说，都是一个意思；只要能让他干工作，在哪儿都一样。

那是一个寒气提前到来的秋天，列车呼啸着行进在北方广袤的平原上。车上的蒋新松不急不躁，自然正常，除了身边的书箱和行囊，看不出一点像出远门的样子。他一上车，就捧着一本砖头厚的外文资料独自看着，不和身边的任何人说话，甚至连目光也懒得扫视一下，好像整个车厢只有他自己；而他身旁的人见他一副冷漠的样子，也无人搭理他。

这样一来，蒋新松反而感到正常了。因为八年来，冷漠的眼光他见得实在太多。以冷漠对冷漠，用无视对无视，半斤八两，他认为公平合理。所以无论走到哪里，他总是一人独居一隅，从不主动与人说话，与人接触。而他也不愿再去搭理这个世界，懒得再去搭理这个世界，更不想再去惹怒这个世界。当然，他也不希望这个世界再来惊吓他，整治他，坑害他。八年如此，他早已从不自然到自然，从不习惯到习惯。

一个夜晚就这样过去了。直到第二天，他才注意到，他的对面坐着几位年轻人，看样子是刚从学校毕业后分配到东北去的大学生，个个朝气勃勃，踌躇满志，仿佛东北那块黑土地上，尽是等着他们去挑、去拣的元宝和大洋。“和我当年一个样!”蒋新松说，看见他们，他就想起孔子“三十而立”的话来。掐指一算，自己已是三十四岁的人了，不但没有“立”起来，反而还被打倒在地；而现在，命运的列车还不知将他抛在何处，扔向何方。

车到沈阳后，蒋新松行囊一放，便去东北工业自动化研究所报了到。他刚报完到，所里有关领导便郑重其事地对他说，你参加科技攻关小组，马上准备到鞍钢报到。

蒋新松说，听到这个话，他既感到受宠若惊，又觉得难以置信。因为他知道，鞍钢是国家重工业的中心，是全国重工业的“龙头”，能在那儿工作的人，个个都是思想红、觉悟高的“红五类”；而他刚到新单位，又是个“摘帽右派”，还是个“嫌疑分子”，领导怎么就对自己如此信任呢？他思来想去，最后也没闹明白，让他去鞍钢，到底是被重用，还是被利用？

其实，早在1965年初，在北京召开的有关会议上，就决定将鞍钢冷轧钢板厂的设备完善化、自动化列为国家科委和经委直接控制的重点攻关项目了，并将自动化部分列为国家科委技术发展十年规划项目。于是全国各路科技名将纷纷云集鞍钢，拉开了鞍钢科技大攻关的战幕。而东北工业自动化研究所对蒋新松在自动化方面的才干早就有所耳闻，尽管也知道他是个“摘帽右派”，但研究所已经领受了鞍钢冷轧钢板厂自动化的研制任务，倘若不让蒋新松这样的骨干去，又让谁去呢？

第七段

十年鞍钢，十年尴尬

1965年秋的一个上午，蒋新松忐忑不安地来到了鞍钢。

鞍钢，1917年始建于日本人之手，但二十八年后，当日本宣布投降时，日本人又将它几乎捣毁成一片废墟。据说，日本撤离鞍钢时，一个日本工程师曾叫嚣说：“现在，鞍山烧钢铁的炉子留给中国了，让他们去种大豆、种高粱吧！”1949年，一位外国专家来到鞍钢，当他沿着鞍钢的厂房转了一圈后，也当场断言道：“鞍钢想要恢复生产，至少需要十五年！”

然而，历史的发展既没理睬日本人的狂言乱语，也未在意外国专家的草率断言。1949年后，在短短几年时间里，鞍钢便成为中国第一个工业基地。在50年代和60年代初，鞍钢日夜飞溅、光芒耀眼的钢花，曾照亮了中国工业的半个天空。现在，国家又组织了科技界的精兵强将，在鞍钢拉开了科技攻关的大幕。所以，凡被选派到这儿的科技工作者，无一不想在此大展身手，为鞍钢、为历史留下光彩的一笔！

蒋新松当然也想。

那天，当他第一眼望见鞍钢那一排排雄伟壮观的高炉时，就被那生龙活虎般的场面震撼了。自从他被打成右派后，尽管依然心怀天下事，“不敢忘忧国”，但他的名字毕竟被人从“国家”的花名册上一笔勾销了，国家大事也因此与他越来越疏远了，他如同一个失恋的恋人，多年来只有苦苦地“单相思”。现在能让他来鞍钢，至少说是一种安慰。因此，当他面对鞍钢那热气腾腾、大干快干的火热场面时，一颗压抑多年的心一下就被感动了！

当然，他也非常清楚，自己毕竟是个“摘帽右派”，毕竟是个“临时工”，不可能与其他科技人员相提并论，一视同仁。所以无论说话还是做事，他既不大张旗鼓，也不锋芒毕露，想也只有偷偷地想，干也只能夹着尾巴干。为了强行压制自己的个性，管住自己那张嘴巴，以便在鞍钢站稳脚跟，他还特意给自己立了两条规矩：第一，只干不说；第二，干了也不说。而后，便一头扎进了鞍钢冷轧钢板厂。

冷轧钢板厂是鞍钢很重要的一个厂。这个很重要的厂有一台很重要的设备，叫1200可逆冷轧机。1200可逆冷轧机是中国用相当昂贵的价格从苏联进口的一台轧钢机。这台轧钢机不光对鞍钢来说是十分金贵的“独生子”，对全中国而言也是唯一的一台“国宝”，若是它一旦闹点情绪，发点脾气，不仅对鞍钢是致命一击，也会造成全国冷轧钢板生产的瘫痪！所以多年来，这台为中国立下了赫赫战功的设备，被视为鞍钢的“功臣”！但它的尾部自动安全停车问题，却始终是个问题——长期以来全靠工人师傅们用人工操作的办法去处理，且至今悬而未决。这种人工操作的办法很不科学，也极不安全，还严重影响生产效率。工人师傅们每次操作时，都非常紧张，压力极大。当年，苏联的专家曾作过多次调试，只因在一次调试中险些闹出大事故来，后来就再也没人敢光顾了。

蒋新松去后不久，便暗自下定决心，一定要攻克这个难题！

其实，这个时期的蒋新松，日子过得并不轻松。他刚去鞍钢时，十几个人住在一间大屋里，使用的一律是自带的被褥，生活与工作条件都相当艰难。当年和蒋新松一起在鞍钢工作的张文洁女士说，他们每天上班，都要先从住地走上十多分钟，然后坐二十分钟的无轨电车，下车后再走上二十来分钟的路，才能到达厂里。而且电车上十分拥挤，每挤一次电车，衣服扣子都要挤掉好几个。但不管刮风下雨，天天如此。他们每月三十斤粮，厂里再给补助八斤，还是不够吃。尤其是蒋新松，家里有了一个女儿，自己的胃口又好，粮食总是闹饥荒。所以每个月20号刚过，他就老是催促组长说："该去领粮票了吧，该去领粮票了吧！"蒋新松的组长叫张启昌，这是一个很不错的老同志，他不仅在政治上不歧视蒋新松，而且在工作上很支持蒋新松，在生活上也总是关心帮助蒋新松。有时一看蒋新松没粮吃了，他就把自己节省下来的部分粮票以"借"的名义送给蒋新松；每到月末，为了解救蒋新松以及家里的饥饿问题，他还总是提前一天或者半天去把粮票领回来，然后再第一个发给蒋新松。

而就在这时，蒋新松的小儿子偏偏张着饥饿的大嘴哭喊着降临人间。儿子刚出生不久，便患了黄疸性肝炎，住进了医院。蒋新松家在沈阳，工作在鞍钢，按当时的规定，他每月只能回家一次。于是为了能照顾孩子，又不耽误工作，他有时只好晚上下班后从鞍钢赶回沈阳，第二天一早再从沈阳赶回鞍钢。

但即便在如此艰难条件下，蒋新松还是对1200可逆冷轧机提出了一套崭新的改进方案。该方案得到了鞍钢和研究所的肯定，也得到了同事们的支持，蒋新松便一头扎进了这个方案中。

然而，正当这项研制工作加紧展开之际，"文化大革命"开始了。

对于这场"大革命"，正埋头苦干的蒋新松根本搞不清是怎么回事。曾一朝被"蛇咬"的他虽说不是见了草绳就认作蛇，但面对来势凶猛的"大革命"，也难免心有余悸。尤其每次在上班的途中，当他看到那铺天盖地的大字报，听着那惊天动地、震耳欲聋的口号声时，很自然地便想到了1957年的"大鸣大放"，想到了1958年的"大跃进"。于是多年来已经习惯于"只许规规矩矩、不准乱说乱动"的他，只得采取了一种很冷静的态度：凡"革命"之事，不表态、不参与，不外出、不串联，不煽风点火、不上蹿下跳。

由于这时的"革命"已压倒了一切，鞍钢许多人都积极投身到了"抓革命"的"洪流"当中，不光有些项目被迫停产，而且蒋新松所在的课题组也有不少人离开；再后来，随着鞍钢"革命形势"的"蓬勃发展”，武斗愈演愈烈，在万般无奈的情况下，蒋新松只好从鞍钢回到了东北工业自动化研究所。

此时的东北工业自动化研究所自然也不会闲着。蒋新松回到沈阳时，正赶上所里开展“横扫一切牛鬼蛇神”的活动。所以他刚到家第三天，一张张的大字报便劈头盖脸地扑向他这个“摘帽右派”。

面对一张张恶狠狠的大字报，蒋新松哭笑不得。有什么办法呢？荒唐年代派生出来的总是荒唐的逻辑：昨天还是技术骨干，今天就成了批判对象；而无论是让你做技术骨干还是叫你当批判对象，都是“革命的需要”。不过在政治这条跑道上，他毕竟是一位经过风雨、摔过跟头的“老运动员”了。所以他很冷静，你革你的命，我干我的事，每天该干什么干什么。技术书随时带在身边，有点空闲便抓紧看看。甚至在一些大批判会场上，他脑子里照样想着鞍钢的自动化工程。但后来，什么事都不让他干了，用他自己的话说，成了一个活着的“闲人”。甚至连技术书也不能看了，只能学《毛选》。

《毛选》是那个年代对《毛泽东选集》的一个简称。有过这段经历的中国人都知道，“文化大革命”中学《毛选》，是中国历史上的一大“政治景观”，或者说是一种独一无二的“政治时髦”。其热情，其真诚，其置任何事情于不顾，就像今天的孩子们沉迷于追歌星、玩电玩。运动之初，应该说全中国都是真诚的，认真的，都是自觉自愿当作一项神圣的政治任务去执行去完成的。但到后来，不少人学《毛选》就变成走过场了。但蒋新松不是，他从开始到结束，都是真学，一篇一篇地看，逐字逐句地读，而且钻研得相当深。当年东北工业自动化研究所所长叶强后来说，蒋新松在“文化大革命”中对改造世界观问题，是发自内心的，也是最自觉的，他很用心地重读了毛泽东的《矛盾论》和《实践论》。而蒋新松对此也直言不讳，说，《毛选》一卷、二卷，我几乎都能背下来了。

到了 1967 年 11 月，大概是“革命”“革”得有点累了，也该促促生产了，上面有人指示说，鞍钢的研制工作又可以进行了。于是蒋新松又被通知去鞍钢，组织 1200 可逆冷轧机自动停车装置的试验。

到了鞍钢，蒋新松一看厂里的形势，认为现在搞停车装置试验有很大的风险，因为 1200 可逆冷轧机全国只有一台，试验一旦失败，或者出点问题，他这个“摘帽右派”不杀头也会蹲大狱。但他是这个工程的设计者，又是正被“革命”的对象，如果不干，又会成为铁的罪证。所以他愿干得干，不愿干也得干，别无选择。

好在同事们对他很支持，一个年轻的技术干部说：“老蒋，你是结了婚的人，还有两个孩子，万一出了事，我是光棍一条，就让我去蹲篱笆子吧！”而鞍钢的师傅们也愿意积极配合，甚至还有人拍着胸脯站出来，愿意为他分担责任。蒋新松被深深感动了，多年来在众人面前从不多说一句话的他，那天终于说了一句从 1957 年被打成右派后就一直想说的话：“我要用我的一生来证明，我是无愧于我的祖国，无愧于我的人民的！”说这句话时，他仿佛不是在说，而是在喊。

不久，蒋新松组织的 1200 可逆冷轧机自动停车装置试验终于获得成功！该装置投放到生产运行中后，既保证了工人师傅的人身安全，又大大减轻了操作人员的劳动强度和精神刺激，鞍钢的生产率和合格率明显提高。后经有关专家鉴定，此项工程达到了当时国内的先进水平，其设计水平堪与国际上 60 年代末期的同类设备媲美。

蒋新松这才长长地出了一口气。因为在那个“阶级斗争一抓就灵”的荒唐年代里，他不仅为国家做了一件大事，自己还有幸躲过一劫。

然而，幸与不幸，总是结伴而行。

就在蒋新松在鞍钢声名鹊起之际，东北工业自动化研究所“清理阶级队伍”的工作又开始了。蒋新松很快接到通知：马上回研究所，参加“清队学习班”。

1968 年 8 月 27 日，蒋新松又从鞍钢回到了沈阳。他刚刚走进研究所的大门，就碰上了已经“恭候”他多时的“造反派”。“造反派”

见他如期而至，喜出望外，有人还上前与他打招呼。他以为是自己在鞍钢干出了成绩，所里派人迎接他来了，心里一阵感动。而就在他感动之际，一块上面写着“右派分子蒋新松”的胶合板牌子“咣当”一声便挂在了他的脖子上。接着就被送进批判会场，开始对他进行批判。

有人说，蒋新松骄傲自满，目无党的领导；

有人说，蒋新松是老右派，是新反革命；

还有人说，蒋新松对党有不满情绪，时刻都在想着翻案；

…………

批了两天，批到后来，轮到他说话了，他只问了一句：有证据吗？

有人马上便把他在鞍钢当众说过的那句话端了出来：“你说过，你要用一生来证明，你是无愧于祖国，无愧于人民的！这话是什么意思？”

他哭笑不得，无言以答。在鞍钢干出了成绩不但无功，反而有罪，这是蒋新松万万没有想到的。不过，他心灵的伤疤早已从血红变成了紫黑，所以面对政治的风风雨雨，他不惊不诧，习以为常，甚至在冷酷的漠然中也带着一种坦然。即使白天刚批了他，晚上他照样偷偷钻研技术。他的生命仿佛只有在与世界不断地碰撞、较量、抗衡与搏斗中，才能撞出活力，激起血性，甚至显出与众不同的英雄本色。为了宽慰和激励自己，他还把作家海明威的话每天在心里默默背上两遍：“一个人可以被打败，但决不会被消灭！”然后，便在心里冷冷地想：历史，难道是凭几个小丑说了算的吗？

此后不久，全国掀起了知识分子走“五七道路”的高潮，蒋新松被定为第一批下放农村劳动改造的对象。蒋新松说，有一天傍晚，他刚走出会场，一名工宣队的代表便找到他，正式通知他说：“根据组织决定，明天你们全家到农村去，接受劳动改造！你马上回去收拾收拾行李吧！”

事情来得如此突然，令他始料不及。去农村劳动，他并不害怕，他最怕的是让他离开研究所，离开他深深热爱的科研工作岗位。因为他心里非常清楚，鞍钢的自动化项目中的一些技术问题是离不开他的。但他是“摘帽右派”，面对“组织”的决定，他还有选择吗？

他一句话也没说，点了点头，便拖着疲惫不堪的步子回到家里。见到妻子，他像什么事情也没发生，只随便说了一句：“明天不用早做饭了，我不去上班了。”

“怎么了？”妻子问。

“让我们明天离开研究所。”

“离开研究所？”妻子脸色陡变，吃惊地望着他，“又出什么事了？”

“没事。”为了让已经深受伤害的妻子不再受到伤害，他口气显得格外平静，尽量装得没事一样，“所里通知，让我们全家到农村去，换个地方过日子。”

“到农村去？”敏感的妻子一下就意识到了问题的严重性，顿时气得浑身发抖，“他们的心也太狠了！他们凭什么这样对你，你究竟有什么错?!”

蒋新松什么也没说，只歉疚地望了妻子一眼，便自己动手，开始收拾东西。很快，他把一箱子书和一个被盖卷收拾完毕，才一声不响地回到自己的“书房”。

这是 1969 年一个普通的夜晚。此刻两个孩子已经睡了，只有妻子刘稀珍坐在饭桌前闷闷不乐地织着毛衣。刘稀珍平常是不太爱织毛衣的，她此刻拿起毛衣，不过是想掩饰一下自己伤痛的内心罢了。过了一会，她放下手中的毛衣，悄悄走进“书房”，想看看蒋新松是否睡了。可她看到的情景令她大吃一惊：蒋新松坐在一条小板凳上，在一个自制的八瓦小台灯下，正趴在床板上专心致志地修改着鞍钢的自动化设计方案！她的心被深深震撼了。她走过去，眼泪一下就掉了下来：“新松，你、你明天就要离开研究所去农村了，怎么还……还要搞这些？”

望着泪水涟涟的妻子，蒋新松心如刀绞，一句话也说不出来。过了好久，他才说道：“我不搞这些，又搞什么呢？我干工作，不要我干；我学业务，不让我学；我在鞍钢搞自动化革新，又不让我搞。你说，我不搞这些，我搞什么？难道要让我去街上杀人放火，去铁路上拦截火车，去天安门呼喊反动口号?!”他刚说到这里，妻子便一下扑了过去，用手死死捂住他的嘴巴，放声痛哭起来……

等妻子哭够了，蒋新松才安慰她说：“放心吧，历史绝不是少数几个人说了算的。去农村劳动，我又不是第一次，没什么了不起的，就是生活上苦一点。但生活上的苦，对我来说不算什么，妈妈从小就告诉我，吃得苦中苦，方为人上人！现在，我已经把遭受苦难当作了精神享受，每经受一次苦难，我就越加成熟，越加自信。最苦的十二年我都挺过来了，还有什么可怕的！作家海明威的话我早就给你说过，一个人可以被打败，但决不会被消灭！我虽然被打倒了，但我还活着，我的脑子还可以思考问题。我相信，总有一天我会重新站起来的，总有一天我会成为科学家的!”

“可这么多年来，你为科学院，为鞍钢，干了那么多工作，做了那么大的成绩，他们为什么还要这样对你？这、这实在太不公平了!”妻子越说越气愤。

蒋新松说：“这个世界本身就是不公平的，历史也从来不会谴责成功者。所以我只有咬牙坚持下去，做一个成功者，才能最终逃脱历史的谴责。”

第二天一早，蒋新松全家都做好了去农村的准备。可就在他们正要离开的时候，工宣队的一位同志却跑过来，气喘吁吁地通知说：“不去农村了，马上去鞍钢!”

原来，鞍钢“三结合”革命领导小组即将成立，像蒋新松这样的技术骨干不“结合”进去，鞍钢冷轧钢板厂的自动化技术改造就无法进行。所以他们这才决定：蒋新松马上重返鞍钢!

重返鞍钢第一天，蒋新松就告诫自己：只要行动，不要空谈。只有行动，才是世间最好的语言。他必须用自己实实在在的行动，证明自己的价值，证明自己无过。所以他很快提出，为了提高可逆冷轧机张力系统的自动控制能力和工作效率，应该瞄准自动化控制领域最先进的前沿，搞数字模拟式复合张力调节系统。

该项目确定后，他便和同事们夜以继日，全力以赴。由于该系统由四个大的机柜组成，每个机柜都有数以万计的复杂线路，每条线路都有成千上万的元器件，每个元器件都得靠人一点一点地焊接，所以在此后的几年时间里，蒋新松多半都是蹲在厂里，既当设计员，又当技术员，还当采购员。他的同事后来说，他的一套工作服穿得满身是油，也顾不得换一换；他的一双胶鞋被机油浸泡后跷起来像两条破烂的小船，每天照样穿着它东奔西走，上班下班。

一次，他和几个同事到北京一家工厂去组装控制柜。由于机柜的外壳和控制板不在同一地方，二者相距十几公里，这就需要把机柜的外壳运到另一个地方才能组装。但这时的他已离开北京多年，一无亲戚，二无朋友——即使他认为是朋友，别人也未必把他这个右派当朋友。怎么办？找汽车帮忙，不可能；租车吧，又没钱。最后实在没法子了，他只好向那家工厂看大门的老头儿说了半天好话，又写了一张借条，才借了一辆小三轮。然后他骑着小三轮，一路摇摇晃晃，吭哧吭哧，穿过十几条胡同，跑十几公里，最后才总算把机柜的外壳运到了另一家电器厂。当他从三轮车上下来时，连站稳脚的力气都没有了，竟醉了似的一头歪倒在马路边上。

由于这期间几乎天天加班，再加上饥一顿饱一顿，生活极无规律，结果，蒋新松患了肾炎！

肾炎，对一个男人而言，无疑是致命的一击。但对曾经患过肺结核并从死亡的悬崖边上挣脱出来的蒋新松来说，这似乎并不算什么。治病期间，他仍坚持看书、看资料，病情刚好一点，就硬挺着身子进了车间，甚至有时疼得腰都直不起来了，还照样用手扶着腰，坚持修改图纸或者焊接导线。

蒋新松敬业的态度、精湛的技术，以及锲而不舍的追求精神和超凡脱俗的人格魅力，让鞍钢的工人师傅和沈阳自动化研究所的领导、同事深受感动，他不仅赢得了东北工业自动化研究所领导和同事的尊敬，同时也赢得了鞍钢有关领导和工人师傅的信任。当时，鞍钢的主电室是厂里最关键的一个部门，建厂以来一直由门卫严格把守。按当时厂里的规定，凡在主电室工作的人员，必须是三代清白；非本室人员若有事要进，也必须经过有关保卫部门批准。但厂里居然对蒋新松这个“摘帽右派”作了特批：蒋新松可以随时出入主电室的大门。蒋新松说，在那个年代里，这件事对他是最大的安慰和信任！

1974 年 5 月，蒋新松设计的数字模拟式复合张力调节系统几经磨难，全部组装完毕，只等接机试验成功，便可投入生产。但如此重大的试验，风险很大，一旦失败，谁也担当不起，必须经上级批准。奇怪的是，接机试验报告送上去三个多月了，迟迟不见批复，直到四个月后的一天，才接到电话通知：可以试验。但什么时间试验？谁来组织试验？并不清楚。

蒋新松得到通知后，非常高兴。也许他一心只想到工作，高兴得忘乎所以，于是在未请示任何领导的情况下，居然火速组织人马，连夜进行试验。

试验过程相当艰难。但几经周折，接机试验终于获得成功！成功的那天晚上，现场的工人师傅们都高兴得跳了起来，不少人还流下了热泪。而就在大家高兴万分之际，同样高兴万分的蒋新松忽然发现，试验现场没有一个领导，他急忙问了一句：“是谁批准今晚试验的？”

“不知道。”有人答道。

“是谁接的电话通知？”蒋新松又追问了一句。

“不太清楚。”

不祥的预感很快驱散了成功的喜悦。大家你看着我，我看着你，这才发现问题的严重性：试验虽然成功了，但未经上级批准，要是上面追查起来，怎么办？

“大家先回去休息吧，这几天太累了。”蒋新松说，“今晚的试验如果上面不管，就算了；要是万一追查起来，就说是我蒋新松让干的，责任由我承担。”

“不，我们大家一起承担！”工人们齐声说。

谢天谢地，由于试验获得成功，上面并未追问此事。蒋新松们虽然没功，倒也无过。

数字模拟式复合张力调节系统很快投入生产。经实践检验，蒋新松设计的这台自动化控制设备，达到了国内 60 年代末和 70 年代初的先进水平。而且，从技术指标的运行情况来看，还超过了 60 年代末期中国从西德和日本引进的同类自动化控制设备。

接下来，蒋新松又接受了鞍钢第三个大的自动化工程：研制可逆冷轧机的厚度控制系统。在抓这个工程中，他除了注意研究国内自动化领域最先进的技术外，还对国外自动化领域的新动态、新情况、新技术也想方设法进行考察研究。他除了工厂，从不去任何地方，哪怕有一点时间，也把自己关在屋里，一门心思钻研，几乎每晚都要干到凌晨一二点，甚至还创下过连续伏案工作三十六小时的纪录！

然而，就在蒋新松埋头苦干之际，批判邓小平、反击“右倾翻案风”的运动又在全国轰轰烈烈地搞起来了。为了搞到蒋新松这个“摘帽右派”“反党反社会主义”的反动言论，上级有关部门特派专人来到鞍钢，对他进行秘密调查，实地“专访”。鞍钢的技术人员和工人师傅们得知此事后，纷纷表示极大的愤慨。结果，没过多长时间，上面派来的人硬是被鞍钢的师傅们给轰回去了。蒋新松再次幸免于难。

1975 年底，蒋新松设计的可逆冷轧机厚度控制系统再次获得成功！经生产试验，质量完全合格，其控制原理和控制方法均达到 70 年代同期国际先进水平。该项目不仅被国内一些高等院校立为教学研究课题，而且还受到日本和西德一些专家们的好评。

蒋新松说，很可笑的是，这一成果却被有人说成是“批邓反右”的“伟大胜利”，是“改造右派”的好成果、好典型；同时上面还专门派来一位干部，找到他，要他连夜写一份经验总结。

这位干部说："蒋新松同志，在批林批孔和反击'右倾翻案风'中，你的工作作出了很大的成绩。你抓紧写一份经验总结，好好总结一下，我们好向上面报一份你的典型材料。"

蒋新松说："我没有什么好总结的。"

这位干部说："你干出了那么大的成绩，为'批邓反右'献上了一份厚礼，怎么会没什么好总结的呢？"

面对这位"上面的人"，蒋新松虽然不失礼节，话中却带着惯有的傲气："对不起，我只懂技术，其他事情我是外行。我每天只老老实实地上班干活，别的事情不是我的职责范围，我也没有兴趣。再说了，事情不是我个人干的，而是大家干的，是大家用血、用汗拼出来的！"

没办法，这位干部只好去找鞍钢的工人师傅，问："那些科研成果到底是谁干的？"

"是蒋新松干的！"工人师傅们异口同声。

蒋新松为此非常感动。从 1965 年到 1975 年，他在鞍钢默默地干了整整十年！十年来，和他一起从沈阳到鞍钢的技术骨干因各种原因都先后离去，现在只剩下他自己。十年中他受的委屈，付出的心血，只有鞍钢的师傅们最清楚。

但蒋新松并不知道，在他人生的下一个十字路口，等待他的又是什么。

第八段
“共产党真有好官！”

中国的历史，似乎总是呈现这样一种规律：个人的命运，往往被政治形势所左右、所决定。政治形势好，命运就好；政治形势不好，命运就不好。尤其是一些特殊人物的命运，与政治形势更是休戚相关，生死相连。比如在历史的某个关头，政治形势一旦发生逆转，其命运倏然间便会发生改变，甚至这种改变是天翻地覆的。

1976 年 10 月，被称为“四人帮”的江青、张春桥、姚文元、王洪文全部倒台，中国的政治形势随之发生了根本的变化，因而成千上万的“错划右派”“特务”“反革命”“反动权威”“牛鬼蛇神”的命运，在一夜之间便发生了变化，或者说在一夜之间便开始了由“鬼”到人的大转变。

蒋新松亦然。

1977 年对蒋新松是个重要的年头。这一年，他的右派问题虽然尚未得到解决，但由于整个中国的政治形势发生了根本性的转变，他个人的处境较之从前，简直就是“新旧社会两重天”了！而就在这一年，全国自然科学学科规划大会将在北京隆重召开。而当时，蒋新松在研究所里什么也不是，科技处负责科技规划的曹慧珍女士却大胆起用他，让他为所里搞自动化领域的规划。不料此事被正在住院的一位领导知道了，当即把曹慧珍叫去，责问道：曹慧珍同志你知道吗，蒋新松是右派啊！右派分子你都敢用，你还是党员吗？但后来在所长叶强和曹慧珍的支持下，蒋新松和资料室的刘海波一起，还是作为沈阳自动化研究所的代表，被派往北京起草有关自动化学科的发展规划，并出席这次全国自然科学学科规划大会。

在去北京的列车上，蒋新松感慨万千。从 1956 年到 1977 年，眨眼便过去了二十一年！二十一年前的那个春天，国家也在搞科学规划，而正因为他在参加中科院的一个规划会议上说了几句真话，提了几点意见，第二年反右时就成了“罪证”。没想到二十一年后的春天，国家又要搞科学规划了，而他居然又将以“专家”的身份出席这次会议。这让他心里真是五味杂陈。

蒋新松说，其实最令他痛心的，是被白白耗掉的那二十一年大好时光！二十一年，按一年三百六十五天计算，就是七千六百六十五天！而这七千六百六十五天对于一个发展中的国家而言，是非常关键非常重要的。照蒋新松的理论，人类的知识每隔十年就会翻一番；一个国家，只需十年就能跃上一个新台阶。当年的中国若是好好地利用了这二十一年，今天至少已经跃上了两个台阶。可惜的是，在这二十一年时间里，西方诸国在飞速发展自己的科学技术，我们却整天忙于玩弄政治权术，上演各种人间悲剧！

因此，蒋新松从沈阳一上火车，就看有关自动化和机器人方面的材料，一路上满脑子想的，全是自动化，全是机器人！据刘海波说，那天晚上蒋新松非常激动非常兴奋，几乎一夜没睡，一想到什么问题，马上便讲。尤其是说到机器人，他更是滔滔不绝，不管你想睡还是不想睡，反正都得听他把机器人的事说完，直到火车稳稳当当地停在了北京车站，他才不得不中断。

蒋新松之所以如此热衷于机器人，是因为他这次规划的重点是机器人。参加此次规划的，还有北京自动化研究所的胡启恒和戴汝为等几位专家。蒋新松和他们相聚在中国科学院，围绕自动化规划问题，一边看材料一边讨论，而争论最大、最多的，就是机器人！

机器人问题，是当时极敏感的一个话题。到底该不该搞？怎么搞？大家众说纷纭，莫衷一是。而持反对意见者，更是大有人在，甚至个别国家领导人也有不同观点："以替代人的劳动力为目的的机器人，不宜搞！"但在这种形势下，蒋新松和几位专家还是坚持认为，中国发展机器人是应该的，也是可行的。胡启恒说，认为机器人不能搞的说法，是一种没有出息的说法。蒋新松也明确表态：搞机器人，是中国自动化发展的一个方向，我们的眼光应该看得远一点。搞科学，不能急功近利，鼠目寸光！

两个多月后，蒋新松作为主要执笔者，起草了北京自动化研究所和沈阳自动化研究所关于中国自动化学科的发展规划草案，提出了中国自动化领域的四个发展内容，其中一个就是机器人的问题，然后交全国自然科学学科规划大会审议批准。

全国自然科学学科规划大会在北京友谊宾馆召开。会议期间，蒋新松用二十一年的生命与苦难铸就的学识和经验、智慧与才干，第一次得到了充分的发挥；尤其是他对中国自动化问题的一些独特见解，令人刮目相看。遗憾的是，不少专家对人工智能和机器人的认识还很肤浅，甚至有人对其基本概念都缺乏了解。于是，他除了在正式的场合积极呼吁、倡导开展人工智能和机器人的研究工作外，还和刘海波一起，起草了一份宣传机器人的"广告"，并让这份"广告"以会议简报的形式发到了每个与会者的手上。与此同时，他还利用会议的间隙，借"拜访""交流"为名，到各个房间宣讲机器人的常识及用途，甚至在餐桌上他也抓住机会，竭尽"游说"之能事，大讲开发人工智能及机器人的重要意义。于是在整个会议期间，机器人成了人们饭后茶余最热门的一个话题。

最后，蒋新松们提出的中国自动化领域中的四个发展内容，被正式列入中国科学院 1978 年至 1985 年的科学发展规划之中；中国科学院还确定，由沈阳自动化研究所侧重研究机器人。于是，中国机器人的研制从蒋新松手上再次拉开帷幕！

1978 年 3 月 18 日，全国科学大会在北京隆重召开。

这是继 1956 年之后，新中国迎来的第二个“科学的春天”，这个春天对蒋新松来说可谓“春风得意”。因为就在这个春天里，他用十年的心血在鞍钢搞成的三个自动化项目，在全国科学大会上被授予“全国科学大会奖”！这是他四十七年风雨人生中得到的最高的一次褒奖，也是他的人生价值第一次得到社会公开的承认。

然而，身处这个春天的蒋新松还是隐隐感到了几分凉意。原因很简单，粉碎“四人帮”后，他的右派问题依然悬而未决。尽管谁也没有再说他是个右派，可谁也没有说他不是个右派，因而事实上他还是个“右派”，是个“摘帽右派”！虽说他恢复了工作的权利，成了技术骨干，但这只是一个政策的宽度问题，他的右派问题实质上并未了结，甚至在某些领导人的眼里，他还是个曾经“犯过严重政治错误”的人，一个“反党反社会主义”的人，一个有“历史罪过”的人，一个过去必须规规矩矩、老老实实，现在同样应该规规矩矩、老老实实的人！十一届三中全会后，不少右派都重新作了鉴定，并先后改正了，过去几十年一直装在他们档案里的那张看似薄如蝉翼实则如同泰山般沉重的“小纸片”已被人事部门轻松地抽了出来。可装在他的档案里的那张“小纸片”，依然还理直气壮地坚守在他的档案里，无人理睬，无人过问，好像这件事压根儿就不曾发生过一样，好像他即使能打造出一千只机器人的手臂来，也休想把它取走一样。

因此，这个春天的蒋新松唯一的心病就是右派问题。他希望为他错划“右派”改正的这一天快点到来，这一天他已经盼了整整二十年了，二十年来他日日夜夜、时时刻刻都在盼望着这一天！其实，他的要求并不高，只希望有关部门能像当年给他作右派结论一样，对他的问题有个公道的说法，有个正式的结论就行。具体点说，就是希望党组织能有一张纠正历史错误的、盖有鲜红大公章的“小纸片”，去把二十年前放在他档案里的那张“纸片”替换出来，以证明他的清白与无辜。

而就在这时，一个重要的人物出现了。这个人物的出现，改变了蒋新松的命运，或者说加速了蒋新松命运的改变。

这个人，叫丁岩。

在中国，人际关系令人眼花缭乱，深不可测，不可不谓世界第一。由于这种复杂的人际关系的存在，使得人治比法治更为突出，使得不少人的人生沉浮、生死命运，除去一些特定的政策因素外，完全被控制在一些“领导者”的手中。尤其是在过去那个“左”的荒唐年代，某些人的意志就是党的意志，某些人的意见就是党的意见。他们如同封建社会凌驾于芸芸众生之上的君主帝王，想要谁升天谁就升天，想要谁完蛋谁就得完蛋，而且必须完蛋！这种流氓式的“党棍”做派，不仅严重阻断了无数有识之士的前程，也严重挫伤了国家事业的发展。比如，像蒋新松这种富有天才而又极具个性的知识分子，是最不懂得人际关系的，也是最不讲究、最不屑于人际关系的，他们一旦与领导发生“矛盾”而被冷落弃用甚至置之死地后，根本搞不清到底是怎么回事，甚至还误认为是自己哪儿犯了什么错误。

当然，历史也为我们留下了另一类真正的共产党人。这类共产党人在与知识分子的相处中，不以“党棍”打人，而是尊重知识，尊重人才，从内心把知识分子当成真正的朋友。他们不仅在正常时期给予知识分子以支持、帮助，在非正常时刻也敢冒天下之大不韪，挺身而出，不怕丢掉“乌纱帽”，保护知识分子。而正因了这批人的存在，一些知识分子才起死回生，逢凶化吉，最终成为国家之栋梁。

丁岩与蒋新松从相识、相知，再到相交，便是其中一例。

丁岩退休前为中国科学院沈阳分院党组书记，我听蒋新松谈起这位老大姐时，她已是八十五岁的高龄了。我第一次去沈阳就找她，费了好大的劲儿也没找着；第二次去沈阳我又找她，遗憾的是，此时的她因多种疾病缠身，卧床不起，已经无法会客了。但当她得知我是为采写蒋新松而专从北京赶来时，老人竟答应了我用电话采访的要求。于是这位躺在床上、打着吊针的老人，竟用颤抖的手拿着话筒，用微弱而哆哆嗦嗦的声音和我断断续续谈了四十多分钟，末了还委托郑崇达先生与我作了详细的长谈。

是的，这是一位值得尊敬的老人。她出生在一个相当封建的家庭，其身世很像小说《青春之歌》里的主人公林道静。“九一八”事变后，她离家出走，从东北大学跑到了北京，参加了“一二·九”学生运动，后来又到延安，参加了革命。1945 年秋，中央组织大批干部到东北，她便先在丹东担任了区委书记兼区长，后又先后出任县委书记，地委组织部长，辽东省工业厅副厅长、厅长，辽宁省工业部副部长等职。她无论在哪里工作，不管担任什么职务，总是与“正直”“能干”紧紧相连，总是对知识、人才格外尊重，因而深受大家的拥护。倒霉的是，“文化大革命”一开始她便成了“走资派”，接着被打倒，被批斗，精神和肉体遭到残酷的折磨后，又被弄到铁岭劳动改造，直到十年之后的 1976 年才回到沈阳，出任辽宁省科委副主任兼党组副书记。

丁岩认识蒋新松，是从一份布满灰尘的档案开始的。十一届三中全会后，丁岩开始负责组建中国科学院沈阳分院。由于她本人在“文化大革命”中深受其害，对政治运动非常反感，所以急切希望科研单位能尽快走上正轨；并坚持认为，人才对一个国家的发展至关重要，尤其是科研单位，必须要有真才实学的内行来当领导，而决不能外行领导内行。于是为了发现人才，她四方打听信息，到处查看档案。一天深夜，她在一大堆右派材料中偶然发现了蒋新松的档案。开始，这份档案并未引起她的注意，可当她阅读完全部材料后，她的心灵被蒋新松震撼了！蒋新松被打成右派后，在长达二十年的时间里居然始终没有消沉，一直坚持干着事情，而且在自动化方面还为国家作出了突出的贡献。这与她所接触的不少右派相比，判若泥云！

第二天，她便迫不及待地与蒋新松所在的单位取得了联系。很快，她又约见了蒋新松。通过与蒋新松的交谈，她发现蒋新松知识渊博、才华横溢、心胸宽阔、思想活跃，尤其是爱国之心依然滚烫如初。而且，蒋新松不像有些右派，一见面就向她喊冤叫屈，诉苦说难，不是提出这个要求，就是强调那个条件，不是我的职称，就是我的待遇，不是我的过去，就是我的将来。蒋新松不同，他对自己的得失好像没有兴趣，对二十年的苦难似乎也懒得提起，张口闭口，不是自动化，便是机器人。

这让丁岩很感动，也很欣喜。她暗自下定决心，一定要尽快解放蒋新松，并委以重任。她先向分院院长李熏谈了自己的想法，李熏院长表示支持；接着她又和沈阳自动化研究所所长叶强谈了自己的意见。叶强是位老革命了，虽无大学文凭、专业技术，但他爱学、爱才、爱知识分子。在“文化大革命”中，他就坚持提倡抓生产；粉碎“四人帮”后，他又积极组织技术人员制定研究所的发展方向。蒋新松在鞍钢时，他就曾给过不少帮助和支持，现在丁岩提出要进一步“解放”并重用蒋新松，他同样表示支持。

于是，在丁岩的一系列策动下，蒋新松很快从鞍钢调回了沈阳，并安排负责一些较重要的科研项目。

然而，在那个“左”的政治气味尚未散尽的年代，一下要把一个扔弃了二十年的右派重新放到重要岗位，不仅是有压力的，有风险的，也是反常的，不容易的。不光一般人心存疑虑，不太习惯，就是有些领导包括省委某些部门的个别领导也怀有成见。甚至还有人顽固地认为，蒋新松在历史上是个有问题的人，是个犯过错误的人，是个骄傲自满、狂妄自大、目无领导的人。这种人是吃屎的狗，不可能改掉固有的习惯，若是让他重新复出，岂不等于放虎归山！

不怕丢掉乌纱帽的丁岩却不管这些那些，顶着各方面的压力，她说：“什么右派不右派，先用起来再说。”

1978 年 5 月，蒋新松由实习研究员提为助理研究员。

1978 年 10 月，蒋新松由助理研究员晋升为副研究员。

由于丁岩等人的积极努力，沈阳的一大批“摘帽右派”以及有冤、假、错案的人，先后纷纷获得“解放”，并安排工作，大胆起用，有的还委以重任。一位叫孙大正的“摘帽右派”还被破格提拔为科学仪器研究中心主任。

于是，一时间里，舆论一片哗然。沈阳科技界的右派问题，成了整个中国科学院引人注目的一大“政治景观”。有北京的记者还专程赶来沈阳采访，称“沈阳分院了不起，丁岩了不起，很有魄力，很有眼光，很有远见!”而每当沈阳的“摘帽右派”们谈起丁岩这位大胆泼辣、无所畏惧、卓有见识的老太太时，大家都会异口同声说：“共产党真有好官啊!”甚至有的科技知识分子还深有感慨地说：“要是共产党的官都像丁岩这样，那就什么事情都好办了，我们的国家也早就不知好成个什么样子了!”

然而，已晋升为副研究员的蒋新松尽管早在1962年就被摘掉了右派的帽子，这时却依然还是个“摘帽右派”!

第九段

活着，就得像个人样

1979 年 3 月 9 日，对蒋新松来说是个绝对非同寻常的日子。

这天，经丁岩、李熏、叶强等人一个时期的积极努力，他的右派问题历经二十一年之后，终于有了一个正式的说法。即是说，熬过了二十一年的寒冬，他终于“重见天日”，亲眼见到了为他右派问题予以改正的正式通知书。

这份卡住他命运咽喉长达二十一年之久的通知书，说白了不过是一张普普通通的小纸片。所不同的是，这张小纸片比一般的纸片多了一枚令人生畏的大公章。

十九年后，我在蒋新松的档案里查到了这张小纸片。细细数来，小纸片上的文字不过五十来个汉字。现实录如下：

关于蒋新松右派问题复查结论

根据中央 1978 年 55 号文件精神，经过重新复查，蒋新松属于错划右派，决定予以改正。撤销 1958 年 4 月对蒋新松的结论。

七机部 502 所委员会

1979 年 3 月 3 日

复杂吧？一点也不复杂。简单吧？实在太简单。难道不是吗？二十一年的黑锅，二十一年的苦难，二十一年的屈辱，二十一年的生命，一张小纸片就了结了，五十来个字就打发了。

然而，就为了这张小纸片，就为了这五十来个字，蒋新松却苦苦煎熬、苦苦等待、苦苦挣扎、苦苦盼望了整整二十一年！

为什么呢？是为争个输赢吗？是为见个高下吗？是为辨认错对吗？是为分出是非吗？不！他仅仅只为一次证明——证明他对国家的忠诚，证明他内心的无愧！

蒋新松说，那天，当他看完这张小纸片后，就像从噩梦中突然醒来，心情非常复杂，一时竟分不清哪是白天，哪是夜晚，哪是东北，哪是西南，只望着这张盖着大红公章的小纸片久久发呆。后来，当他拿着这张小纸片的复印件回到家里时，面对为自己吃尽了苦头、受够了屈辱的妻子刘稀珍，却又说不出一句话来。他愣了半天，最后才把小纸片从兜里掏出来，抖了抖，木然地吐出两个字："完了。"

望着神色异常的丈夫，敏感的妻子以为又来什么政治运动了，急忙慌慌张张地问了一句："什么完了？"

他把手中那张已被捏出汗水的小纸片递了过去。

妻子用颤抖的手接过那张小纸片。

很久很久，妻子才长长地出了一口气，而后望着他，先是凄然一笑，接着一转身，便号啕大哭起来，一边哭一边说："好了，这下总算好了！我们……再也不是右派了！我们……再也不受别人的白眼了！以后，你就可以堂堂正正地做人了，名正言顺干你的事情了！"

望着从未如此高兴过的妻子，蒋新松不知道该对妻子说些什么，也不知道该为妻子做点什么，就像一个多年来考试从不及格的孩子，有一天终于拿回一张及格的考试成绩单，却又不知所措。片刻，他才突然冒出一句话来："我，我去给你做顿好吃的吧！"

"不，今天晚上应该我给你做。你去忙你的吧。"说着，妻子一边抹着眼泪一边系着围裙，一把将他推进了"书房"。

进了“书房”的蒋新松却不知该干什么好。他拿过一本书，刚翻了两页，便扔在一旁。而后，很少用镜子的他，竟顺手下意识地拿起一面镜子。这是一面早已碎成两片的镜子，二十一年来他从来不用。而此刻，镜子就在他手上，是举起还是放下？是面对还是忘掉？一瞬间他竟莫名其妙地犹豫起来。但最后，他还是勇敢地举起了那面久违的镜子——

这是二十一年来他第一次认真地面对一个真实的自己：刻满皱纹的脸，长满白发的头，略略收缩的脖，微微弯曲的背，还有一双储满忧患与血丝的陌生的眼睛……哦，二十一年，恍若昨日，如在梦中。蒋新松说，望着镜中的自己，他回忆着，思索着，体味着。他想起母亲从小对他的教导；想起自己从小就想成为一个伟人的梦想；想起二十一年前中国科学院那个风华正茂、活泼纯真、一头青丝的年轻小伙；想起那个纯洁的眼里总是闪烁着希望、闪烁着真诚、闪烁着梦想、闪烁着激情的“英俊才子”。可现在，一眨眼，他已是一个年近五十的人了，一个开始腰弯背驼的人了！他难以相信，岁月对人的摧残竟是如此的冷酷，如此的无情！望着镜中陌生的自己，一种难言的酸楚从心底一涌而起，他捂住镜子，禁不住一下放声痛哭起来……

是的，这眼泪他在心里憋了二十一年哪！二十一年，生命的三分之一，七千六百六十五个白天夜晚，人生能有几个二十一年？二十一年来有谁知道，他过的是什么样的日子，他精神上承受了多大的苦难！二十一年来有谁了解，他的理想、追求，他的青春、爱情，他的事业、家庭，又经受了多么严酷的打击和考验！二十一年来，他最想做的，就是用自己的智慧与才能为国家大干一番事业，为百姓多做点有益的事情。可他就像一个戴着镣铐的舞蹈演员，纵有千般技艺，万种风情，也无法“表演”、难以施展；而只能在“左”的政治划定的圈子里原地踏步、原地转圈，眼睁睁地看着落后的祖国越来越落后，进步的世界越来越进步！

…………

不知过了多长时间，蒋新松听到了妻子的敲门声。他擦干眼泪，从屋里笑盈盈地走了出来，脸上已看不出有任何伤痛的泪痕。他见妻子为他做的饭菜摆在了桌上，本来不喝酒的他却禁不住问了一句："有酒吗?"

"有!"妻子一边应着，一边递过一瓶白干。

他打开瓶盖，为妻子倒上一杯，再为自己倒上一杯，然后端起杯子，高高举起，一饮而尽。

后来，他让妻子陪他出去走走。

他说："我想看看天。"

门外，本来就清冷的三好街上，此时已不见一个人影。往日的天，今晚依然还是天，依然还是一如既往，还是千古不变，还是高耸于万物之上，还是傲视着芸芸众生。唯独变化的，是花，是草，是树，是土，是鸟，是虫，是猪，是狗，是普天之下转瞬即逝的人，是今非昔比、远离昨日的自己！不过让蒋新松略感欣慰的是，今晚的天在他的眼里，好像比往日少了一些阴气，多了几许亮丽。

蒋新松说，那天晚上在妻子的陪同下，他就那么随意地走着，一边望着深邃辽阔、难得一见的夜空，一边深深地呼吸着早春的新鲜气息，心里舒畅极了，痛快极了!

是的，自从他的问题在丁岩等人的支持下解决之后，那长年飘洒着梅雨的日子，便开始透射出了希望的阳光，生命很快进入了另一个季节。尽管他熬过了二十一个严冬，如今"新松"已变成了"老松"，但二十一年的右派帽子非但没有把他压垮，反而让他真像一棵高山的松柏，越是风吹雨打，越是雄健挺拔。只是，让他深感忧虑的是，那些当年和他一样被打成右派的千千万万个知识分子，如今都是怎样一种命运呢?

不远处，出现了一间小屋。屋里没有灯光，一团漆黑；依稀望去，如同一座偌大的坟茔。望着这间小屋，蒋新松忽然想起一个人。

这个人叫李道纯。和蒋新松一样，李道纯1956年从上海交通大学毕业后，被挑选到了中国科学院，后来因为说了几句真话，便和蒋新松一样，被打成了右派。从未经受过任何政治风雨的李道纯无法接受，也无力承认。宣布他是右派的当天，他便倒在了床上，三天三夜昏迷不醒。

不久，他深爱的妻子被迫离他而去。前途完了，家也完了。他悲痛欲绝，从此一蹶不振。

几年后，李道纯心灵的伤痛有所缓解，精神比之先前大有好转。1965年，他和蒋新松一起，从北京来到东北工业自动化研究所。在此期间，他又结了婚，再次拥有了家，拥有了爱，一年后还拥有了一个活泼可爱的小儿子。于是他又拿起纸，拿起笔，拿起自己的专业，重新向着科技这座高峰开始攀登。他是学内燃机的，他的专业在当年并不逊色于人。他不光把自己的专业用于工作实践，还在研究所当起了讲解内燃机课程的教员。大家一致反映，他的内燃机课不仅讲得好，还很动听；甚至有人还说，李道纯将来肯定是个出色的内燃机专家！

然而遗憾的是，“文化大革命”骤然来临，李道纯又被揪了出来，游行、批斗、检查、反省；反省、检查、批斗、游行。白天夜晚，反复折腾。如此一来，原本就十分脆弱的他，如同一个曾经被押上过刑场的囚犯，当再一次被推上审判台时，未等法官宣判，便早已双腿发软，魂不附体了。

于是继1957年后，李道纯再次失眠了，而且夜夜失眠、通夜失眠。接着，他便在失眠的夜晚开始烧书、烧笔记、烧资料、烧所有文字记录下来的每一张科技卡片。他一本一本地烧，一页一页地烧，一张一张地烧，一边烧一边骂。骂该死的书，骂该死的笔记，骂那一堆堆该死的科技资料！等烧完了，骂累了，他就往墙角边一靠，开始吸烟，喝酒，自言自语，胡说八道。

蒋新松说，作为同窗校友，同是天涯沦落人，自己曾无数次去看望过李道纯，开导过他，希望他大度点、想开点、看远点，振作起来，挺直脊梁，活得像个人样！但没用。他的话如同一把生锈的钥匙，无论怎样旋来转去，也打不开李道纯心灵紧锁的“门窗”。李道纯就像一个不会游泳却又偏偏掉进河里的孩子，别人救不了他，他自己又不能自救，最后只能眼睁睁地看着他沉下水底。

不久，李道纯说话逻辑混乱，语无伦次；后来，他神情恍惚，稀里糊涂；再后来，他疯了！

疯了后的李道纯整天这儿串串，那儿溜溜，不是主动去找红卫兵检查，就是主动去找造反派交代，无论遇上谁，张口便说：“我向你交代来了！我向你交代来了！”别人对他说：“你快回家去吧，你已经没事了，不用交代了！”可他还是不走，弯下腰，低着头，非常诚恳地说：“不不不，我有事，我有错。我是右派，我是反革命，我是反党反社会主义的右派分子！我罪大恶极，我恶贯满盈，我死有余辜！我该千刀万剐，我该碎尸万段，我该遗臭万年！我要交代，我要交代！”

后来，“文化大革命”过去了，“四人帮”垮台了，他的错划“右派”改正了。尽管改正得不完全、不彻底，多少还留有一点尾巴，但毕竟在形式上已经改正了，在名义上他已经不是右派、不是反革命了。可惜的是，一切都晚了，一切都完了！这个错划改不改正，都没有任何实质性的意义了。因为，李道纯早已变得人不像人、鬼不像鬼了。

这一时期的李道纯与妻子、儿子住在一间终年见不到阳光的小屋里。这间小屋长年不开窗户，也不打扫卫生，用旁人的话说，连猪窝、狗窝都不如！他自己也从不洗衣服，从不修边幅，头发胡子长了，也懒得收拾一下。妻子带着儿子，整天在外捡垃圾。儿子大了，也不上学，也无学可上，成天在外东游西逛，成了一个职业流浪儿！由于儿子从小就受到世人的敌视与冷落、欺辱和压迫，所以只要一见到大人便躲，连眼皮也不敢抬一下，活像老鼠见了猫。而他自己则每天跑到火车站，吃上一碗馄饨，再四处游逛。他唯一的爱好，就是看报纸。一到办公室，他就找报纸看；一看到批判文章，他就心慌意乱，神情紧张。尤其是看到有关政治运动方面的消息，他立即眼睛发直，惊恐万状，扔下报纸便往外跑，一边跑一边求救似的大声喊叫：“运动来啦！运动来啦!”而后躲到一棵树后或者缩在某个墙角，浑身哆嗦不止。

后来，同事们不忍心让他再受刺激，再受伤害，便不让他看报，只要见他露面，就把报纸藏起来。但他找不到报纸，就大声抗议，大声叫喊：“你们为什么不让我看报？我要看书你们不准，我要学习你们不准，我要搞科研你们不准，我现在要看报你们也不准！你们为什么要剥夺一个公民的权利？你们太狠毒了，太不讲理了！我要找党中央，我要找华主席!”

每当遇见这种情景，蒋新松总是禁不住潸然泪下，马上便会联想到自己不幸的过去和将来的命运。于是会走过去，像二十年前一样，和李道纯坐在一起，帮他一张一张地翻看报纸。但蒋新松挑选的文章，都与十一届三中全会的精神有关，与落实知识分子的政策有关。蒋新松一边让他看，一边给他讲解，渐渐地，李道纯的情绪才稳定下来。但第二天，又死灰复燃。

后来，李道纯就死了，死在了那间终年不敢打开窗户的小屋里……

这个夜晚的蒋新松回想着李道纯的命运，可谓几多悲怆，几多凄凉！他后来说，每当想起李道纯，他心里就像打翻了一个五味瓶，有一种说不出来的辛酸和难受。李道纯的悲剧，不得不让他认真思考一个问题，这就是：中国的知识分子到底是什么？这个问题长期以来令他深感困惑，也痛苦不已。

的确，对一个有着五千年历史文化的中国来说，这是一个重大的社会问题，但又是一个历来含混不清的问题，因而也是一个常常被人忽视甚至知识分子自身也容易忽视的问题。

在中国几千年的历史上，知识分子似乎从来就不被人当人看待，从来就只是政客们手上玩弄的工具。政客们需要知识分子时，就说知识分子是“人才”，是“千里马”，是如何如何的重要、多么多么的难得；一旦不需要时，知识分子便成了狗屎一堆，一堆狗屎，甚至连狗屎也不如！所以知识分子在政客们的眼里，好比一双拖鞋，需要时，捡起来穿一穿；不需要时，小腿一蹬，抛向墙角。这不能不说是中国旧知识分子的悲哀！

1949 年后，知识分子成了工人阶级的一部分，无论是在政策还是态度上，大部分知识分子都得到了合理的待遇；特别是 1956 年，知识分子受到了加倍的尊敬和重用，地位获得空前提高。然而，自反右斗争开始后，由于“左”的政治路线的错误，大抓“阶级斗争”，把五十多万知识分子打成右派，搞成对立面，以致“文化大革命”中，知识分子的地位和身价跌到了零甚至负数的位置。知识分子既被强迫干活，又不承认其价值，致使他们长期处于一种欲干不能、不干又不行的尴尬的人生境地。直到 1979 年 6 月 15 日，邓小平再次提出：“我国广大的知识分子，包括从旧社会过来的老知识分子的绝大多数，已经成为工人阶级的一部分，正在努力自觉地为社会主义事业服务。”这才解脱了知识分子的精神枷锁，恢复了知识分子应有的身份和地位。

蒋新松清楚地记得，那天当他看到邓小平的这段话时，他很激动，很兴奋，眼泪都忍不住流下来了，就像一个穷人家的孩子终于盼到了过年，甚至如同一个囚犯终于熬到了释放那一天。但他事后细细一想，自己作为一个知识分子，光“恢复了名誉”是远远不够的，还必须继续创造价值，得到全社会的认可；否则的话，自己的命运依然如同建在沙滩上的乐园，一有风暴袭来，顷刻便会轰然倒塌。那么，面对现时复杂的中国，面对飞速发展的时代，知识分子到底应当如何吸取历史的教训、确定自己的身份、巩固自己的地位，从而更好地实现自己的价值呢？

想起这些，蒋新松既有失落感，又有幸运感。失落的是，他错过了太多太多为国家做事的大好机会；幸运的是，比起同事李道纯来，他毕竟活下来了，还赶上了 20 世纪最后一班车。现在的问题是，已经获得了解放、获得了自由，获得了一个科技工作者起码权利的他，又将怎样个活法，如何选择?

是的，像他和李道纯这样的“摘帽右派”，在1979年的中国，可谓千千万万、万万千千。他们这批人错划“右派”改正复出后，概括起来不外乎如下四种情况：

一是几十年的磨难，才华早已耗尽，信念已被摧毁，剩下的时光，就是如何保住老命，混天度日，苟且偷生；

二是大权在手，春风得意，在“机不可失，时不再来”“有权不用，过期作废”的思想指导下，滥用职权，尽情挥霍，及时行乐，以此捞回多年的“损失”，求得精神的补偿和心理的平衡；

三是整天抱着一本挨整的“老账”，东跑西颠，上告下访，年年月月，日日夜夜，啥事不愿干，只没完没了地找人“算账”。仿佛“算账”，才是生活最大的意义，最紧迫的事业；

四是忘掉过去，着眼未来，少“讨”过去的“债”，多“算”明天的“账”，以一种新的人生姿态去追赶时代的步伐和迎接新的挑战，尽可能利用剩下不多的生命再为国家做些事情，以实现自己毕生的追求和梦想。

无疑，蒋新松是最后一种。在他看来，虽然他曾被打入生活底层长达二十年，但现在毕竟获得了一个名正言顺的报效国家的机会；这个机会来之不易，必须好好珍惜，用余下的生命，最后一搏!

因此，这个夜晚的蒋新松，尽管从历史到现实，从现实到未来，瞻前顾后，左思右想，但所有的想法最后都被他归结到两句话上：活着干死了算，只要活着，就该活得像个人样!

但是，从哪儿干起呢?

“贼心不死”的蒋新松，又一次想到了机器人!

第十段

东躲西藏搞科研

机器人的出现，是人类生产方式的一大进步。

需要说明的是，机器人不是人，而是机器，一种机械与电子相结合的高级机器。1981 年，美国国家标准局对机器人作的定义是："一种通过编程可以自动完成一定操作或移动作业的机械装置。"所以，凡是实用的机器人，一般都不具有人的形状。

"机器人"一词起源于捷克语"ROBOTA"，原意是人的奴隶。这个词目前已成为世界各国的通用术语。机器人的发展，可谓源远流长。中世纪以来，很多中外能工巧匠都在致力做各种精巧的人形机器玩具，以及各种精巧的钟表等。前辈人的这些创造，大大丰富了后人对发展机器人的各种幻想。

世界公认，人类的第一台机器人诞生于美国，那是 1954 年，发明者是一个叫 G・戴伏尔的美国人。六年之后，联合控制公司买下了他的专利，生产了世界上第一批商用工业机器人。之后不久，一个叫 H・约翰逊的美国人又设计出另一种可编程的工业机器人。接下来，美国不少大学相继成立机器人和人工智能研究室。及至 60 年代末，美国的机器人生产达到了一个高潮。

世界上另一个机器人大国是日本。日本的经济由于在 60 年代末便进入了高速发展期，生产力的高速发展便造成了劳动力的严重短缺，因此从美国大量引进机器人成为日本当时的一大革命性的举措。1968

年，日本川崎重工业公司从美国引进了机器人技术，进而建立起了生产体系，并于1970年首先试制出了第一台日本机器人。而与此同时，日本的大小工厂竞相研制机器人，其总数达到了八十六家。于是机器人很快在日本蔚然成风，从而掀起了日本机器人发展的第一次高潮。受日本的影响，机器人开始在世界各国得到广泛的重视和应用。到70年代末，机器人在世界掀起第二次高潮。

对世界机器人的发展有较大影响的国家还有瑞典。瑞典政府在70年代中期便开始着手研究开发机器人，并首先选择了六家条件比较好的公司充当前沿公司，由政府从工程基金中拨专款作为风险投资。1974年，瑞典首先推出了全电动多关节型机器人，同时还组织了很多机器人发展中心。而今，若按每千个劳动力所占有的机器人台数来看，瑞典的机器人台数已遥遥领先于日本和美国。

当时的苏联也把大力推广和应用机器人列入五年计划。苏联部长会议和国家科委曾作出发展机器人的决定，希望通过发展机器人来解决面临的劳动力严重不足的问题。此外，像法国、英国、意大利、加拿大等国对机器人技术都很重视，并有自己相应的发展机器人的计划。甚至像保加利亚、南斯拉夫、新加坡等国，也都设有专门研究机器人的机构。

人工智能和机器人的出现，对传统的生产模式产生了重大的影响和革命性的颠覆，所以美国科学家西蒙·雷莫认为，人工智能是继20世纪原子能技术和空间技术之后的又一重大技术；而另一些经济学家则预言，机器人将成为20世纪末继汽车产业和电子计算机产业之后的又一大产业。

中国人对机器人，当然不会感到陌生。早在周朝时期，《列子·汤问篇》中，便记叙了一个能工巧匠制造了一个“机器艺人”的故事。而读过《三国演义》的朋友大概也都不会忘记，诸葛亮与司马懿斗智时，曾遇到蜀军被魏军围困，陷入粮草不济的危急境地。为解粮草之急，诸葛亮巧用木牛流马之计，最后智胜司马懿。这“木牛流马”，个个犹如活物一般，虽然不是仿人，而是仿牛或者仿马，但其步履却比人更加刚劲有力，不仅能携载前线急需的粮草武器，还能协助蜀军后勤运输粮草的士兵，最终完成了当时在艰难处境下人力难以承担的运输任务。而这些木牛流马，其实就是中国古代的木制机器人。

遗憾的是，历史走到了 20 世纪 70 年代，中国的机器人领域却还是一片空白。

1971 年，周恩来主管科研工作，明确提出："科学院应该在广泛深入实际的基础上，把科学研究往高里提。"在此背景下，全国各个研究所纷纷行动起来。北京、上海、广州等地的个别学院和研究所的一些专家，开始了对机器人的初步研究。只因当时的认识水平、技术水平和社会条件有限，最终没有形成气候，更谈不上建树。

而东北工业自动化研究所，也在这个时候开始了对人工智能和机器人的酝酿。当时，叶强所长刚恢复了所长职务，面临的问题是：沈阳自动化研究所下一步的研究方向到底应该是什么？"文革"中，由于所里大多数技术干部都中断了学习，甚至连一般的学术期刊都不看了，所以对世界自动化领域的发展方向并不明确。叶强所长便找到资料室的刘海波，让他把国外自动化领域的发展情况摸一摸，看看能否从中有所借鉴。刘海波从 1971 年到 1972 年花费了一年的时间，搞出一份国外自动化研究发展情况的文字材料，其中涉及人工智能和机器人。叶强看后很感兴趣，便组织有关人员研讨，并用讲座的形式进行宣讲。因为在 1972 年之前，自动化到底算不算一个学科，还是一个有争议的问题。这期间，研究所最活跃的有三个人：吴继显、蒋新松、谈大龙。

吴继显 1953 年从湖南大学电机系毕业，被分到中国科学院自动化研究所，后到东北工业自动化研究所，先任远动室主任，后任模式识别室主任。这是一位喜欢动脑子，喜欢思考问题，同时也喜欢研究新问题、新动向的人物。早在 50 年代，他便是中国远动技术事业的开拓者之一。1965 年，他和蒋新松一起，曾计划从鞍钢的能源或运输入手，用计算机控制来搞自动化管理。后来他被派去大庆油田做科研工作，又首次提出用计算机对整个大庆油田进行自动化管理的方案。这一方案曾被国家科委列为全国自动化试点加以实施，后因“文革”爆发，致使这两个方案夭折；而他本人也被当作“反动学术权威”遭到批判。

谈大龙1957年从清华大学电机系毕业，和吴继显、蒋新松一样，也被分到中国科学院，1965年又从北京到了沈阳。“文革”中，他一直在搞计算机的运用问题，1969年还参加了一次重要的某导弹发射的跟踪测量任务。但他的眼睛患有白内障，其中一只眼睛几乎到了失明的地步，每次看书时只能把书放到眼皮底下，所以同事们都说谈大龙看书不是用眼睛在看，而是用鼻子在闻。也许正因为如此，什么事他都习惯用脑子“看”，用脑子记，用脑子想。比如，开会时，他既不看材料，也不记笔记，而只管闭着眼睛用脑子记。一般情况下，他从不率先发言，别人发言时，他的脑子就像一部高速运转的计算机，随时接收、编排、汇总、处理，而后再将加工后的精华储存于大脑的“内存”中。轮到他讲话时，不仅逻辑严谨，思维清晰，而且每个与会者的每个观点、每个特点甚至每句重要的话和每个关键的词，他都能一字不差地复述出来，绝不会阴差阳错，张冠李戴。所以凡了解他的人都说，谈大龙不仅脑子绝顶聪明，而且记忆力超群。

而蒋新松当时人在鞍钢，编制却在东北工业自动化研究所，所以时常往返于鞍钢和沈阳之间，与吴继显、谈大龙多有接触与交流。1972年形势出现转机后，一直关注并思考人工智能和机器人的他，便和吴继显、谈大龙一样，把目光投向了国外正在流行而国内还是空白的人工智能和机器人领域。

1972年6月，根据所长叶强的意见，由科技处的曹慧珍女士负责，为所里搞一个自动化领域的研究规划。吴继显代表室里首次提出了开展人工智能和机器人研究的意见，同时刘海波也表示了相同的意见。这个意见得到叶强所长的支持。接着，吴继显又对蒋新松和谈大龙谈了打算搞机器人的设想，二人当即表示赞同。之后，在曹慧珍的主持下，吴继显和刘海波共同起草了《关于人工智能及机器人的研究》的申请报告，并以研究所的名义很快报给了中国科学院。

1972 年 10 月 16 日至 28 日，中国科学院在沈阳召开电子、自动化科研工作座谈会。吴继显在会上对搞机器人的问题作了更为详细的阐述；同时他还建议，将东北工业自动化研究所改名为中国科学院沈阳自动化研究所（这个建议后来得到了采纳）。会议对吴继显、刘海波起草的关于人工智能及机器人的研究的申请报告表示出极大兴趣，并给予了充分的肯定；同时还决定将科研工作向自动化新领域转移。

然而，在当时那种历史条件下，研究所从旧的科研领域向自动化新领域转移，有很大的阻力；而研究机器人由提出到真正实施，更是困难重重。吴继显、蒋新松和谈大龙三人便利用挖防空洞和学《毛选》的机会，一起悄悄议论此事。他们认为，人工智能和机器人是 20 世纪很重要的一门新技术。国外在工业、农业、医疗、军事等领域早有应用，中国却是一片空白，而要想填补这个空白，只有得到上面有关领导的支持。

后来，蒋新松出了一个点子：上北京，找关系！

1972 年底的一天，吴继显和蒋新松顶着雪风、冒着寒冷、坐着火车硬座跑到北京，找到了中国科学院的邓裕民。

邓裕民是中科院的一位局长，后来邓小平访美时的科学顾问。他听了吴继显和蒋新松的汇报后，对他们搞机器人的设想很感兴趣，当即表示：一定尽最大努力给予支持，希望扎扎实实地做好先期的调研工作。

于是从 1973 年 3 月起，吴继显便带着蒋新松、谈大龙到北京，在地质部、石油部等部门和单位，一边调研一边宣传机器人。蒋新松说，由于全中国当时都在忙着刷标语、开大会，当他们给别人讲机器人时，对方像听《天方夜谭》。甚至有时他们刚一讲完，对方便忍不住想笑，但又不好意思当着他们的面笑，便借故擦鼻涕背过身子去笑。为了取得对方的信任和支持，无论走到哪个部门，他们见了谁就给谁敬烟。由于穷，买不起好烟，只能买两毛钱一包的烟，所以对方一见他们递过来的廉价烟，本来会抽烟的，也忙拱手谢绝说："谢谢，不会不会!"搞得他们很不好意思。

尽管如此，他们依然坚持。这个部门不愿听，就换另一个部门；这个单位不愿搞，再跑另一个单位。总之，他们想方设法也要让对方了解机器人、理解机器人，最后还要绞尽脑汁说服对方支持机器人!

然而，正当他们在北京四处奔波、到处碰壁时，一天晚上，吴继显的爱人崔志昭从沈阳偷偷打来一个电话，说，不得了了，"家"里有人说，一个胖子（指吴继显）带着两个瞎子（蒋新松和谈大龙两个眼镜）在外面到处乱窜，有领导要进行追查！现在已经有大字报贴出来了，你们赶快想法子先躲起来吧!

三人一听，搞不清"家"里到底是什么背景，有什么来头，只得"三十六计，走为上计"——就像当年的地下工作者一样，在接到"紧急情报"的当晚，马上火速转移：蒋新松跑到了老根据地鞍钢；谈大龙跑到了西安；吴继显由于一时找不到合适的地方，只好跑到曾经与他有过技术合作关系的地质探矿厂，每天偷偷去干苦力活!

不久，"批林批孔"运动开始了，三个人只得乖乖奉命回到沈阳自动化研究所。很快所长叶强受到批判，主任吴继显受到批判，得力干将、"摘帽右派"蒋新松受到批判，甚至连研究机器人这个课题也受到批判。批判吴继显的大字报从一楼刷到了四楼，而在批判蒋新松的会上，有人大声质问道："难道洋人的今天，就是我们的明天吗?"面对一些无知的质问，吴继显和蒋新松哭笑不得，无言以对。接下来，有人还在《自然辩证法》杂志上撰文进行公开批判，认为搞人工智能和机器人是"唯心主义的伪科学"!

第一个回合，就这样败下阵来。

1975 年，邓小平出山，全国科技形势开始好转。同年 8 月 23 日，第三届国际控制论学术会议在罗马尼亚召开，中国科学院组成一个代表团出席了这次会议。由于蒋新松是“摘帽右派”，没有资格参加，只有谈大龙和另一名同志参加了这个会议。此次会议主要针对机器人有关问题展开讨论。会议认为，人工智能与机器人将是80年代自动化领域的一个发展趋势，应该大力倡导，引起重视。

谈大龙回国后，将这一信息告诉了吴继显和蒋新松。三个人“贼心不死”，痴情难改，几经商讨，“旧病复发”，再次提出要搞机器人，并很快展开行动。

然而，就在这时，轰轰烈烈的“反击右倾翻案风”又开始了。有关部门决定：“自动化所要为政治服务，要为工农兵服务，机器人的课题必须马上停止！”

第二个回合，也这样败下阵来。

此后，蒋新松受命去鞍钢搞自动化；谈大龙被派到一家养鸡场，每天挑选哪个是公鸡蛋哪个是母鸡蛋；而吴继显则被打倒、靠边，天天写检查，月月挨批判，最后还不给安排工作，只好自己跑到一家工厂找活干。1990年2月，因历经多次政治运动的磨难，加上拼命工作积劳成疾，年仅五十九岁的吴继显急性脑出血，不幸猝然离世！

有幸的是，1979年夏，即将新松错划“右派”改正两个月后，蒋新松被正式任命为沈阳自动化研究所机器人研究室主任！

这是蒋新松四十八年的人生中当的最大的一个官。过去他也当过官，那个“官”不过是个课题组的组长而已，还是副的、临时的。这次不同，机器人研究室主任是被党组织正式任命的，名正言顺，堂堂正正；而且“机器人研究室主任”这个职务，全国独一无二。

这样一来，意味着机器人又可以搞了，也意味着第三个回合又开始了。

第十一段

去日本，考察机器人

1979 年 8 月的一天上午，蒋新松从上海虹桥机场登上了飞往日本的大型客机。

这一天，阳光灿烂，天高气爽。飞机在上万米的高空翱翔，蒋新松的心情有一种从未有过的痛快与舒畅。在他的眼里，这一天的天空，是那样的明媚，那样的宽广，仿佛每一道横空飘挂的彩虹，都是为他通向希望、通向成功而特意架起的桥梁。

蒋新松是个有着浪漫情怀的科学家。周游世界，是他儿时就有的梦想。从中学到大学，他总是梦想着有一天能到世界各地走一走，看一看。自他从事科研工作那天起，他便博览群书，广采信息，一只眼睛盯着国内，一只眼睛盯着国外，从不封闭自己，并希望能有一个出国学习考察的机会。可惜，像他这样二十多年来一直受改造、受监督、受控制的右派分子，从来没有获得过走出国门的权利，也不会有人给他这样的权利。1963 年，他本来有过一次出国宣读自己论文的机会，只因他是“摘帽右派”，最后还是被剥夺了。所以，此刻坐在飞机上的他，除了使命感，居然还有一种从未有过的特权感。

其实，蒋新松对官职带来的特权并无兴趣，即便正式出任机器人研究室主任后，他对那个人见人爱的“官”也找不到感觉，反而对冷若冰霜的机器人情有独钟，厚爱有加。搞出中国的机器人，是他多年来的一个梦想，这个梦想对他而言，就像有些科学家从小就梦想造汽车、造大炮、造飞机、造火箭、造卫星、造飞船一样。所以，当他一旦名正言顺地获得了搞科研的权利后，很快便把科研的重点目标定在了自动化科学的前沿——人工智能与机器人的研究上。为了解世界机器人的最新动态和发展趋势，他建议尽快组织人马出国学习考察。而就在这时，国际人工智能学术研讨会在日本东京召开。中国科学院决定，由蒋新松、刘海波、陈效肯、张玉良四人组成中国科学院机器人与人工智能考察组参加此次会议，蒋新松任组长，同时对日本的机器人做一番考察。

接到参会的通知后，蒋新松每天晚上不得不关起门来自学日语。他大学学的是英语和俄语，而日语除了在电影或电视上听到过几句诸如“八格牙鲁”“米西米西”外，从未接触过，难度当然就很大。而更难的是，一个曾经目睹过日本的飞机轰炸自己家乡的人，现在却要弯下腰、低下头，老老实实地来学习日语，这简直就是一种精神折磨！但现实就是如此，为了搞出机器人，愿意接受得接受，不愿意接受也得接受，别无选择。所以一周下来，他居然学会了不少常用的日语。

飞机降落东京，已是傍晚时分。

蒋新松刚刚下榻宾馆，还没搞清东南西北，便开始整理资料。晚饭后，他又把代表团的三位成员召集到自己房间，商量此次考察的具体内容和注意事项，比如先找日方哪些部门谈，哪些专家谈；先谈什么问题，后谈什么问题；具体问题怎么个谈法，每个问题想达到什么目的，等等。最后他强调说：“我们这次来日本，我想主要有两个任务，一个是对日本的机器人进行技术上的考察，另一个是要搞清楚日本的机器人与就业问题到底有什么关系，回国后好找到我们自己的突破口。”他还特意吩咐刘海波说，“我们来一趟日本不容易，一定要注意对日方机器人的资料搜集，要善于学习，善于‘侦察’，善于吸取，力争把最有用的东西学到手。”会后，他自己又翻阅、研究日方的相关资料，直到凌晨1点，才倒在了床上。

但这个晚上，倒在床上的蒋新松却睡不着。

这是蒋新松有生以来第一次睡在日本人的床上。蒋新松说，那天晚上就是睡不着，很想睡着，结果还是睡不着。不知什么原因，心里总有一种异样的感觉，一种既骄傲又心虚、既得意又自卑的感觉。他自从来到这个世界后，别说从来没睡过这么好的床，连见也没见过这么好的床。这日本的床，简约、大方、漂亮、宽敞，人睡在上面，既舒服又平坦，既平坦还柔软。问题是，他在中国土生土长了四十八年的身体，毕竟是第一次躺在“日本鬼子”的床上！

在蒋新松过往的意识中，只要一触接到“日本”这两个字，便会出现一种本能的很不愉快的甚至是仇视的心理反应，总会想到“1937”这组充满了血腥气味的阿拉伯数字，想到卢沟桥，想到“九一八”，想到皮靴、战马、武士、军刀，想到“米西米西”“八格牙鲁”，想到童年时他在家乡亲眼见到的日本飞机轰炸民房、轰炸菜园、轰炸工厂、轰炸长江的悲惨情景，想到那一个个躺倒在血泊之中的父老兄弟和母亲孩子……而此时此刻，他一闭上眼睛，这些东西马上就像过电影般从他脑海一一闪过，竟让他有点分不清哪是历史，哪是现实。恍惚中，他好像就是当年的特工、八路和地下党，此刻已飞身潜入日本腹地，钻进了日本的“心脏”。与当年不同的只是，此行并非军事侵略，而是技术考察；他随身携带的也不是会“轰隆隆”炸响的炸药包，而是温乎乎的资料袋。

有了这些莫名其妙的想法，蒋新松自然睡不着。他索性翻身坐起，拧亮台灯，很想看看电视。因为在飞机上他就听人说了，日本的电视都是彩色电视。而1979年的中国，别说像他这样刚从“地狱”出来的“摘帽右派”从来没看过一眼彩色电视，就是绝大多数正常的中国人也没有彩色电视可看。但他的手指刚一触到开关，又停住了。他忽然想起宾馆小姐说过，看黑白电视不收钱，若要看彩色电视，则要另外付费，且价格不低。于是一想到钱，一想到自己贫穷的祖国，一想到国内千千万万个还在吃咸菜、啃大饼、住平房、烧蜂窝煤的科学家和科技工作者，特别是想到自己二十多年来熬过的苦行僧一般的日子，囊中羞涩的他又把手缩了回去，而后开始打量自己身处的这个房间。

日本的房间的确漂亮，布局合理，设计精巧，整洁美观。实话说，他从来没见过这样的房间，当然更没睡过这样的房间。看着如此美观舒适的房间，他马上就想起自己曾经在农村住过的那间小土屋，同时也想起自己全家四口人十几年来一直住着，至今也依然住着的那间仅有十几平方米的小平房。中国、日本，一个是约十亿人的泱泱大国，一个是一亿多人的区区小岛，同处东方，还是邻居，战后仅仅几十年，差距为何如此之大？原因何在？理由何在？想到这里，他有些坐不住了，就势站了起来。

就在站起的一瞬间，他看见了摆放在房间的花篮、水果和蛋糕。这是日方为他这个代表团团长的房间特意精心安排的。水果，意味着热情；蛋糕，意味着富贵；而那个盛开着一束束樱花的大花篮则象征着和平，象征着美好，同时也象征着中日难得的友情。他禁不住凑了上去，开始欣赏起花篮来。蒋新松说，他一边欣赏，一边想，昨天的子弹、大炮以及太阳旗和毒瓦斯；今天的水果、花篮，还有席梦思和大蛋糕。到底谁是真实，谁是梦境？中国与日本，历史与现实，为何会有这样微妙的组合？为何会有如此深奥的重叠？莫非这就是历史？这就是人生？这就是世界？

他走到窗前，撩开窗帘，望着早已沉睡的东京，再也无法入睡了……蒋新松说，在日本的第一个晚上，他最终还是没有睡在日本人的床上。直到凌晨 4 点，他才歪倒在了太阳色的真皮沙发上。

第二天，中国考察组首先会见的是日产经济学会的尾田先生。蒋新松与尾田先生握手后，主动递上一张自己的名片。这是他第一次给人递名片，虽说动作有点笨拙、别扭，很不自然，也不习惯，但在名片最后出手的一瞬间，依然挟带着他惯有的自信。不料，当走遍世界、见过无数名片的尾田先生接过蒋新松的“名片”时，却呆傻在那里，不知手中的名片为何物。

原来，到日本之前，蒋新松就听说国外见面时都讲究递名片，尤其是日本，于是就琢磨着自己也得制作一张名片。但当了二十一年右派的蒋新松从未见过名片，只好向人请教。别人告诉他说，名片就是印有自己名字和职务的一张纸片。他想，不就是一张纸片吗？便找来一张打印纸，把四个人的姓名、职务全都写在上面，然后让打字员一打印，一张六寸宽、八寸长的超大名片就问世了！更离奇的是，这张名片还不是一人一张，而是四个人合用一张。所以，当尾田先生接过蒋新松的名片时，竟有眼不识“泰山”，忙问翻译怎么回事。等翻译解释出来后，尾田先生忍不住哈哈大笑，说，看来中国真是个大国，做的名片都这么大！而且中国真是人多，一张小小的名片上居然排了四个人！说罢，尾田先生也把自己的名片递了过去。

蒋新松接过一看，笑了：原来名片长得这个样啊！

第三天，蒋新松会见了日本机器人学会常务理事米本先生。一见面，他照样把自己的名片递了过去。这一次，他不但不别扭，反而还显得潇洒大方。这就是蒋新松。昨天出了“洋相”后，他本来打算重新去印四套真正的名片，可转念一想，在日本印名片价格肯定比中国贵，还浪费时间，何苦呢？于是干脆决定，手中的名片继续用下去，反正中国有中国的特色，这张名片就是中国特色，谁管得着吗？他还对同事们开玩笑说：“别看我的名片不是国际标准，但它很奇特、很稀少，还很有气魄，属于我们中国人的专利。说不定过上十年二十年，便价值连城，成了收藏家的一大宝呢！”果然，九年后，即 1988 年 5 月，当我在沈阳采访时，一听人说到这张名片的故事，我马上就涌出一种一定要看看这张名片的强烈冲动。可八方寻找，就是没有；最后几经努力，才好不容易在刘海波家中找到了这张名片。

米本先生热情大方，待人诚恳，几句寒暄之后，便开始向中方介绍日本机器人的有关情况。当米本先生谈到日本的机器人出现后，不但没有造成失业反而还增加了就业人员时，蒋新松以为是翻译翻错了，忙问翻译怎么回事。翻译重新肯定了这个意思后，敏锐的蒋新松马上意识到这个问题很重要。因为国内每次提及搞机器人问题时，总有人说，中国人口本来就过剩，再搞机器人就会造成大量人口的失业。于是蒋新松希望米本先生谈一谈，为什么日本搞机器人不但没有失业，反而还会增加就业？

米本先生说："原因主要有三点。一、日本属于高学历的社会，许多有高学历的年轻人都不愿干脏活累活，以及重复单调的活。机器人出现后，干这些活便由机器人接替，人退居二线，不再和机器直接打交道，使疲劳感大大减轻，从根本上消除了事故问题。这样一来，就有人愿意在这些行业就业了。二、机器人的研制工作开展起来后，可吸收大量的劳动力加入这个行业，比如各种材料的研究、各种机械的制作等，都需要一定的人员参与。三、机器人一旦形成产业后，能开拓、促进和带动一些新产业的发展，如海洋和原子能的开发等。新的产业开拓、发展了，就会不断有新的人员获得就业机会。"

蒋新松听后，很受启发，对搞机器人又有了新的认识和更深的理解，同时也增强了他一定要搞机器人的决心和信心。

之后，蒋新松一行又在东京参观、考察了日本电子技术研究所和东京大学。东京大学的人工智能研究专家藤井诚二教授还亲自向他们介绍了有关日本的人工智能和机器人的研究情况。接下来，他们还在神户、大阪、名古屋和横滨等地进行了考察学习。

在横滨参观日本海洋技术研究中心时，由于小松制作所研制的八条腿的机器人具有在深水中作业的功能，所以引起了蒋新松极大的兴趣。他一边看一边琢磨，思路受到很大的启发。他联想到中国的许多特殊作业情况，多年来对机器人的思考一下子便碰出了灵感的火花：中国也应该搞特殊环境下作业的机器人。此外，还有一点也让蒋新松很受触动，即日本在搞科技开发时，总是与社会的需求紧密结合起来，而不是自己关起门来搞科研。蒋新松感到，这种"实用型"的发展模式，避免了科学技术脱离社会实际的弊病，对发展中的国家来说，既省时间又省钱，是很值得借鉴的。

去神户考察时，蒋新松还经历了一段小小的插曲。那天，他们在结束考察回来的路上，看见有一艘中国的远洋货轮正好停在港口。蒋新松从小在长江边长大，脑子里常常会浮荡着一个水的世界。每次外出，只要一见到大江、大海或者小舟、轮船，心里总会涌出一种天然的亲切感，更何况在日本见到了中国的轮船。所以，他让同行的刘海波去联系联系，看能否同意他们上船看一看。

船长得知蒋新松他们是中国科技代表团后，很高兴让他们上船参观。蒋新松他们上船后，受到了船长和船员们的热情接待。蒋新松是个有名的“见面熟”，不管与谁第一次见面，很快便会像老朋友一样。所以蒋新松很快便与船长和船员们轻松地聊了起来，他问他们出口什么？进口什么？生活怎样？收入如何？还问他们在日本是否受到歧视，等等。后来，他见船上堆满了一筐一筐的大对虾，便问船长，这对虾是怎么回事？

提到对虾，船长似乎有许多话想说，却又不便多说。后来，他还是向蒋新松透露了一点秘密，他说：“这么多年来，中国的对虾，是运往日本、美国以及西欧换取外汇的重要产品之一。但令人非常痛心的是，中国全年出口的对虾所创汇的总额，只能换回两架波音 747 飞机！”

船长的话虽然寥寥几句，却深深刺伤了蒋新松的自尊。蒋新松说，他看着筐里的中国对虾，望着日本的港口，感到有一种强烈的耻辱感在冲撞着他的心。于是他说：“难怪我们自己吃不上对虾，原来这么好的大对虾都送到日本人和美国人的嘴里了！可有什么办法呢？强者就可以欺负人，弱者只有被人欺！”他由此联想起两天前在日本听到的一个情况：现在不少中国人，尤其是不少年轻的姑娘，都漂洋过海，不远万里，来到日本，用“中国人”的名义为日本人打工，不是扛包，拉纤，洗碗，刷盘，就是擦车、拖地，搓背、揉肩……甚至，有的年轻女孩还扑倒在了日本人的怀里。有人还告诉他说，这些中国同胞虽说能挣点血汗钱，但很苦、很累；而这种苦这种累，是那种说不出的苦，说不出来的累！听了这话后，他深感焦虑不安。是的，中国人到日本来打工，为了生存，为了养家糊口，可以理解，也无可非议；但一个国家，一个民族，难道就靠打工过日子吗？难道永远只能给人打工吗？难道打工就能打出个美丽、富饶、进步、富强的新中国吗?！

就这样，几天下来，蒋新松累得筋疲力尽。而且每天考察结束后，一回到宾馆，他第一句话就是肚子饿！

凡接触过蒋新松的人都知道，蒋新松有两大特点，一是能睡，二是能吃。他干起活来不要命，睡起觉来即使天塌了，也可以不管。每次出差在外，无论走到哪里，也不管遇到什么再难的事情，总是倒下便睡，一睡就能睡着，呼噜打得呼呼响！再就是他的胃口不错。也许是他当了二十一年右派长期挨饿的缘故，他的饭量比一般人都大，还喜欢吃肥肉，尤其是红烧肉！用他的话来说，毛主席讲过，吃红烧肉可以补脑。所以每当他感到脑子太累时，就要想法吃上一顿红烧肉！

可这次到日本后，别说香喷喷的红烧肉，他连饭都吃不饱，几乎每天都要忍受饥饿的煎熬。原因很简单：囊中羞涩，兜里没钱。

蒋新松他们这个所谓的“代表团”，不过是中国科学院组织的一个小小的考察组而已，使用经费自然非常有限；加上搞科研的人都是一个“德行”，只要有点钱，就恨不得全部花在科研上，而不愿用在过日子上。所以，为了在有限的经费里再省出点钱用于学习考察，蒋新松一行不仅坚持不在宾馆看彩电，而且每天早晚，都固定在一个中国人开的小餐馆里吃很便宜的饭菜。后来连餐馆的服务员都说：“别的代表团都是哪儿好去哪儿吃，你们怎么老在这一个地方吃啊?”蒋新松就说：“这儿近，图个方便。”

而最难受的是午饭。像蒋新松他们这样一个考察组，日方不可能高规格接待，每天中午只能和一般的日本人一样，吃上一份盒饭。但日本的盒饭不像中国，它做得很精致，就一个小米团，加上一点蔬菜。别人吃上一盒还凑合，蒋新松就不行，别说一盒不行，就是吃上两盒甚至三盒，也不行。但按日方规定，一人只有一盒，怎么办呢？一个堂堂的中国机器人专家，总不能伸手向别人再要一盒吧？同事让他到街上再吃一点，他又舍不得花钱，更舍不得浪费时间。因此，在日本考察期间，蒋新松每天几乎都是饿着肚子工作的。

然而谁也没想到的是，每天饿着肚子的蒋新松离开日本时，居然把用每天省下的经费购买的一台 Z80 微型计算机，从东京背回北京，再从北京背回沈阳，让沈阳自动化研究所自建所以来拥有了第一台计算机！

此次日本之行，让蒋新松的脑子有一种豁然开朗的感觉。回国后他更加坚定地认为，必须抓住机遇，毫不动摇地把中国的机器人搞下去。中国要实现工业现代化，机器人是重要的一步。这一步今天不走，明天也得走，早晚都得走。因此他提出：应该面向中国经济建设的主战场，大力开展中国机器人技术的研究。

于是，他和谈大龙、宋克威、周国斌等专家一起，从中国工业的现实和需要出发，首先着手工业机器人的研制。几经苦斗，他们终于在 1980 年搞出了中国第一台工业机器人——用计算机控制的示教再现机器人。这台机器人试验成功那天，蒋新松让机器人握着笔，当众写下了几个大字：

欢迎参观！中国机器人！

而在中国科学院沈阳分院组织的鉴定会上，专家们给予了这台机器人高度的评价，认为这台示教再现机器人检测数据与国外的 Unimate-200 型示教再现机器人指标接近，达到了国内先进水平。后来，这台机器人还获得了中国科学院科技成果二等奖。

接下来，蒋新松又提出了一个新的方案：搞特种机器人。

尽管如此，蒋新松依然感到，中国的机器人还没有找到一个新的突破口，还没找到一条适合自己发展的路子。

第十二段

知识+权力+党票，等于什么？

正当蒋新松埋头苦思中国的机器人下一步如何发展时，坊间传出一种说法："蒋新松想当所长了！"

听到这一传闻，蒋新松被吓了一跳。蒋新松说，他毕竟是被"蛇"咬过的人，虽说不至于一见"草绳"就害怕，但一旦真的见了"草绳"，也不可能没有顾虑。二十一年的右派经历已经告诉了他，世事多变，人心莫测，这种涉及政治、权力方面的事情，绝对开不得半点玩笑；一不小心，说不定又会落得个"想篡党夺权"的罪名。他刚从日本回来时，有人就跑去问过刘海波："蒋新松在日本表现怎么样？在那儿都说了些什么？有没有什么越轨的行为？"好像他去日本不是为了考察机器人，而是随时准备投敌叛国似的。所以他想，为了搞出机器人，他现在必须老老实实地做事，夹着尾巴做人。至于当什么所长的事，他从来没想过，也不感兴趣。于是他很快找到中国科学院沈阳分院党组书记丁岩，明确表明了自己的态度："一、当所长，我从来没想过，也不敢想；二、我干事情从来不是为了当官；三、这个所长我不能当，我也不愿当；四、任何时候，只要让我为国家做事情，只要不让我离开科研工作岗位，我就心满意足、谢天谢地了！此外，别无他求。"

丁岩听后，笑了，说："想不想当所长，是你的事；让不让你当所长，是组织的事。你现在不要考虑这些事，也不要在乎别人说什么，眼下最要紧的，是用心搞好自动化，搞好机器人。中国的现代化建设，最需要的是实实在在地干事情!”

蒋新松很快把这事忘在脑后，依然整天忙于他的机器人。研究所每次开会，他都坐在最后一排，不是看看资料，就是闭着眼睛想机器人，或者干脆歪着脑袋睡觉。至于会上讲些什么，他一般不怎么听。二十多年的右派日子，他早就习惯把自己当作“局外人”了。

1980 年 1 月 10 日这天，研究所召开全所大会，他还是坐在最后一排，还是闭着眼睛睡他的觉。可正当他的呼噜声起起伏伏、高潮迭起时，所里一位秘书来到他面前，轻轻把他从呼噜声中唤醒：“老蒋，别睡了，请你到前面就座。”

他慢慢睁开惺忪的睡眼，望着秘书，说：“你开什么国际玩笑，前面是当官的宝座，哪儿有我的份！你快走吧，别耽误我睡觉。”说完，又闭上了眼睛。

秘书急忙解释说：“不是开玩笑，是分院的领导要你一定到前面去!”

他见秘书一脸认真，只好跟着秘书来到前面。刚一落座，有人便将一个文件夹递到他的手上。他打开一看，坏了，白纸黑字，中国科学院将他直接任命为沈阳自动化研究所第一副所长了。接着，大会当场又给宣布了。他还愣在那儿发呆，台下的掌声已经热烈地响起来了。然后，请他登台亮相，发表就职演说。

这一系列突如其来的举动，真让蒋新松受宠若惊，不知所措。但有什么办法呢，生米已经煮成熟饭，既如此，只有硬着头皮上去了。问题是，他毫无思想准备，面对全所的科技工作者，面对那些长年朝夕相处、情同手足的兄弟姐妹，他的“就职演说”说什么是好呢？再说了，二十多年来他一直是一个生活在最底层的小人物，一个从来没有被人正眼瞧上一眼的“摘帽右派”，上台讲话，合适吗？

后来，他稳住情绪，站起来，走上去，终于发出了自己多年来一直很想发出又迟迟不敢发出的声音。他首先讲了研究的发展方向问题，他说：“我个人认为，一个研究所，研究方向是最重要的。但是，我反对在理论上讨论方向。方向是干出来的，不是讨论出来的。关键是要干，不干，什么狗屁都没有!”他话音刚落，全场就是一片掌声。

接着，他又讲了生活方面的问题，他说：“现在，我们研究所在生活上最大的一个问题，就是房子问题！我的观点是，知识分子就是应该理直气壮地要房子！为什么呢？因为知识分子要学习，要为国家干事情，没有房子，怎么学习？怎么干事情？知识分子要房子，就像农民种地要土地，工人做工要车间，女人生孩子要产房一样，天经地义，合情合理！所以，我们必须首先改善住房条件，解决房子问题，解决我们的生存问题!”

又是一片发自内心的掌声。这次掌声比先前更为响亮，更为热烈，也更为真诚。掌声中，蒋新松满含热泪，望着台下那一双双充满了信任和期望的眼睛，他被感动得再也说不出话来。

事后他才知道，这一切，都是丁岩、李熏等领导顶着压力为他努力的结果。为此，他常常对人感叹说：“共产党真有好官呀!”

几个月后，即 1980 年 7 月 10 日，又是在丁岩、李熏等人的努力下，蒋新松被中国科学院任命为沈阳自动化研究所所长!

昔日的“摘帽右派”，一夜间成了研究所的所长，舆论顿时一片哗然。有人说这，有人说那；有人说好，有人说坏；有人拥护，有人反对；而还有个别“老革命”，更是气得咬牙切齿，痛哭流涕，认为这是“臭老九”翻天，“牛鬼蛇神”出洞，严重损害了党的形象。

然而不管怎么说，一个谁也无法否认的事实是：蒋新松上任后，沈阳自动化研究所第一次有了专家型的所长，从而结束了自 1958 年建所以来一直是外行领导内行的荒诞历史。

就这样，蒋新松当了官。

但当了官的蒋新松心里并不轻松，也无法轻松。诞生于“大跃进”畸形年代的沈阳自动化研究所本来就先天不足，再加上“文化大革命”十年“狂风暴雨”的疯狂“洗礼”，致使该所多年来成了中国科学院系统一个典型的“老大难”。研究所不仅没有科研方向，缺少学术带头人，而且连一些最基本的甚至是最起码的科学实验条件也不具备。至于科研人员的收入水平和生活条件，就更是无从谈起了。过去，研究所虽然也多次讨论过学科方向问题，但这个所到底该干什么和能干什么，始终没有一个准确的定位和明确的方向，甚至作为一个搞科研的研究所，二十二年来居然连一个学术委员会都没有。用蒋新松的话说，“简直不成体统”！而且，粉碎“四人帮”已经好几年了，全国都在拨乱反正，大搞改革，大搞开放，可研究所科技人员的思想，大部分尚处于保守僵化的状态，与世界自动化技术水平有很大的差距。要想缩小这种差距，仅靠他个人的努力，又是远远不够的，也是不可能的。他自己首先要从个人的书斋和实验室里走出来，由过去的探索者、研究者转变成一个组织者、指挥者，从过去的“孤军奋斗”转为“大兵团作战”，从而集合起一支强有力的、干实事的科研队伍；而要把这支队伍集合起来，他手中又必须掌握一样东西，这样东西就是：权力！否则，一切的一切，最终还是纸上谈兵，口头扯淡。

当然，蒋新松并非是一个以追逐权力为人生目的的“独裁者”。也许是他命运多舛的缘故，他过去对掌权者并无好感；不但没有好感，反而还有一种轻蔑甚至几分怨恨。当右派时，他的要求很简单，只要有生存权、工作权就行，从来没想过要去当官，要去掌权。不过二十多年的底层生活，让他尝够了干事没有权力的苦头，也受够了干事没有权力的窝囊气。他切身体会到，搞科技工程项目与搞科学基础研究不同，离开了权力的支撑，是很难取得成功的。比如在鞍钢时，他有许多科研项目本来可以做得更好，就因为手中没权，不少项目在质量和速度上均受影响。尤其是当了几个月的副所长后，他对权力的作用与妙处，更是有了直接、深刻的体会。所以他认为，要想干成一件事情，特别是想干成一件大事情，手中必须要有权力，有权没权，结果是大不一样的。过去，中国的知识分子看重知识而轻蔑权力，这是一种偏见。其实，为了国家的利益，为了追求、捍卫科学的真理，中国的知识分子应该走一条知识与权力联姻、为官与做事相结合的道路。也就是说，一部分知识分子应该去做官，应该去掌权，借此造就一批区别于传统的新型的知识分子，更好地为国家为人民服务。因为历史走到今天，知识只有加上权力，才可能等于成功；知识分子只有掌握了权力，才可能去撬动事业的杠杆！

所以，蒋新松走马上任后，关心的第一件事，就是他这个所长到底有没有人事权？他找到有关的领导，直言不讳地说："让我当所长，可以，但我得先问上一句：我有没有人事决定权？"

领导对他说："你当然有一定的权力，但是，现在所里实行的是党委领导下的所长负责制，你也不能什么事情都一个人说了算！"

他一听，就毫不客气地说："这种领导体制在逻辑上是说不通的。既然党委是领导，就应该党委负责，怎么还让我这个所长负责？如果要我这个所长负责，那我就是当然的领导，就得我说了算。否则，凭什么要我负责？"

一听这话便知，蒋新松是一个典型的书呆子，地地道道的科学家。他心地单纯，单纯得有时像个孩子，心里怎么想，嘴上就怎么说，而且想到什么就说什么。按照他的思维，既然让我当所长，我就得按自己的思路办，有了问题才好负责，也才能负责，真正负责。如果领导是党委，责任归所长，领导的不负责，负责的又不能领导，领导与责任分离开来，那是对国家不负责！

但当时全中国的研究所都是在一条并不完善的领导体制轨道上运行。沈阳自动化研究所自"文化大革命"开始后，实行的就是"革命委员会"领导制，及至 1978 年 5 月 15 日，"革命委员会"才被党委领导下的所长负责制取代（后来到了 1985 年 1 月 15 日，所长负责制才取代了党委领导下的所长负责制）。尽管党委领导下的所长负责制比"文革"中的"革命委员会"领导制要先进，但蒋新松依然感到还不科学，难以适应，干起工作来总是别别扭扭，很不痛快。

蒋新松是一个敢作敢为的人，也是一个敢负责任的人，只要他认为应该干的事，不管有多大的困难，无论有多大的风险，他总是要想法把它干成。他和一般知识分子不同的地方在于，二十多年来他一直生活在社会的底层，一直匍匐在工业的第一线，一直与各种最实际、最棘手的问题打交道，所以他最了解中国的国情，最懂得中国的人情世故，也最明白在中国做事的“秘密武器”和“弯弯绕”。他不光知道科技工作者最需要什么、最希望什么，也知道他们最反感什么、最讨厌什么。他早就明白了一个道理：无论干什么事情，必须讲究两个字：实效！光靠喊空洞的政治口号，是永远喊不出一个现代化的中国的！因此上任后，他不管这些那些，也不管这个“制”那个“制”，只坚持实事求是，按客观规律办事！

首先，他把学科方向、科研主题、学术体制以及转变人的思想观念等作为主要工作来抓。上任四十天，他便组织成立了由二十二名学术委员组成的第一届学术委员会，经委员们选举，由他担任学术委员会主任，结束了建所以来没有学术委员会的历史。之后，他又组织人马探讨所里的研究方向，亲自主持制定了研究所 1981 年至 1990 年的十年发展规划，提出了“一面大旗，三面小旗”的发展战略思路（“一面大旗”就是机器人，“三面小旗”就是军工靶场设备、管理信息系统以及自动测量与控制）。还制定了试验室建设规划、人才培养规划以及一系列管理制度和实施细则等。同时提出，要彻底改革旧的“手工作坊式”的研究体制，代之以现代工业化的开发体制；要加强全所总体队伍的建设，彻底打破自成体系、自我封闭的旧的课题组，开创一条适应于“全国办科学院”的开放式的研究所新体制。

有了新的科研方向，有了新的发展战略目标，接下来蒋新松便抓人才队伍的建设。蒋新松最看重的就是人才，在他看来，中国的现代化，首先应该是人的现代化。知识分子应该成为“先进思想的传播者，科学技术的开拓者”，让科学成为在历史上起推动作用的革命力量。无论干什么事情，人才是第一位的，也是最关键的。他说：“任何一项工作本身不存在水平问题，可干工作的人却有水平高低之分。同样一项工作，有水平的人能把它做得相当漂亮，没水平的人也能把它搞得一塌糊涂!”为此他郑重提出，必须重视人才、重用人才、爱护人才。

接着，他抓全所人员计算机的应用能力和外语水平。不到两年，他为全所科研人员办了八期计算机和英语学习班，参加人员达三百多人次，并将七十七人次送往国外进修学习。与此同时，他除了自己带头学习英语、亲自讲授自动化课外，还邀请美国、西德、罗马尼亚等国家的专家来华，与研究所人员一起在学术上进行探讨与交流。为了培养新秀，储蓄人才，使事业后继有人，从 1981 年起，研究所每年都招收十几个研究生，他自己每年也要带上两名研究生，并坚持为研究生讲课，一起讨论问题。

在用人问题上，蒋新松也坚持他自己的标准，这个标准就是，看你有没有真才实学，看你对国家是否有用；只要你有能力有本事，不管是谁，哪怕是他的反对者，他也大胆提拔，放手使用！他反对任人唯亲，主张任人唯贤。他说：“封建社会的一些皇帝都能做到任人唯贤，今天的我们为什么就做不到呢?”所以在他提拔的干部中，不但找不出一个他的亲戚，见不到一个他的“亲信”，甚至有的在“文化大革命”中曾经整过他的人，他也该提就提，照用不误。尤其对年轻人的提拔使用，他更是胆大过人，常有惊人之举。他不讲学历，不搞论资排辈，而只注重实际工作能力。据统计，在他提拔的科室一级干部中，一半都是年轻人。他说：“每个人有每个人的用人标准，既然我当所长，就得按我的用人标准；你要当所长，也可以按你的用人标准。”甚至他还公然宣称：“我就主张搞一朝天子一朝臣！否则，许多事情没法干。”

为确保研究所既有人才又出成果，他重新组建了两支队伍，一支搞科研，一支搞工程，即是说，一支在实验室苦斗，一支到市场搏杀。两支队伍既有分工，又有合作；既有侧重，又有交叉；彼此促进，互为双翼，且年轻人居多。两支队伍的重建，改变了研究所原有的结构，使基础研究与工程项目有机结合，为科学技术及时转化为第一生产力探索了一条新的道路。

为确保工作的有序、有效，他大刀阔斧，放手搞整顿，抓管理，重新确立管理体制。他认为，科研单位，必须有一套严格的科学的管理体制，否则“科学”二字就无从谈起，科学技术也不可能转化为生产力。每天上班前，他站在研究所的门口，卡着手表，看是否有人没有按时上班，一旦发现有人迟到，不管是谁，他当场便会提出批评。在上班时间里，他若是发现有人在办公室吹牛、聊天、看报纸或者打毛衣，他同样也会提出批评，甚至有时还会勃然大怒。

有一次，正是下班时间，他刚从办公室出来，见有人没走正道，而是从草坪上横穿而过。他大吼一声，过去一看，是位资深的老同志。面对这位老同志，他的确有些犹豫，但一想到这一草一木来之不易，一想到他自己立下的规矩，还是当众对这位老同志进行了严厉的批评。事后，有人劝导他说，别人是位老同志，从草坪上走了一下，你何必发那么大的火，还得罪人。他说，正因为是老同志，更应该严格要求。研究所是大家的，一草一木都是大家用心血培育起来的，如果我们不能自觉地从爱护一草一木做起，那这个研究所早晚都会毁在我们的手上。

还有一位厂长，自己多占了一间房子，按研究所的规定，他应该退出这间房来；可几次通告后，这位厂长就是我行我素，岿然不动。蒋新松知道后，找来这位厂长，问他为什么不退房？厂长理直气壮，说：“因为我是厂长，所以就该占这间房。”蒋新松一听这话，急了，说：“好，那我就先撤了你这个厂长，看你还有什么理由不退房！”果然，第二天蒋新松就宣布撤了这个厂长的职，这个厂长只好乖乖地退了房。

当然，蒋新松也非常清楚，房子问题是研究所的一个大问题，也是一个大难题。建所几十年来，所里无钱盖房，几乎所有的科技工作者都被挤压在一个个十来平方米的小窝里。所以大伙长期为房子问题而犯愁，而争吵，而伤心，而苦恼，不仅严重影响了生活的质量，还严重挫伤了工作的积极性。以蒋新松自己为例，他全家四口人，二十多年来无论春夏秋冬，也同样挤在一间十几平方米的小平房里。所以他上任后抓的一件大事，就是房子的建设。为了尽快改善大家的生存条件，他想方设法，绞尽脑汁，四处奔走呼号，八方“烧香磕头”。

由于他的坚持和努力，研究所的住宅问题逐步得到改善。他当所长一年，为中高级科技人员建造了一栋四千二百平方米的宿舍楼，让二十五户高级科技人员住进了三套间，四十三户中级科技人员住进了两套间。几年之后，全所工作环境的改善、实验设备的增加和住宅的新建，超过了建所二十二年的总和。为了吸引人才，留住人才，他还专门制定了一项特殊政策：凡被沈阳自动化研究所选中的研究生，均可享受一套两居室的新居。这一优惠政策，使研究所每年都吸引进来一批优秀人才。

应该说，蒋新松的这些举措，在当时是颇具战略眼光的。从这些举措中我们不难看到，他身上既有科学家的认真与执着，又有现代企业家的干练与灵活；传统的书呆子气在他身上几乎荡然无存，而更多的是新一代科学家那种独有的创新思维和勇于开拓的现代做派。

然而，当了所长的蒋新松并非一帆风顺，事事如意。在他的感觉中，似乎总有一种看不见摸不着的压力和阻力，每时每刻如同空气一样弥漫在他的四周。每当干起事情来，他像被一张软绵绵的网网住了似的，常常不得不左冲右突，如履薄冰；尤其是当他要求加入中国共产党时，矛盾便变得复杂甚至尖锐起来。

这又是为什么呢?

事情说来也很简单。从 1958 年到 1979 年二十一年间，蒋新松在人们的眼中一直是个打入“另册”的右派，他的一举一动、一言一行，甚至生老病死、荣辱沉浮，从来就无足轻重，与他人也没什么关系，或者说没有什么实质性的关系。可现在不同了，天翻地覆慨而慷，而今迈步从头越，生活的逻辑突然间来了个大转弯。他摇身一变，从

"坏人"变成了领导，从"摘帽右派"变成了所长！这一变，不仅改变了他自己的身份和地位，还改变和将继续改变研究所及研究所全体人员的命运。即是说，一个本来是别人主宰他命运的人，现在却变成了主宰他人命运的人。在如此荒诞的现实面前，个别人要想在短期内改变对他二十多年来的习惯看法，当然就很困难；而由此生出的种种歧义与麻烦，也就自然而然。所以，蒋新松当机器人研究室主任时，基本没什么不同意见；当副所长时，多数人也表示认可；任命为所长后，有人就觉得是违反常规甚至大逆不道了。好在他的业务水平在全所是公认第一，反对者最终还是接受了这一现实。但是，当蒋新松要想跨进伟大、光荣、正确的中国共产党的大门时，事情就变得微妙而复杂起来。

实事求是地说，蒋新松是新中国培养起来的第一代大学生，无论从他的家庭背景还是从他个人的成长史来看，他对共产党不可能没有感情。当然，他对共产党的某些方针政策，以及党内某些人的错误做法，也是有自己的看法的；尤其是对党内某些领导人的腐败问题，旗帜鲜明地表示过深恶痛绝、不可饶恕！尽管如此，他错划"右派"改正后，特别是当上所长后，还是希望自己能成为一个共产党人，一个真正的共产党人。他入党的动机和目的，绝不是为了升官发财，更不是投机取巧、沽名钓誉，而实实在在是想给国家和人民做点像样的事情。

在蒋新松看来，共产党的确不乏优秀人才；但一个不容忽视的事实是，由于自身和历史的原因，党内毕竟有大约百分之九十的人出身于农民，而且有一部分人还是文盲。若单从一个政党的成分结构来说，这是不科学的，也是不理想的。因为一个先进的优秀的政党，应该最多地拥有一个时代最优秀的知识人才；只有更多优秀的知识人才进入党内，才能在总体素质上有大幅度的提高，才能更好地"参政""议政"，有助于杜绝不良风气，纠偏改错，使这个政党变得更加自信。尤其是中国迈进现代化建设的门槛后，共产党更离不开知识，离不开知识分子；而知识分子除了拥有知识外，还应该拥有权力，拥有党票！

倘若知识加上权力，再加上党票，对中国的改革和建设，作用难以估量！

基于这一认识，蒋新松决定加入中国共产党，并工工整整地写了一份入党申请书。蒋新松说，对入党这事，他当时想得很简单，把申请书往上一交，党组织一批，然后按照党章严格要求自己，不就完事了，再复杂还能比搞科研复杂？

可身为科学家的他哪里知道，想入党是一回事，让不让你入党和能不能入党，则是另一回事。由于极“左”思潮的影响，个别“党性”和“原则”性极强的人得知蒋新松要入党的消息后，很是惊讶，也很不理解，甚至恼羞成怒：一个刚刚改了正的“右派分子”，怎么就想混进党的大门呢？如果“这类人”都成了共产党，那共产党还像共产党吗？共产党还是共产党吗？因此他们认为，像蒋新松这种在技术上“有两下子”的人，让他埋头搞业务，老老实实地干活，是可以的；但若想“混”进党的大门，是万万不可以的，也是危险的，必须严格把关，不得让“这类人”有机可乘！

尽管如此，在有关领导的积极推动下，加上当时的大环境，蒋新松还是在 1980 年 7 月 13 日被吸收为中国共产党预备党员。但蒋新松说，当是他并不清楚，预备党员并不等于就是党员，必须经过一年的考验之后，才有可能转为一个正式党员；倘若到时不能转正，他依然不是党员。

问题恰恰出在转正上。

本来，蒋新松在 1981 年 7 月 13 日就该转正，可转正期过去了一个月、两个月，甚至过去了五个月，他这个预备党员还是预备党员，有关方面就是迟迟不给转正！

为什么呢？有人认为蒋新松不符合一个党员的标准，其理由如下：一是他有点“傲气”和“霸权主义”；二是他对党委领导下的所长负责制有看法，党组织观念不强；三是他前妻刚死不久，很快又结了婚，是小资产阶级作风；四是他出差回来时，新婚不久的妻子竟跑到机场去接他，影响不好；等等。

事情弄到这一步，蒋新松始料不及，多少有点尴尬，还有几分委屈。有人乘机劝他："干脆，就别入党了，何必自取其辱！"他却说："对我要求严一点，是好心，也是好事，我会认真听取意见，注意克服自己的毛病。但我问心无愧，工作该怎么干，还得怎么干。为了国家的利益，我不怕得罪任何人。我这人就这德行，既然第一次爬起来了，就不怕第二次被打倒，即使第二次被打倒了，也没什么了不起。当一天和尚就得撞一天钟，在其位就得谋其政。再说了，我入党是为了方便多给国家作贡献，又不是为了捞取当官的资本！我相信他们迟早会理解我的。"

这事后来被丁岩知道了。她多次打电话询问此事，并亲自跑到研究所召集会议，认真听取每个党委委员的意见，还对个别党委委员进行启发开导。她希望大家端正对知识分子的看法，克服对知识分子的偏见，把知识分子当成"自己人"。特别是对蒋新松这样的知识分子，要看到他的主流、成绩和贡献，多给他鼓励、支持和帮助，而不能因某些生活细节问题就将他拒之党的大门之外。

1981 年 12 月，蒋新松终于从一个"摘帽右派"，成为中国共产党正式党员！

他随之思考的一个问题是：过去，中国多数知识分子既没有权力，也不是党员；现在，不少知识分子既有了权力，又成了党员。那么，知识+权力+党票，应该等于什么呢？

他认为，这是所有入党、掌权后的中国知识分子应该认真反思的一个大问题。因为知识分子入党、掌权后，同样面临一个如何自律的问题，一个能否挡得住诱惑、能否经受得住考验的问题。这个问题处理好了，利己、利国、利民；处理不好，后患无穷，甚至祸国殃民！至于他个人入党受阻一事，他很快便忘在脑后，而整天琢磨的，依然还是机器人！

第十三段

超越平常，搞出水下机器人

从日本回国后的蒋新松，几乎一刻也没停止过对机器人的思考。

他知道，进入80年代后，世界各国对机器人的研究和运用普遍比70年代更为重视，纷纷加大了投资。美国除了继续保持机器人技术的领先地位之外，大力加强了军事机器人的研究；日本的工业机器人在数量上不仅遥遥领先于世，其技术的开发也向着更广阔、更纵深的方向发展。尤其是对极限条件下，比如用于救火救灾、潜水操作、开发核电站、清除核辐射等机器人的研究，又有了新的突破；此外，瑞典、法国、西德、苏联、意大利以及西欧对机器人的开发与研究，同样进展神速。而随着机器人队伍一天天地发展壮大，其运用领域也越来越广，像喷漆、刷胶、电焊、弧焊、施工、采掘等工种，机器人全都有了用武之地。

鉴于国外机器人发展的大好形势，蒋新松撰写了《国外机器人的发展及我们的对策研究》一文。在这篇论文中，他这样激情满满地写道：

> 人工智能自50年代中期正式诞生以来，至今不到三十年的时间，发展是极为神速的，但也遭到不少的歪曲和误解。有些学者预言，未来世界是机器人的世界，甚至有人发出警告，机器人将统治人类，人类的末日就要来临。另一类悲观

论调则将人工智能说得一钱不值，甚至把它贬为江湖骗术，或称为20世纪的点金术。

而我认为，机器人将是人类进入20世纪后具有代表性的高技术。机器人的出现及其进一步的完善，将使人类由传统的生产模式，即人—机器—自然界，逐步过渡到人—机器人—机器—自然界这一新的模式；将把人类从属于直接生产的岗位中解放出来，成为生产的组织者和指挥者。它也是当今各类生产过程进一步实现自动化的有力工具。毫无疑问，它将对传统的生产方式以至整个社会带来极大的影响。

然而，尽管早在1977年蒋新松就将机器人这一研究课题争取列入了规划，但一晃几年过去了，中国的机器人领域几乎仍是一片空白！

中国一定要发展自己的机器人，这是肯定的；问题是，到底应该发展什么样的机器人？这是让蒋新松最头疼的。

就在蒋新松苦思冥想之际，南海传来一则消息：油田前景见好！蒋新松在日本访问时，曾看到过一篇报道，这篇报道介绍了英国北海油田运用机器人进行诸如海底勘探，井口监视，采油管辐射、电位测定作业等取得效益的情况。这给他留下了很深的印象。现在，中国南海油田前景乐观，对他又是一次触动。于是他想，结合中国的国情，研制特殊环境下工作的机器人，或许就是发展中国机器人的一个突破口。那么，能不能先从水下机器人搞起呢？

或许是蒋新松从小在长江边上长大的缘故，他对大海一直充满着神秘的向往。又经一段时间的思考和论证，他的思路渐渐清晰起来。他认为，从整个人类发展的眼光来看，从一个国家的战略发展方向和长远利益来考虑，进军海洋，绝对有着非同寻常的意义。早在1957年，随着苏联第一颗人造卫星上天，人类便进入了航天时代；而今人类登天的印迹，已几乎布满了太阳系。那么，近在咫尺的海洋，我们有什么理由不去光顾呢？

的确，在海洋这个蔚蓝色的世界里，总是隐藏着许许多多让人类怦然心动、梦寐以求的东西。据科学家们测算，地球表面积有五亿一千万平方公里，海洋就占了三亿六千一百万平方公里，相当于三十八个中国，所以有人把地球称为“水球”。古生物学家们认为，海洋是生命的摇篮。地球上的生物至少在三十亿年前就在海洋中诞生；在五亿七千万年前，海洋中才出现了各种动植物；在四亿四千万年前，才有植物和动物向陆地移居，开始陆上动植物的进化。在陆生动物的发展进化中，人类的出现是距今大约三百万年前的事情。因此，若是追根溯源，海洋应是人类祖先的家园。因为至今在地球上的动物，有百分之八十仍生活在汪洋大海之中。无数事实说明，从人类的诞生到人类社会的发展，都离不开海洋。早在石器时代，古代人就开始从岸边或浅海获取鱼类、贝类和海藻作为食品；几千年前，人类就开始从海中提取海盐作为生活的必需品。由于海洋蕴藏着极其丰富的矿产资源、生物资源、化学资源、海洋能资源和三分之一的石油天然气以及巨大的海洋空间可供利用，而人类又正面临着人口爆炸、粮食不足、资源枯竭、能源贫乏等危机，所以从 20 世纪起，国外许多先进的科学技术都开始向着海洋领域不断渗透，如海水养殖、海洋油气开发、海洋能源利用、海水淡化、海洋生物工程，等等。而近十年来，尽管世界经济发展比较缓慢，但海洋经济始终保持着十年翻一番的高速增长势头。仅以 1980 年为例，世界海洋开发的总产值便高达三千四百亿美元！所以应该说，在人类离开海洋四亿年后的今天，让人类重新走进海洋，回归海洋，既是人类一种本能的向往，又是一次聪明的选择！

然而，中国进军海洋的脚步，却迈得有些缓慢，有些沉重。

谁都知道，中国有九百六十万平方公里的陆地国土；但未必知道，或者说少有人知道，我们还有三百多万平方公里的海洋国土。这三百多万平方公里的海洋国土说起来本是一件很神气的事情，遗憾的是，其中有两百多万平方公里都被别人踩在脚下。也就是说，中国对这三百多万平方公里的海洋国土只拥有主权，而还没有占有权和开采权。

因为中国还不具有占有的实力和开采的条件。

有资料显示，一个小小的越南，现在已经占有了二十多个岛屿，并与一些公司连手，加紧了对海洋的开发；而世界其他国家，像美国、苏联、英国、日本、菲律宾等对海洋的大力开采，就更不用说了。这些国家的目光早就紧紧盯在了“大自然的最后一份遗产”——海洋资源的开发和利用上。美国在新近制定的《全球海洋科学规划》中竟宣称，海洋是地球上“最后开辟的疆域”，谁能最早、最好地开发利用海洋，谁就能获得最大利益！因此，如果说20世纪是人类进军太空、开发太空和争夺太空的世纪，21世纪就应该是人类进军海洋、开发海洋和争夺海洋的世纪！

问题是，辽阔的海洋波涛滚滚、神秘莫测、无边无际，中国凭什么去进军，凭什么去开发？凭什么去争夺？而要开发、要进军、要争夺，就得有进军、开发和争夺的运载工具。就像卫星上天，得先有火箭，这火箭就是运载工具！那么进军海洋、开发海洋的主要工具是什么呢？

蒋新松说：“是水下机器人！”

在蒋新松看来，水下机器人有着先进的科学技术，这种代表人类美好愿望和社会先进生产力的科学技术，是国家、民族的一种标志，一种象征，一种境界，一种意味，一种潜藏的摄人心魄的巨大能量和耐人寻味的伟大召唤！就像20世纪50年代中国要有飞机、大炮、坦克、军舰，60年代要有氢弹、原子弹和远程导弹，70年代要有人造卫星，80年代要有水下核潜艇和“长征三号”火箭。现在，中国当然应该要有自己的水下机器人！这个东西要或不要，有或没有，对一个国家而言，其意义是很不一样的，感觉也是大不相同的。

再说了，进军海洋比进军天空相对要容易一些。因为海洋再宽、再广，毕竟与人类同处一个地球，一些经验性的东西有章可循。所以到海洋开发资源比到太空开发资源更省时、更省力，也更省钱。如果能选择水下机器人作为突破口，那么中国开发海洋的步伐便会大大加快，中国工业自动化的步伐便会大大加快，中国追赶世界先进发达国家的速度也会大大加快。

鉴于此，蒋新松大胆提出了一个新的战略性的构想：进军海洋，先搞水下机器人！

蒋新松的这一构想提出后，得到一部分人的支持，同时也引发了各种不同的声音。

有人坚决反对，说他是白日做梦，异想天开，不知天有多高，海有多深；有人说他想入非非，不切实际，搞水下机器人是为了出风头，显示自己；有人说他狂妄自大，没有自知之明，简直就是个神经病；还有人认为他是哗众取宠，半开玩笑地问他："老蒋，旱鸭子也要下水了?"甚至，有一次他和几个同事刚从研究所门口出来，所里一个有智障的孩子正好从门口路过，有人便指着那个智障孩子对蒋新松说："瞧，你们造出的机器人要是能赶上这个人，就服你们了。"

面对如此非议，蒋新松有口难辩，哭笑不得。他知道，在美国，不光科学家的一些独特见解和新鲜计划总能得到高度重视和大力支持，就是一般人的各种奇思妙想，也会得到热情鼓励。比如为了激励人们的想象力和创造力，美国有关部门专门成立了一个所谓的"疯人院"，加入这个"疯人院"的"院士"们，都是些"胡思乱想"、异想天开的人。为什么在这里，连一个正常的想法也会遭到如此非议呢?

但他什么也没说，觉得说什么都是多余。他知道，由于几千年传统文化的影响以及 1949 年后"左"的政治文化的入侵，不少中国人早已循规蹈矩惯了，也服从惯了，现在一下改革了，开放了，可以"独立自主"、放开手脚大干了，反而显得很不习惯、无所适从了。就像一个长期被禁锢在瓦罐或水缸里的人，即使为他掀开了盖子，允许他出来呼吸空气，自由行走，他依然会保持着原来在瓦罐或水缸里的姿势。至于个人的见解、个人的想象、个人的追求、个人的锋芒，也几乎统统被削弱、消解掉了。在如此的文化背景下，有人要站出来，超越平常思维，干点不平常的事情，能不非议四起吗？能不磕磕绊绊、阻力重重吗？

更何况，谁都知道中国是世界著名的人口大国，劳动力一直是大大过剩。尤其改革开放后，千头万绪，百废待兴，城市的人口就业问题依然是一个很大的社会问题。别说搞不搞机器人，就是搞不搞自动化都还是一个争论不休的问题。尽管机器人是机器，而不是人，但面对这种新的机器，人们总是忧心忡忡，持怀疑态度。因为多数人认为，我国发展机器人就是像日本和西方国家一样，是为了代替和减轻人的劳动力，降低劳动成本，把人从繁重的体力劳动中解放出来。于是得出的结论是：在中国，人都用不完，还发展机器人干什么？甚至有的工厂，害怕机器人到了恐惧的地步，害怕一旦搞了机器人，就砸了工人们的饭碗。所以，只要一看见甚至一听说沈阳自动化所的人来了，有人就会大声叫喊："沈阳自动化所的人又来啦！沈阳自动化所的人又来啦！"就像孩子遇见了狼。甚至还有人认为，一个人工资也就几百元钱，而一台机器人却要几十万元；一旦出了毛病，连修都没法修，完全是多此一举！因此，当蒋新松提出要搞水下机器人时，一些人包括某些领导，当然也就无法理解、难以接受了。

对此，蒋新松并不感到奇怪。他心里明白，任何新生事物的出现，都会经历一番曲折，都会有个过程，机器人自然也不例外。想当年，自动纺纱机刚问世时，手工业的作坊工人只因害怕自己失业，丢掉饭碗，便纷纷起来大加反对，甚至用一种极其野蛮的方式捣毁机器。后来，随着近代工业的诞生与发展，不但没有减少劳动力，反而大大增加了劳动力的需求量，从而加速了中世纪的农业革命。美国刚开始搞机器人时也是如此，不仅科技界有非议，不少政治家、经济学家、社会学家以及工会活动家等，也担心研制机器人最终会造成大量人口失业，纷纷站出来表示反对。甚至还有人预测说："如果无节制地发展自动化，发展机器人，到 70 年代初，美国就会有七百万人招致失业！"由此迫使美国政府中止对研制机器人的支持长达数年之久。但后来事实证明恰恰相反，随着美国经济的不断发展，机器人的价值与作用越来越得到充分体现。到1970年前后，美国非但失业人数没有增加，反而还有几百万人获得了就业；及至80年代初，当日本的机器人蔚然成风并一举成为汽车出口大国时（这与日本依靠机器人装配汽车大有关系），美国才如梦初醒，开始加快对机器人的发展。

当然，蒋新松也知道，中国的现有人口比国外多得多，劳动力市场相当丰富，但并非所有的行业都如此。即是说，有的行业劳动力确实过剩，有的行业劳动力却相当紧缺。比如采矿行业，劳动力紧缺的现象就相当突出。究其原因，主要是采矿工作本身条件恶劣，伤亡率太高。随着人们生活水平的提高，大多数人都不再愿到采矿一线去上班——用老百姓的话来说，不是去上班，而是去送命！特别是独生子女进入劳动市场后，采矿一线就更是无人问津了。这就出现了井下需要人却又无人愿下井的矛盾。那么怎么解决这个矛盾呢？唯一的办法就是尽量减少井下劳作人员，甚至完全实现井下无人化生产。也就是说，用机器人取代人工生产。此外，像有粉尘、毒气、噪音、振动、高温、低温、强放射性物质以及核辐射等一些有危险、有毒害的地方，一般来说，人们同样不愿去，也只有靠机器人去作业最适合。尤其是要对海洋进行开发，进行大规模开发，更不可能离得了水下机器人。想想吧，辽阔的海洋险象环生，秘不可测，有些海域深达几千米乃至上万米，若是每天靠人去潜水作业，能完成一个国家在海上的千秋大业吗？因此，蒋新松认为，在中国发展机器人，从根本上说，不是为了减轻人的劳动力，而是为了提高一个国家的工业自动化水平，提高劳动质量、产品质量和劳动效益，从而增强国力和生产力；此外，除了利用机器人尽快开发海上资源，还有一个捍卫国家海上主权和维护国家海上利益的大问题。

于是，为了让发展水下机器人的计划更具说服力，从1980年4月起，蒋新松便带领着一个由十人组成的调研组，日夜兼程，长途跋涉，东奔西跑，上访下寻，前后用了四十多天时间，对中国科学院南海海洋所、青岛海洋所、湛江南海舰队司令部、广州海军基地司令部、虎门基地、榆林基地、青岛海军舰队防救处以及上海交通大学、上海打捞局、山东海洋学院、石油部、南海钻探指挥部等全国二十多个部门进行深入细致调研，并同海洋科学工作者、海军指战员、打捞人员、潜水员等召开了十余次座谈会。他们不仅观看了潜水设备，还登上了救生艇；不仅考察了南海、渤海、黄海等海域的情况，还参观了从美国刚刚进口的海洋仪器设备以及日本的钻井平台和潜水钟等。所到之处，向他们发出的都是一个呼声："我们急需海洋机器人!"

在与一些部门领导的交谈中，蒋新松了解到，中国的海洋广阔、海岸线长、大陆架资源丰富，尤其是近海的石油资源亟待调查开发。但由于中国海洋观测设备不足，考察作业手段落后，严重地影响了海洋科学研究和海洋开发。调研中，南海海洋所的邱所长对他说："我们和海洋科学隔着一层水，由于技术手段落后，不能直接观测，很难得到第一手资料。技术上不去，海洋科学就发展不了。你们研究海洋机器人，我第一是欢迎，第二是支持，总之特别希望你们尽快研制出来，提供给我们使用。"该所的翁昭宇同志对他说："人类对宇宙的研究已经早就发展到登上了月球，而海洋科学却相当落后！我们对四十米以下的情况基本不知道。目前的研究，往往是盲目侥幸取样，靠推理加想象。如果能用海洋机器人进行水下观测和探索，有目的地取样，将会大大促进海洋科学的发展。"青岛海洋所的陈开曜同志对他说："现在海洋生物学、海洋地质学等研究技术手段特别陈旧落后，海底层的样品取不上来，有的样品取上来了也改变了原来的状态。我国大陆架两百米海底情况至今仍是个谜。许多课题无法开展研究，你们若搞海洋机器人，可为我们解决大问题!"海军司令部的张参谋对他说："海军建设也急需海洋机器人。目前，海上救生、水下援救潜艇、陆地上桥梁建设等大部分工作都靠潜水员完成。但由于海水深十米就要增加一个大气压，海流大，工作起来非常困难。而采用氦氧氮混合供气，价格又相当昂贵，一瓶就要八百多元，却只能供一个潜水员用一个小时！由于防救设备落后，严重影响了海军的军事训练和打捞作业。”青岛海洋所的同志对他说：“我们过去一直想改变陈旧落后的技术手段，但苦于没有力量，干不了。现在你们有这样强大的力量来帮助我们研究，我们特别的高兴。应用海洋机器人下水作业，这是海洋调查方法的一次革命!”

在同潜水员们的交谈中，蒋新松还了解到，潜水员在海下作业时，穿着一百多斤的潜水服在水下行走，最棒的小伙子至多作业十五分钟，便会四肢发软，浑身无力。而且，茫茫海底，能见度极差，二十米以下，就很难看清目标，五十米以下，便漆黑一团。遇到复杂情况，潜水员只得用手去摸，稍有不慎，深度一旦超过了六十五米，便还可能有生命危险。也就是说，中国大部分六十米以下的大陆架内海底，潜水员们都不能进入，更不用说大陆架外的广阔海洋了。为此，南海舰队方面积极表示：为了加快中国进军海洋的步伐，希望他们赶快研制出水下机器人!

有一次，蒋新松在舰队与一位潜水员交谈时，这位潜水员竟流着眼泪对蒋新松说：“深水作业太需要水下机器人了，你们应该抓紧行动。如果你们真能研制出水下机器人，那不光可以大大提高我们水下作业的效率，还能使我们的生命安全得到保障。”面对这位年轻的潜水员，面对那双充满泪水和期盼的眼睛，蒋新松的心受到很大的震撼。

从南海舰队回来后，调研组的同志们在总结会上也一致表示：“开展水下机器人的研究，势在必行，不管有多大的困难，一定要坚持干下去，也没有理由不干下去!”如此一来，“进军海洋”这一神圣而豪迈的事业，简直就像一块偌大的磁铁，深深吸引着蒋新松的心，使他更坚定了要搞水下机器人的决心和信心。所以他当所长后的第一件大事，就是把研制水下机器人立为研究所的一个重要课题，并四处奔波，想方设法，力争这一课题得到上级部门的批准认定。

然而，就在蒋新松为水下机器人的事焦头烂额之际，他的“后院”却出现了意想不到的问题。

第十四段

哪个男人离得开女人？

风风火火、争分夺秒的蒋新松，第一次老老实实、安安静静地坐在了辽宁省肿瘤医院的一张病床前。

这是 1980 年初冬的一个傍晚。沈阳的气温骤然下降，寒冷的冬季好像一下比往年提前降临了。街上行人稀少，偶尔有车路过，也极少按响喇叭；天空有云在飘，有风在刮，却少了几分亮丽，多了几分灰蒙。

或许是礼拜天的缘故，病房显得很静，很白。白色的屋顶，白色的墙壁，白色的窗帘，白色的床单，构成了一个极为干净而又安静的空间。然而面对这个过于干净而又安静的空间，蒋新松却感到很不适应，很不习惯，也很不安全。

病床上，躺着他的妻子刘稀珍。

从昨晚到今天，他一直像一名忠诚的哨兵，默默地守在妻子的身边，除了偶尔喝上一口水，几乎没有吃一点东西。他已经有好长时间没有这样近距离地靠在妻子的身边了。自结婚后他就开始忙，打成右派后他照样忙，获得改正后他更忙！二十多年来他似乎总是忙、忙、忙，忙他的学习，忙他的思考，忙他的考察，忙他的机器人！尽管他对妻子很体贴，可一旦同时面对机器人和妻子时，他还是选择了前者。特别是当了所长后，他更是一天到晚忙得昏天黑地，从来没有这样近距离、长时间地待在妻子的身边。直到妻子昨天检查出了乳腺癌，他才有了这个近距离、长时间守着妻子、望着妻子的机会。

蒋新松说，那天晚上，他突然发现妻子瘦多了，也苍老多了！他感到非常难过，也非常懊悔。所以望着近在咫尺的妻子，他很想对妻子说点什么，哪怕道一声歉，说一声对不起。可一向口若悬河的他，却一句话也说不出来。而妻子也望着他，同样什么也没说，却显得比他平静、安稳；尤其是那双他再熟悉不过的眼睛，温情脉脉，一如既往，既看不出半点埋怨，更看不到一丝责备。

妻子越是这样，他就越感到难受。二十三年前，新婚之夜，他曾经亲口向妻子许下诺言：他一生的梦想就是要当一个科学家，一个优秀的科学家！为了这个梦想，妻子为他吃尽苦头，付出很多很多，并陪伴他走过了二十三年的坡坡坎坎，熬过了二十三年的风风雨雨。然而现实是，他昨日的梦想，依旧还是梦想。一想到这点，他心里尽是愧疚，尽是疼痛……

蒋新松和妻子刘稀珍都是江苏人，从小同饮长江水长大。不同的是，两人一个在江北，一个在江南。蒋新松的父亲是个一贫如洗的小裁缝，刘稀珍的父亲是江南一个颇有名望的纱业大资本家，不仅经济实力雄厚，且家族人丁兴旺，在江南甚至上海一带都很有影响。小学毕业时，蒋新松和刘稀珍同时考上了江苏有名的南菁中学。由于蒋新松不仅在班里，就是在全校也是数一数二的尖子生，而且口才极好，又善于组织班里和学校的各种社会活动，因而颇受刘稀珍的青睐。而刘稀珍是班里的学习小组长，不仅人品端正，长得漂亮，还有大家闺秀的风度，同样也深得蒋新松的好感。尤其是她头上那对乌黑秀丽、与众不同的长辫子，更是给年少青春、风华正茂的蒋新松留下了美好深刻的印象。所以从初中到高中，两人都是同窗好友，常常谈论的话题都是将来如何当一个科学家！考大学时，刘稀珍因生病推迟了一年，蒋新松考上了上海交通大学，刘稀珍则在第二年考上了武汉医科大学。大学期间，蒋新松因那次倒霉的肺结核病想自杀，曾写信给刘稀珍要断绝恋爱关系。刘稀珍接信后，竟然背着家里悄悄跑到上海，给蒋新松以很大的安慰和鼓励，要他一定要坚持下去，实现自己当科学家的理想，并表示永远和他在一起。

1957 年，刘稀珍从武汉医科大学毕业后，由于是资本家的女儿，没有资格分在首都北京，被发落到了河北保定一个偏远、落后的防疫站。此期间，两人天各一方，却鸿雁传书，相爱愈深。只是，刘稀珍的父母觉得女儿身为大家闺秀，却嫁给一个小裁缝的儿子，有失体面，大煞风景，故极力反对。但外表柔弱、内心刚烈的刘稀珍认为蒋新松有理想有追求、有当科学家的远大抱负，同时还有坚韧不拔、百折不挠的男人气度，于是背着家里坚持与蒋新松继续相恋，直至结为伉俪。

然而，命运总是喜欢捉弄人。结婚不久，蒋新松便被打成了右派。蒋新松提出要和她分手，她却坚决表示："为了实现你当科学家的梦想，我愿与你生死相伴，白头到老！"

此后，随着蒋新松命运的改变，刘稀珍很快跌进了痛苦的深渊。尤其是有了女儿后，刘稀珍独自带着女儿在河北保定，度日如年，苦苦支撑着随时可能倾塌的小家。她从小娇生惯养，体弱多病，加上又是大资本家的女儿，还是右派分子的老婆，其日子何等艰难，可想而知。这一时期的刘稀珍不仅天天要准时到防疫站上班，还常常要去农村搞巡回医疗。每次去农村搞巡回医疗时，她便带上几块馍馍和一瓶白开水，再把药箱和孩子同时背在肩上，然后跋山涉水、过桥走路，看病巡诊、开方送药，一个农村女人的所有经历她都必须经历，一个农村女人的所有苦难她都必须承担。当她把蒋新松带给她的所有痛苦如同咀嚼黄连一样默默咽进肚子后，才真正体会到了什么叫人生，什么叫爱情。

此期间的蒋新松当然也很痛苦，也很内疚，但妻子女儿与他远隔千山万水，他纵有千种思念，万般深情，又怎奈何得了那残酷的现实与无情的命运！所以，在那个全中国的老百姓都在喊饿、都在找粮、都在求生的年代里，他唯一能做和可以做到的一件事情，就是利用每年的探亲假，把自己平时省吃俭用节约下来的一点点钱，用来买上一些糖果和饼干，然后从北京乘火车，坐汽车，再走上一程夜路，亲自送到河北保定，送到没穿没吃的面黄肌瘦的妻子和女儿的手上。蒋新松说，每次在路途遭遇的曲折与艰辛，令他刻骨铭心，至今难忘。有一次，他本来马上就要见到妻子和女儿了，可就在距离妻子住地两里地的一个地方，他从北京为妻子和女儿专程带去的糖果，却被十几个饥饿的村民抢了个精光！他一介书生，赤手空拳，面对一帮饿狼般的饥民，一点抵抗的勇气都没有。而事实上，他也不想抵抗，因为严重的饥饿已经让他懂得，那些饥肠辘辘、骨瘦如柴的村民也是人，他们同样需要食物来填充肚子。只是，当他两手空空地站在妻子和女儿的面前时，除了羞愧，还是羞愧。

1966 年，蒋新松和妻子一起来到沈阳，终于结束了长期分居的日子。两口儿虽然总算睡在了一张床上，但后来的日子依然过得十分艰辛。按当时的规定，每人每月只有三两油、半斤肉，而鸡蛋则只有逢年过节才能凭票买上半斤；加上后来又添了一个儿子，所以家里尽管节衣缩食，省吃俭用，钱还是不够用，粮依然不够吃。

蒋新松当时在鞍钢，偶尔会去北京出差。每次去北京时，他不是找关系户换点面票，买点挂面，就是背点面粉或者带上几个烧饼回去，总之离不开一个“吃”字。此外，他每次去北京还必干一件事情，就是排队买肥肉！北京历来讲究排队，那个年头更是如此。每次买肉时，不管是谁都得排队，而且排一次队只能买一份肉。为了能买上肉，多买点肥肉，每次离开北京那天，蒋新松总是天未亮便起床，然后夹上一根油条，匆匆赶去排队，一边排队一边啃油条。等轮上他时，他便用油乎乎的手一指，弓着身子对卖肉的师傅说：“师傅，请来那块，对，就是最肥那块!”那个年代的人不像现在，只要瘦肉不买肥肉，而恰恰相反，专买肥肉不要瘦肉，并且是越肥越好，越肥越满意，越肥越高兴，越肥越过瘾！因为肥肉买回去不是为了吃，而主要用来炼油；而油可炒菜，油渣则可为病人做面条臊子什么的。这样既省钱，又解馋，还保命，肥肉便成了那个年代的中国人——包括知识分子——滋补生命的最佳营养品！于是为了能多买上几份肥肉，蒋新松排完一次队，接着又去排第二次队甚至第三次队。因为除了他家需要肥肉外，还得为同事们捎带点肥肉回去。

蒋新松说，当时沈阳自动化研究所的知识分子都是这样，虽然穷，相互间却非常体贴。为了填充肚子，大家都不讲究什么面子，也顾不上讲究什么面子，谁去北京，什么都可以不捎，唯独这肥肉是非捎不可的。每次不是用帆布包装，就是用大麻袋扛，反正大包小包往火车上塞，少则二三十斤，多则上百斤。所以当时北京人最怕东北人来北京买猪肉，背地里总是嘀咕说："这些东北人哪儿是来北京买猪肉哟，他们把北京的一头头猪都给扛回去了！"

有一次，蒋新松和几位同事扛着猪肉刚进北京火车站，便被车站的两位监管人员截住了，说："北京的猪肉不能总往东北扛！"几个与蒋新松一起的专家一听，不知如何是好，全都一副"束手就擒"的样子。蒋新松却不慌不忙，打开自己装着猪肉的帆布包，然后指着一块又肥又大的猪屁股，说，"瞧，这哪儿是北京的猪肉呢，明明盖的是辽宁的章嘛！"两位监管人员凑近一看，又大又肥的猪屁股上，果然印着"辽宁"两个红色的大字。两位监管人员哑口无言，只好让蒋新松他们把肥猪肉扛上了火车。

从此，蒋新松"京城买肉"，名声大振。后来，他每次去北京，无论是鞍钢的工人师傅，还是沈阳自动化研究所的好友同事，都喜欢让他捎带几斤肥肉，还说："找蒋新松买猪肉，既肥又便宜，还能安全过检，闯出京城，让人掏了钱放心，吃着肥肉舒心。"

而这一时期的刘稀珍，为了给家里减轻一点负担，保证蒋新松和两个孩子的身体，便一边在自家门前种菜，一边学着养鸡。别看刘稀珍是大资本家的千金小姐，多年的苦难生活也教会了她如何生存。她曾经在农村待过，见过那儿的农民养鸡，多少学了点经验，所以当家中生活实在困难时，她便跑到集市上，从农民手上买下小鸡，然后回家细心喂养。蒋新松也是一个很会过日子的人，一旦有闲，也帮着妻子种种菜、养养鸡，两口子还一起研究如何用科学的方法调配鸡饲料。妻子是医生，蒋新松又是搞科研的，加上什么事蒋新松都肯动脑筋，所以由他两口子调配的鸡饲料养的鸡，比谁家的都长得快、长得大。小鸡养大后，公鸡杀了吃肉，母鸡留下生蛋。所以即便在最困难的日子里，他家也多多少少能吃上鸡肉和鸡蛋。

也许从小到大一直过苦日子的缘故，蒋新松多年来不抽烟，不喝酒，除了每日每夜地啃书，或者偶尔摸一下桥牌，生活中几乎没有别的什么嗜好。但再穷，书是要买的。蒋新松有爱逛书店的习惯，不管再忙，只要一进书店的门，脚底便像长了钉子，想拔出来都困难。别看蒋新松平常在别的方面很抠门，但一旦见了好书，或者好的外语词典，他想方设法凑钱也要买。这就出现了想多买书而钱又少的矛盾。尽管当年的书没现在贵，但一本精装的外语大词典，少说也得十元。而蒋新松多年不变的工资每月不过五六十块，买一本书，就要工资的五分之一或六分之一，这对一个连填饱肚子都有些困难的家庭来说，自然是一笔不小的开支。但是，为了帮助、支持丈夫实现科学家的梦想，刘稀珍就是靠着从墙角的菜地和鸡的屁股里抠出的那一角、一分的人民币，一直支持蒋新松买书；只要蒋新松看上的书，她就一定要变着法子买回来，哪怕把当月的生活标准压到最低！

其实，生活的贫穷对刘稀珍来说算不了什么，真正让她感到痛苦的，还是精神。当年还是妙龄青春的她，曾把自己的前途和与蒋新松的爱情想得比云彩还要漂亮，比月亮还要美丽，比花朵还要迷人，比春风还要得意，谁知道刚一结婚，爱的滋味尚未品出是苦是甜，是酸是辣，厄运便狂风暴雨般降落到了她的头上。结婚二十四年来，可以说苦难始终像个幽灵一样与她紧紧相随，她精神上所承受的痛苦和打击，早已超过了一个美丽柔弱的江南女子所能承受的最大极限！尤其是蒋新松被错划成右派后的头几年，她一直郁郁寡欢、闷闷不乐，甚至精神都有些恍惚；只要政治的风雨稍微有点动静，便提心吊胆，彻夜难眠，一年三百五十六天，几乎天天都是在别人的白眼、议论、羞辱和自己的心惊胆战中熬过的。每天晚上，她几乎都要做梦，而且一梦就是噩梦。所以她常常在半夜惊醒，一醒就是满头冷汗，然后就是忍不住地抽泣，直至天亮。

于是天长日久，不知不觉，刘稀珍便有了“三怕”的毛病：怕开会；怕看报；怕听见敲锣打鼓。每次单位只要通知开会，她心里就紧张，坐到会场上更紧张。尽管会议的内容与她和蒋新松都没有关系，但不知什么原因，她心里就是紧张，就像一个健康人突然走进了传染病区，心里想吐又吐不出来，就是感觉不对劲儿，又不知哪儿不对劲儿。她还特别怕看报纸。本来，过去她是很喜欢看报纸的，可自从蒋新松被打成右派后，闹不清怎么回事，她对报纸就变得敏感起来。尤其是一见报纸上写有某某右派“反党”言行的消息或报道，她就会手心出汗，两腿发软，手中的报纸马上就像风吹草动般瑟瑟抖动起来。此外，她尤其怕听见锣鼓声，一听见锣鼓声，她就会联想到政治运动。特别是在“文化大革”命中，她只要一听见有人敲锣打鼓，神经马上就会产生条件反射，甚至身体还会出现痉挛，立即就会想到批斗会，想到“高帽子”，想到红卫兵，想到造反派，想到大字报，然后就恶心，就想吐，就头昏脑涨心乱如麻坐卧不安魂不守舍……后来时间长了，她总觉着身体哪儿不对劲儿，又不知道哪儿出了问题。

到了1975年，刘稀珍越来越觉着身体不对劲儿，她对女友们说，她身上好像长什么东西了。女友们却说她是“神经过敏”，是心情在作怪。她也不止一次地给蒋新松说过，她的胸不舒服，好像长了什么东西似的。可那时的蒋新松还戴着右派帽子，整天忙着在鞍钢“卖苦力”“争表现”，根本无暇顾及她的感受，也没把她的话当回事。后来，她的胸上果然长了一个小瘤，蒋新松这才和她一起去了医院；一检查，还好，是良性。她做手术时，蒋新松在鞍钢，忙着搞试验，也没顾得上她。出院后，蒋新松以为手术一完就没事了，不料到了去年，她又觉得胸不对劲了，便自己去了医院。看完病，医生要她尽快住院。而这时，蒋新松正在日本考察机器人。她自己是医生，知道要手术，必须有亲属签字，只好天天抹着眼泪等蒋新松快点回来，等了近一个月。

蒋新松从日本回来后，本应陪妻子去医院好好做个检查，可机器人的事又急着等他去汇报；加之他很快又被任命为研究所副所长，所以妻子住院检查的事也就一拖再拖。

直到前几天，他才陪妻子到医院做了检查。昨天，拿到妻子的检查结果后，他如雷轰顶，悔痛万分：妻子患的是乳腺癌！可是，晚了，真晚了——妻子的乳腺癌已经到了晚期！

…………

此时此刻，望着眼前躺在床上却依然无怨无悔的妻子，蒋新松百感交集，悔恨不已，心如刀绞。

“想喝水吗?”蒋新松轻轻问了一句，像一个在家犯下大错的孩子。

妻子摇摇头，没有说话，脸上却充满了母亲样的宽容与谢意。

“现在感觉好点了吗?”他又问了一句，语气中带着深深的悔痛。

“没事。我能挺得住的。”妻子说完，苦笑了一下，还是目不转睛地望着他，眼里看不出有半点的责备和一丝的埋怨，仿佛只要他在身边，就一切都太平无事了，一切都心满意足了。

“稀珍，真对不起，你跟着我总是吃苦。现在，你刚过上几天舒心的日子，没想到……”

“不要说这些好不好?”妻子止住了他的话。

“我说说，心里好受一些。”他说。

这时，女儿和儿子一起来到了病房。

“新松，你先回去吧，你明天还有会。”妻子说。

“爸爸，你就先回去休息休息吧。”两个孩子也说，“这儿有我们，你放心。”

蒋新松看了看妻子，又对孩子叮嘱了几句，这才离开了病房。

蒋新松拖着疲乏的步子回到家里时，已是夜里 10 点多了。

打开门，家里空空荡荡，一团漆黑，感觉不到一点生气，也无一点温馨。蒋新松拉亮灯，一个大坑便横在他的脚下——楼房近期安装地下管道，各家各户都被捣了个乱七八糟，他这个所长的家也不例外。他一步跨过那个大坑，扔掉手中的提包，将筋疲力尽的身子一下放倒在床上。

蒋新松的家，位于沈阳三好街五一大院一栋破破烂烂的楼房里，这栋楼因为“文化大革命”中“反修防修”的大字报贴得太多，多年来被人们戏称为“反修楼”。蒋新松的这个家与其说是个家，不如说是一间歇脚的屋。这间屋把所有面积加起来，仅有十六平方米！说来令人难以置信，十五年来，他全家四口人一直拥挤在这间十六平方米的小房里。当初，两个孩子还小时，这间小屋好像不怎么觉着小，可随着两个孩子一天天长大，这间小屋变得越来越小，小到有时连两个人擦肩而过都困难了。尤其是现在，大女儿马上面临高考，小儿子初中也将毕业，全家人生存之艰难与尴尬，可想而知。

中国的知识分子，一辈子最大的奢侈，恐怕就是一间书房和一张书桌了。蒋新松从小爱书，书房和书桌，是他最看重的也是最喜欢的两样东西。能拥有属于自己的一间书房和一张书桌，是他二十多年前上大学时就有的梦想；可二十多年过去了，这个梦想还是梦想。由于家里生存空间实在太小，别说布置一间简单的书房，就连容得下一个书架、一张写字台的地方都没有。不过，精明的蒋新松在任何艰难的条件下总是有法可想。家里无法安放下三张床，经他设计，小儿子和妻子同睡一张床；他和女儿的床则做成上下铺，女儿睡上铺，他睡下铺。至于书架，蒋新松也有绝招：他先搬来砖头，把自己的床垫得很高，然后在床下隔上两层木板，再把平常要用的书统统搁在床下的木板上。一个“床下书架”便诞生了。

不过，身高一米七六的蒋新松每次从“床下书架”取书、放书时，很是不便；每找一本书，他都得撅着屁股在床底下爬进爬出。特别是随着时间的推移，书籍和资料越来越多，他的年龄和肚子也越来越大，每找一本书或一份资料，都得折腾半天；每往床底下爬上一次，出来后都得喘上一会儿粗气。常年如此爬来爬去，自然很不方便，也不雅观，妻子和孩子每次见了也很过意不去。但他自己却不以为然，说：“既然现实就是如此，我们就得正视它，愉快地接受它，否则你怎么办？其实这也没有什么，每次爬一爬床底，既补充了知识，又锻炼了身体，时间长了，不正常也成了正常，习惯也成了自然。”

书架的问题解决了，书桌的问题怎么办？蒋新松每晚都要读书、学习、写论文，还要搞机器人的图纸设计，家里没有一张书桌怎么行？他想来想去，最后想到了家里的缝纫机。蒋新松的父亲是个裁缝，也许是出于对父亲的怀念，结婚时他为自己的小家添置的唯一的一样财产，便是这架缝纫机！遗憾的是，妻子什么都能干，就是不会针线活儿，对针线活儿也没兴趣。所以从安家那天起，他这位裁缝的儿子便承包了家里所有的针线活儿。每当他要为自己、为妻子和孩子做衣、做裤时，这架缝纫机便是一架名副其实的缝纫机；而每当他需要读书、学习、写论文和搞机器人的图纸设计时，这架缝纫机就变成了他的“书桌”。此刻，这架缝纫机就靠在他的床头，别看它早已油漆剥落，破破烂烂，却陪伴着他熬过了二十三年八千三百多个夜晚！在这二十三年八千三百多个夜晚里，他读书、学习、思考、撰写学术论文、翻译外国资料，以及设计有关自动化、机器人的图纸，几乎都是他趴在这张“多功能书桌”上完成的。因此，蒋新松常常很自豪地给同事们吹牛说：“在中国的知识分子中，我拥有两样别的知识分子没有的东西，一样是‘床下书架’，还有一样就是‘多功能书桌’！”

而这个夜晚蒋新松没有趴在“多功能书桌”上，而是躺在了床上。蒋新松说，这个夜晚他本来早已疲惫至极，但当听见窗外一阵紧似一阵的风声时，却怎么也睡不着了，马上预感到沈阳的寒冬就要来临。一想到寒冬的来临，他又想起一件很重要的事情：妻子和两个孩子今年过冬的棉衣、棉裤，至今还没顾得上做呢！

蒋新松是个能干的模范丈夫，在沈阳自动化研究所几乎无人不知。

每次家里不管是电灯、水管坏了，还是厨房、厕所哪儿有了毛病，他只要一动手，马上就好。此外，他还是个被公认的一流厨师。他是南方人，虽然穷，对吃却十分讲究，平常家里随便买回一点很便宜很普通的菜，只要经他之手，也会变得色鲜味美，清香可口。因此凡是逢年过节，或是平时家里来了客人，都是他一人掌勺。他不光会做一般的家务，还会织毛衣、毛裤；不但会织毛衣、毛裤，还会做棉衣、棉裤，二十多年来，全家的棉衣、棉裤都是由他一人承包的。在东北，一个男人只要达到了能做棉衣、棉裤的水平，几乎就再也没有能难倒他的家务活儿了。所以邻居们都叫他“模范丈夫”。

问题是，妻子很快就要动手术，水下机器人的专家论证会又将召开，而年底前还有几个重大项目也等着要做。他若是现在不抓紧时间把妻子、孩子们的棉衣、棉裤做好，过两天肯定就没时间再做了。特别是妻子，从小在南方长大，每年最怕的就是北方的冬天；这次手术后，身体肯定更虚弱，更比往年怕寒冷！

想到这些，蒋新松再也躺不住了。他翻身起床，把缝纫机上堆放的书籍和资料全部搬下来，“书桌”很快变成了缝纫机。然后，在一盏仅有十五瓦的灯下，这位堂堂七尺男儿用他那双曾经撰写过无数学术论文和绘制过无数机器人图纸的手，铺开布料，抖动软尺，穿针引线，踩动踏板，熟练地为妻子和孩子做起了过冬的棉衣；每一针每一线，他都得格外仔细，格外认真，仿佛要把一生的爱全都缝进妻子的棉衣里。因为他心里明白，也许这是他为妻子做的最后一件棉衣了。

第十五段

妻子、日子与“海人一号”

毫无疑问，妻子身患绝症，对蒋新松的打击是沉重的，也是致命的。

然而，蒋新松毕竟是蒋新松，他毕竟经历过人生最冷酷的风雨，毕竟承受过人生最残酷的打击；更何况搞出中国的机器人，是他终生为之追求的梦想。因此，他暗自下定决心，家里无论出现什么情况，也不能影响水下机器人的研制。

于是，为了争取早日定下水下机器人这个课题，同时也为了排遣自己精神的孤独，蒋新松开始不分白天黑夜地拼命工作，几乎到了物我两忘、废寝忘食的地步。

但万事开头难，尤其是钱，更是难中之难，如同一只拦路虎，就蹲在他的面前。

蒋新松想到了曾经支持过他的科学家李熏。他非常清楚，要想把水下机器人的课题立起来，就必须得到中国科学院的支持；有了科学院的支持，经费问题就有可能迎刃而解。于是蒋新松连夜坐上火车（为了省钱，他坚持坐硬座），跑到北京，找到中国科学院技术科学部主任、学部委员李熏先生，向他详细汇报了研究水下机器人的打算。李熏先生是一位德高望重的科学家，听了蒋新松的汇报后，很受震动，也很受感动。凭着一个老科学家的远见卓识，李熏认为搞水下机器人很有意义，大有前途。他对蒋新松说：“我完全支持你的设想！21 世纪是进军海洋的世纪，我们必须有所准备。我们既要上九天揽月，也要下五洋捉鳖！但为了慎重起见，我们可先组织全国的机器人专家，在沈阳召开一次课题评审论证会。”

之后不久，在李熏先生的支持下，中国科学院在沈阳组织召开对水下机器人这一课题的评审论证会。会议除了国内三十八位机器人专家，著名科学家陶亨咸、杨嘉墀、常迵、张钟俊、张作梅等几位学部委员也亲临会场。而会议主持者，则是蒋新松。

会议期间，蒋新松的妻子做完手术后仍在医院里。按理说，他应该去医院好好伺候妻子，但事实上他根本做不到，也不可能做到。尽管负责水下机器人还有封锡盛和王棣堂两位专家，但他是水下机器人的主管，是这个会上的主角，若是他不在场，这台“戏”怎么“唱”？何况他比谁都明白，机不可失，时不再来，此次论证会事关重大，搞好了，水下机器人就能列入国家研究计划；弄不好，很可能就前功尽弃，一切告吹。所以他只好白天会场，夜晚医院，两边交叉着跑。

因此这段时间的蒋新松，经历的是最苦、最累也最愁的日子。他每天凌晨 4 点起床，趴在家里的“多功能书桌”上，写会议材料，写水下机器人的各种论证报告；7 点到医院，安排处理妻子的种种事情；8 点准时到达会场，主持水下机器人的论证会。会议期间，他常常刚在会上发完言，马上又跑步到医院照顾妻子。妻子的依赖性原本就强，手术后更是一刻也不肯离开他，也不愿意离开他。所以他每次一到病房，妻子抱着他就哭，死活不愿撒手。他只好耐心说服，反复解释，直到妻子停止了哭泣，松开了双手，他才又急急忙忙赶回会场。尤其是妻子手术后，听人说吃牛肉有利于恢复健康，但他没时间去买，便只有利用开会中途休息的时间跑步去买。等买上牛肉后，他再捧着牛肉气喘吁吁地跑回会场，然后继续开会，继续论证。

而且，有时晚上下班后，蒋新松还要骑车到很远的大西菜行去买点小排骨。因为妻子是南方人，最喜欢吃他烧的糖醋排骨；而他之所以要骑车到很远的大西菜行去买，是因为只有这个菜行的排骨既好又便宜。虽说是远一点，累一点，但能省钱。一次省一元，十次就能省十元。而十元对他家来说，可是一笔不小的金额。排骨买回家后，他再亲自下厨，为妻子精心做上一份色香味美的糖醋排骨，然后再送到医院，一块一块地喂到妻子的嘴里。可妻子每次都是“想吃”而已，一旦吃起来又吃得很少，所以他儿子蒋宇晨后来说：“我爸每次为我妈妈烧的排骨，多数都是被我吃了，而我爸爸却从来舍不得吃上一块!”

晚饭后，蒋新松就更忙了，既要护理病重的妻子，又要照顾两个孩子——儿子准备考高中，女儿准备考大学。而他自己，除了要总结当天的会议情况，写出当天的会议简报，还要考虑安排第二天的工作。此外，妻子出院后，每天都要喝中药，他隔上三五天就要到中药店去买回一包又一包的中药，等晚上把所有该忙的事情忙完后，再守在蜂窝煤炉前，为妻子煎熬中药，天天如此。

不过，令蒋新松感到欣慰的是，在此次评审会上，大家一致认为水下机器人是个好课题，并建议沈阳自动化研究所把工作尽快开展起来，逐步形成有自己特色的研究领域。而且会后不久，中国科学院为表示对这一课题的支持，还拨款一百一十五万元人民币，用于课题的研究与试验。

然而，当这一喜讯传到沈阳时，一纸病危通知书又摆在了蒋新松的面前!

蒋新松从试验室匆匆赶到辽宁省肿瘤医院时，妻子已暂时离开了死亡线的边缘。

这是 1981 年春节前夕一个寒冷的夜晚。经过一天慌乱的病房，此刻已归于平静。蒋新松静静地守候在妻子刘稀珍的床前，心里一片茫然，一片空白，仿佛除了内疚，还是内疚。他的身边，是大女儿蒋宇，小儿子蒋宇晨。病房很静，他和两个孩子谁也没有说话，只是默默地守望在病床前，好像都在等待着什么……

刘稀珍手术后，在医院住了一段时间，便回到了家里。由于刘稀珍是研究所的大夫，心地善良，待人诚恳，工作中又能尽心尽职，热心为大家服务，所以平常人缘特好，住院期间和出院后都有不少人来看望她，安慰她。可人们越是这样，蒋新松心里就越是痛苦。

当然，这期间也有让蒋新松感到高兴的事，这就是，随着研究所住房条件的改善，他和妻子终于分到了一间新房。虽说这间新房仅有二十八平方米，但与此前十六平方米的小屋相比，简直就是天堂了！妻子跟着他受了一辈子的苦，生前能享受到一间二十八平方米小屋的待遇，这对他的精神是最大的安慰。而且随着所里下一步住房条件的改善和他职称的上升，他家还能分得一套三室一厅的新房。那天，当他把这个消息告诉妻子时，妻子高兴得一句话也说不出来，只是一个劲地流眼泪。

然而，蒋新松却无法自己欺骗自己。他非常清楚，属于妻子的生命已经不多了，妻子随时都有离开他的可能。所以，为了让妻子能享受到她人生仅有的一点点快乐，尽可能少留遗憾地度过她的余生，他不仅包揽了全部家务活，每时每刻还变着法子让妻子开心。尽管这一时期水下机器人的事让他跑断了腿，操碎了心，但无论在外面有多么苦、多么累、多么发愁、多么不顺心，他只要回到家里见到妻子，总是装出一副轻轻松松、高高兴兴的样子；即便当时心里流着血，他也必须如此——也许这就是中国的知识分子，他们总是一个肩膀扛着国家的重任，一个肩膀挑着家庭的担子，直到耗尽他们的一腔热血，直至走完他们生命的最后旅程，也默默不语，无怨无悔。

9 点左右，蒋新松发现妻子睁开了眼睛，而且突然有了精神，他马上俯过身去，轻轻握住了妻子的手。

妻子也握住他的手，久久不肯松开。最后，妻子终于说话了，她说：“新松，我想给你说一件事情。”

蒋新松一听，心里一下紧张起来。他不知道妻子想说什么，很想听她说，又怕她说，心里矛盾极了。

“你一定要答应我一件事情。”妻子说。

蒋新松点了点头。

妻子说："我知道，事业对你来说，是最重要的。你一辈子的理想，就是要当一个科学家，就是要搞出机器人！现在，你还不到五十岁，你还有许多的事情要做，国家也很需要你这样的人，所以你身边还得有个人照顾你……"

"不，稀珍，你不要说这些。"蒋新松忙制止了妻子。

"新松，我是医生，我知道自己的病情，你就让我说吧。"妻子还是坚持说道，"我走后，你再找一个人来照顾你。我只有一点要求，一定要找一个对孩子好的！"

"稀珍，求你别说这些了，你没事的，一定不会有事的。"刚一说完，蒋新松便一下转过身去，眼泪禁不住涌了出来。

刘稀珍又拉着两个孩子的手，说："你爸爸这一辈子很不容易，他的身体不太好，以后，你们要多照顾他！"

"妈妈，别说了，我们知道。"两个孩子哭得更厉害了。

大约到了10点钟，刘稀珍的精神越来越好，表情也特别的平静，好像就没病过似的。蒋新松和孩子见了，都很高兴，两天来一直绷紧的心，渐渐缓和下来。

后来，刘稀珍对蒋新松说："你带着儿子回去休息吧，我知道这段时间你太累了。我也有点累了，想休息一下，你明天再来吧。"说完，便催着蒋新松回家。

这时，研究所科技处的曹慧珍女士来到病房，刘稀珍就更是坚持要蒋新松带着儿子回去休息。蒋新松见妻子状态确实不错，只好叮嘱女儿几句，然后带着儿子回家。

蒋新松回家后，先把儿子安顿睡了，这才坐到"多功能书桌"前，开始修改水下机器人的设计方案。因为中国科学院和几个部委要在杭州举行水下机器人的设计方案审定会，他必须做好准备。

大约凌晨时分，蒋新松突然听见有人敲门。因为当时蒋新松家里没有电话，所以不管什么事，只能靠人跑来敲门。蒋新松刚一开门，来人便气喘吁吁地对他说："快去医院，刘稀珍不行了！"

蒋新松一听，汗都下来了，一把拉起睡梦中的儿子，急匆匆就往医院跑去。

天黑，蒋新松是高度近视，看不清路；还有呼呼的风，像刀子般在脸上刮来刮去。有好几次，他都差点摔倒，可他仍坚持往前跑！

遗憾的是，等他跑到医院，妻子已经永远离开了他，离开了这个世界……

中年丧妻，人生一大不幸。但最让蒋新松感到悲哀的是，他身为一个科学家，搞了大半辈子的科学，家里却连一部电话都没有！蒋新松说，如果当时他家有一部电话，一部普普通通的电话，甚至哪怕是一部二三十年代的破电话，他也肯定能赶在妻子上路前，与妻子见上最后一面，说上最后一句话。

可惜，现实比病魔还要残酷，还要无情。

妻子去世后，蒋新松的精神受到很大打击。他悲痛难忍，欲哭无泪。然而，就在妻子去世的第二天晚上，他居然独自趴在"多功能书桌"上，一边守着妻子的亡灵，一边流着眼泪，一边背着英语！

一个周末的晚上，曹慧珍去看他，一进门，见他正趴在缝纫机上专心致志地背着英语。曹慧珍说："你看你，人都瘦成啥样了，还背什么英语！"他说："没办法，我心里实在太苦闷了！背背英语单词，转移转移注意力，心里要好受一些。不然，这一个个的夜晚，叫我怎么过呢？再说，水下机器人很快就要上马了，以后和国外打交道的机会会越来越多，我这点英语底子，不抓紧提高提高，怎么行呢？"

面对一个如此坚强的男人，曹慧珍除了在心里表示钦佩，说不出一句话来。她深信，一个男人只要具备了如此的毅力和韧性，就没有干不成的事情！

果然，三年后，蒋新松到美国考察机器人时，成了考察团最好的一名"翻译"。

1982 年 10 月，中国科学院和国家经委、机械工业部、石油化工部等在杭州召开关于水下机器人的方案设计审定会。会上，与会者一致认为，随着中国改革步伐的加快，近几年来中国的海上石油开发、海洋调查、海洋工程以及海上营救等工作有了很大的发展，沈阳自动化研究所和上海交通大学设计研制的水下机器人，是发展中国海洋事业迫切需要的工具，对四化和国防建设有很大的现实意义，应给予积极的支持和鼓励；而沈阳自动化研究所提前预见到了这一世界发展趋势，并及时地提出了这个研究课题，主动与上海交通大学等单位合作，是一次很有意义而又十分明智的选择。

1983 年，历经四年风风雨雨、重重阻力的水下机器人，终于被列入中国科学院的重点研究课题，并正式命名为“海人一号”。此后，蒋新松他们的水下机器人研制工作名正言顺，并有了一定的研究经费。

但对蒋新松来说，这仅仅是事情的开始。

水下机器人的研制，是一项综合性的高技术项目，它包括深潜技术、密封技术、自动控制及声呐、电视、电话、信息传输、液体控制等复杂技术。不仅国内尚无先例，国外也是在 20 世纪 70 年代中期，随着海上石油开采和电子技术的普及应用而逐渐发展起来的。何况，海军方面对水下机器人的要求非常高：必须要深潜到水下两百米以上，并能将看得见的东西拿上来！而国家经委也提出了过硬的指标：不能光搞出样机，还必须搞出真正的产品，打破过去科研项目只搞原型样机的惯例，拿出既符合英国船级标准又能满足工程应用的无人遥控深潜器！

因此，为了让水下机器人能尽快形成产品，尽快投入进军海洋的行列，蒋新松和另外几位专家及课题组一道，在国内广泛开展一系列的技术合作。首先，他们与上海交通大学签订了合作研制水下机器人本体的协议，而后又与国内许多部门和单位签订了相关部件的研制协议，同时还大胆作出了一个新的决定：中国水下机器人的研制，要走一条自力更生与引进外来技术相结合的道路。通过引进技术，争取良好的国际合作环境，从而发展、提高中国的机器人技术。

于是，1984 年秋，以蒋新松为团长的中国机器人考察团前往美国和加拿大，对水下机器人和国际的技术合作问题进行考察。

在此次考察中，为了在有限的时间里掌握更多的“情报”，增长更多的见识，开阔更大的眼界，蒋新松在考察中从不漏掉一个学习的机会。他白天争分夺秒参观学习，晚上记录考察心得体会，每晚都要搞到深夜两三点。由于过度劳累，加上在生活上过于节省，他的心脏因供血不足，出现严重不适。但他依然对自己也是对全团作了如下三条规定：

第一，坚持不住高级宾馆。每到一个地方，蒋新松总是最先打听哪个旅馆价格最便宜，哪个地方办事最方便。只要符合这两点的地方，他就同意住宿；反之，一概拒绝。他的观点是，出门在外，不就是找个地方躺上一宿吗？好地方是睡，差地方也是睡，只要能闭眼就行，住那么好的宾馆干什么，花钱还费事！所以代表团每到一个地方，住的都是当地最便宜的、每晚只花十来美元便可“闭眼”的汽车旅馆。

第二，坚持不进高级餐厅。蒋新松去了一次日本，在对付吃“外国饭”的问题上，积累了一点省钱的经验。所以此次出国，每顿饭他都带着团员们到华人开的小餐馆就餐——或吃炒菜米饭，或吃鸡蛋素面，再就是去超市买方便面。总之，在吃饭问题上，每天能省一美分，就省一美分，从来没进过一次像样的餐厅。

第三，坚持不租高级轿车。由于蒋新松他们这次出国是有求于人，加上他还没有名气，所以全部费用都得自己掏腰包。比如租车，就是一笔不小的费用。蒋新松的原则是，能不租车就不租车，实在需要租车时，就租最便宜的车。他说：“好车差车无所谓，只要能赶趟，放得下一个屁股就行！”但他又很想多学点东西，多考察一些研究单位，怎么办呢？便想了一个办法：以步代车，走路！即是说，每次出门，只要有时间，只要时间来得及，他就带头走路，坚持走路。于是在 1984 年的秋天，在美国新闻记者的相机里，便留下了几个中国机器人专家背着行囊艰难行走在美国大街上的镜头。这些镜头今天看了，有人肯定会觉得滑稽可笑；但在蒋新松看来，国门开启后，中国人的脚步——尤其是像他这样一个在国内长期抬不起头、迈不开步的“老右派”——能走在美国人的大街上，本身就意蕴深刻、耐人寻味。再说了，他，一个默默无闻的中国科学家，走在美国的大街上，谁也不认识他，谁也不了解他，因而谁也不会在意他、理睬他。既如此，走走路，散散步，又有何妨呢！所以，每当他走在美国的大街上时，心情非常平静，平静中还含有某种悠然；脚步也很自然，自然中还带着某种潇洒。只是，他患有一种叫甲亢的病，有时走着走着，就会感觉饿得慌，感到很累很累；走到后来，便再也走不动了。每当这时，同事们便将他扶到路边，靠一靠歇一歇，或者找个不掏钱的地方坐一坐，等缓过劲儿来，再站起来，接着再往前走……难怪后来有人说：“某些领导出国考察，是一次幸福的旅游；而蒋新松出国考察，简直就是一趟苦差事!”

就这样，在短短三个礼拜的时间里，蒋新松带着考察团，从美国到加拿大，跑了十四个城市二十八个单位，收获了大量有关机器人的资料和数据；特别是美国海军海洋系统中心研制的水下机器人，令他大开眼界，深受启发。

离开美国时，蒋新松自己什么也没买，只把从自己生活费中节省下来的钱，全部用来买了一大堆水下机器人的技术资料，然后从美国背到加拿大，从加拿大背到北京，再从北京背回沈阳。

从美国、加拿大考察回来不久，蒋新松决定：在攻克水下机器人一些关键技术的同时，再引进美国沛瑞公司的制造技术。

但是，水下机器人属于高新技术，拥有这个技术的国家一般是不会轻易同意输出的；即使对方同意输出，费用也相当昂贵。比如，蒋新松向美国沛瑞公司提出引进制造技术时，对方原则上表示同意，却要价一百万美元!

蒋新松当然拿不出一百万，即便他把研究所的全部家当卖了，也拿不出一百万。何况，他手里的钱，一分一厘都是国家财政拨款；何况，他是一个几十年穷惯了、穷怕了的人，怎么可能把中国人民的血汗钱轻而易举就拱手交给“美帝国主义”呢。所以，当美国沛瑞公司的代表要来沈阳与他洽谈时，他连续几天几夜不睡觉，费尽心机，绞尽脑汁，反复修改谈判底稿，誓与对方“讨价还价”“斤斤计较”！

不料，谈判那天，他刚从一楼走到二楼，便晕倒在了楼梯口。为不影响谈判，他坚持不住医院，强打精神，与美方进行了首轮谈判。谈判中，他抓住对方很希望中国购买设备的心理，说：“我们买些设备是可以的，但我们必须引进一些必要的制造技术。如果这一点不能满足我们的要求，那么买设备是没有意义的。另外，关于价格问题，希望你们一定要考虑到我们目前的承受能力。中国有句俗话说得好，来日方长嘛！”

谈判一结束，为了能用事实说服对方，他又陪同美方代表前往大连参观。谁知一到大连，刚下火车，他又一次昏倒在了站台上。

蒋新松很快被送回沈阳中国医科大学第一附属医院。经检查，病情严重：心电图异常、白细胞升高、造血机能出现严重障碍！其原因是，他患有甲亢，一旦疲劳过度，便会发病；加之他为了能坚持与美方谈判，每天偷偷服用了大量的治疗甲亢的药，引起严重毒性反应！

医院当即给他打针、滴液、输血，但高烧就是持续不退。

蒋新松生命危在旦夕。医院当即决定：马上实施抢救手术，并向亲属发出病危通知书！

上帝保佑，手术很成功，蒋新松躲过一劫。但为防止病菌感染，他被“关”进了一间玻璃房里。“关”起来的蒋新松，日夜坐卧不安，心急如焚。他知道，若不能引进美方的水下机器人技术，中国的水下机器人一时就难以研制成功。所以他在伤口拆线后第三天，便自作主张出了院。

出院后，蒋新松继续带病同美国沛瑞公司谈判。因双方都不肯让步，谈判只得暂时中断。但蒋新松是个从来不会放弃任何一线生机的人。就在美国沛瑞公司即将离开沈阳、飞赴美国这天，他灵光一闪，临时决定，让美方代表参观一下沈阳自动化研究所的水下机器人试验室。出于礼节，美方代表同意了。结果出人预料，美方代表观看完毕后，表情和态度发生了很大转变，认为蒋新松研制的水下机器人的水平远远超过了他们的想象，不仅机械手的外形造得很棒，而且航行控制系统的设计比美国的还好！

美方代表一回到宾馆，便给蒋新松打来电话，说愿与蒋新松就某些问题再作进一步的洽谈，并热情邀请蒋新松共进晚餐。结果，双方重新坐在了谈判桌上，美国沛瑞公司不仅同意转让技术，也愿意以较低的价格出售设备，还答应愿为中方培训技术人员。

于是，双方当场签订了协议书。

…………

1985 年 12 月 12 日，中国第一台水下机器人——“海人一号”在大连旅顺港下潜六十米，首次试航获得成功！

一年后，“海人一号”又在海南省三亚市进行了为期四十天的实验，创下了中国水下机器人深潜水下一百九十九米的纪录，实现了中国水下机器人零的突破，从而引起海内外关注。专家们评议后认为：“‘海人一号’是中国第一台水下机器人，其功能和控制系统达到同类型的世界先进水平。”而且，蒋新松、封锡盛、王棣堂等专家们通过对“海人一号”的研制，还为中国培养出了一支研制水下机器人的科研队伍。

几年后，“海人一号”荣获中国科学院科技进步二等奖！

第十六段

创建机器人示范中心

“海人一号”的成功，为蒋新松带来了荣誉，也带来了希望与自信。

在研制“海人一号”的同时，蒋新松还与宋克威、徐凤安、马纪虎等几位专家一道，成功地研制了“金鱼一号”“金鱼二号”等一批轻型、中型水下机器人。为把中国的水下机器人技术再往前推进一步，继“海人一号”之后，蒋新松又亲自担任总设计师，带领着一帮人马，成功研制出了一千米无缆水下机器人！

蒋新松是个胸怀大志、目光高远的人，对事业的追求似乎从来就没有满足的时候。尽管“海人一号”对中国而言是一次超越，一次突破，但若与外国相比，蒋新松心里非常有数，中国的机器人刚处于起步阶段，还有很大的差距。

比如日本，从 1983 年起，就投资一亿五千万美元发展智能机器人。到 1984 年，机器人的年产量便达到七千五百余台，总产量高居世界首位，堪称世界头号机器人大国。若把单项用途的低级机器人也包括在内，日本到 80 年代末，即会拥有五十余万台机器人！

日本这一革命性的举措，引起了世界科技界和产业界的热情关注，也引起了美国政府的高度重视。尤其是当日本一辆辆新型的小汽车像潮水般涌进美国的大街小巷，又像潮水般冲击着美国的汽车市场时，美国社会各界更是一片哗然！有关部门立即组织科技界和经济学界有关专家，进行紧急调研和会商。结果发现，日本汽车工业的骤然崛起，与机器人在生产中的广泛运用紧密相关。日本目前所拥有的机器人，已超过了包括美国、苏联在内的二十个国家所拥有的机器人的总数；仅在汽车生产线上，就投放了四千余台机器人！于是，美国有关部门很快作出反应：将机器人的投资额一下增加了二十倍！

而另一个科技大国苏联，自然也当仁不让。经过短时期的调整变革，苏联计划在 80 年代末生产十二万台机器人。而西欧诸国同样不甘示弱，纷纷行动起来，把发展机器人立为基本国策之一。据专家预测，到 20 世纪末，全世界机器人的占有量可达两百至四百五十万台！

面对世界如此局势，蒋新松岂有松懈之理！更何况，他是一个从不肯放过任何机会的人，这个机会包括使用权力的机会——一旦权力在手，他会抓紧使用，绝不“过期作废”。而日本某大公司的一个技术部长在一次中日交流会上说过的一句话，更是深深地刺伤了他的自尊心，这个部长说：“十五年内，我们不准备与中国进行任何有关机器人方面的合作。原因很简单，即使我们把机器人卖给中国，他们也不会使用！”

在蒋新松听来，这是对中国机器人专家的轻蔑，也是对一个国家的轻蔑！身为中国的机器人专家，蒋新松当然不能接受，并为此感到愤慨！他说：“中国人只有先站稳脚跟，坚持走自己的路，使本民族的工业自动化逐步发展壮大起来后，才能最终摆脱别人的制约，立足于世界民族之林。”因此，“海人一号”成功之后，他决定集中精力，全力以赴，创建国家机器人示范工程中心！

蒋新松的这一宏伟计划，并非无中生有，也不是心血来潮，而是经过了长时间的深思熟虑和严格的科学论证。

80 年代初，随着高科技的浪潮席卷全球，国务院邀请全国知名专家、教授和学者汇聚北京，就“新技术革命对中国的挑战及对策研究”一题，进行了广泛深入研讨。蒋新松作为自动化专家的代表，有幸出席了这次意义深远的研讨会。在这次会上，蒋新松对世界的高科技形势作了认真分析，对世界各国尤其是美国、日本、苏联以及西欧几个主要有代表性的国家的科技发展现状作了仔细的研究，并对中国自动化领域的诸多问题也作了深刻的反思。通过分析研究，比较鉴别，他眼界大开。同时，他还与科学院的邓裕民先生就中国的自动化问题作过多次的交谈，二人在如何发展中国机器人的问题上，许多观点极为一致；尤其是在创建国家机器人示范基地这个问题上，更是“英雄所见略同”。也就在这次会上，他根据世界自动化的发展趋势和着眼于21世纪的考虑，向中国科学院和国务院有关部门呈送了一份有关中国自动化技术发展的科学报告。在这份报告中，他提出了一个别出心裁的建议：创建一个面向全国、面向世界的开放型的机器人研究开发基地。

蒋新松的这一建议首先得到邓裕民先生的鼎力支持。邓裕民先生将机器人研究开发基地定名为“国家机器人示范工程”，而后以中国科学院的名义向国家计委作了正式报告。国家计委肯定了这一建议，但要求呈报一份关于机器人示范工程建设的计划报告。

1982年10月，蒋新松在北京得知这一喜讯后，匆匆赶回沈阳，找到机器人专家周国斌，让他赶紧起草一份有关机器人示范工程建设计划的报告。周国斌经过一个月的昼夜苦战，终于写出了报告的初稿，并对兴建项目的经费作了估算，其投资总额为三千七百万元左右。蒋新松看了后，对周国斌说，投资数额太大，得把三千七百万改成一千七百万！周国斌说：“这投资数额是我严格核算过的，是多少就该多少，哪有随便改动之理?”蒋新松笑了，说：“你真是个书呆子！现在我们打这个报告的目的，是为了先把项目列入计划。如果上面一看投资数额这么大，就被吓回去了，那我们还搞什么示范工程?”周国斌说：“那也得实事求是呀!”蒋新松说：“这不是不实事求是，而是原则下的灵活性。在中国办事，就得根据中国的国情，否则什么事也办不成。我们先把投资数额写小一点，等项目列入计划后，再作进一步的论证，反正都是为了办成国家的事情。再说了，到底投资多少，到时写工程论证报告，我们这个预算也不算数，还要作专题论证。”周国斌一听，觉得还是蒋新松做事精明，便将三千七百万改成了一千七百万！

1983 年，国家机器人示范工程作为“七五”重大工程项目，正式列入国家计划。

但列入国家计划后，国家机器人示范工程建在哪个地方最好，哪个单位负责创建更合适呢？

一时间里，科学院上上下下，众说纷纭，莫衷一是。

当时，比较适合建立国家机器人示范工程的地方主要有两个，一个是合肥，另一个是沈阳。但到底该建在哪里？两种意见，争论不休。“合肥派”有“合肥派”的理由，“沈阳派”有“沈阳派”的道理。南方人喜欢到合肥，北方人愿意去沈阳。

蒋新松是当然的“沈阳派”。这并非他是沈阳自动化研究所的所长，也不是因为他的家在沈阳（他考虑问题向来不从小集团的利益出发），而是他站在国家利益的高度上，通过对两地客观情况进行科学分析之后得出的结论。其理由是：沈阳自动化研究所是全国较早开展人工智能和机器人研究的单位，从 80 年代起人工智能和机器人的研究便被确定为沈阳自动化研究所的主攻方向，并且这里凝聚了一批国内较优秀的机器人专家。此外，从现有的研究成果来看，在全国也是鹤立鸡群、屈指可数，堪称佼佼者和“领头羊”。因此，若把国家机器人示范工程建在沈阳，有很好的学术氛围和比较扎实的技术基础。

蒋新松从小就读过“苏秦说和六国”的故事，深知“游说”的重要。于是为了把国家机器人示范工程项目争取到手，他主动请缨，主动“进攻”，主动参与竞争，不但勇于推销自己，而且还善于说服别人。他不辞千辛万苦，多次进京，找到中国科学院以及相关单位，今天找这个部门谈，明天找那个领导讲，无论走到哪里，他都大讲特讲沈阳自动化研究所的优势，主动介绍他们的方案、计划和设想；同时摆出诸多理由，列举无数事例，证明沈阳能够承担这项工程；而面对一些非专业的领导，他除了不厌其烦地给人家讲解示范工程的价值、作用、意义，还深入浅出地给人家讲解一些关键的技术，直到人家听懂才肯罢休。所以，后来无论在北京还是沈阳，坊间都有不少关于“老蒋老讲”的美传。

当然，也有人对蒋新松的这一做法表示异议，认为一个社会主义国家的科学家、知识分子，就应该服从组织，听从分配，一生交给党安排，党叫干啥就干啥，老老实实干好自己的工作就行了，用不着去主动争取什么，更不必去推销自己。蒋新松对此却难以苟同。

蒋新松刚当所长时，有一次所里有个技术人员到办公室找他谈心，最后向他表态说，“请蒋所长放心，组织安排我干什么，我就干什么，我把一生交给党安排!”这个人以为蒋新松对他的表态一定很满意，谁知蒋新松听后桌子一拍，大声说道：“你说这话不感到脸红、不感到羞耻吗？什么叫‘一生交给党安排’？你为什么不主动积极争取安排，非要等着组织安排呢？假如你的一生组织都没安排，难道你就一辈子都不工作，一辈子都等着安排吗？你先回去，把这个问题想清楚了再来找我!”几天后，那人找到他，第一句话便说：“我活了几十年，现在总算明白了，一个人干工作，不能总是等着别人来安排，还得主动积极争取组织的安排。”蒋新松听后很高兴，诚恳地对他说：“我认为，听从安排是一种素质，主动争取安排又是一种素质。一个真正对国家、对人民负责的科技知识分子，有安排要工作，没安排也要工作，甚至不让工作也要偷偷变着法子工作。这才是中国科技知识分子应该具备的境界和素质。”

所以，在争取国家机器人示范工程这个问题上，蒋新松一开始就主张，要变被动为主动，变“服从分配”为参与竞争，改变知识分子传统的工作姿态。他说：“我们只有主动争取，才可能把重大项目争取到手；如果你连主动参与竞争的胆量都没有，怎么可能拿到项目？怎么可能干好工作？又怎么可能对国家、对人民负责呢？”同时，他还特别强调，对一些非专业的领导，更要抓住一切机会多宣传，多推销。

他说："在技术问题上，有的领导可能是外行，甚至个别人还是个'白痴'。但这不能怪领导，你得给领导多讲讲。你不讲，人家怎么知道你那个东西有价值、有意义；你只有给他讲了，他才会有印象，才知道你那个东西有价值、很重要，也才有可能支持你。否则，你一辈子也甭想干成一件事情。这是我几十年在底层摸爬滚打积累下来的一条经验。"

蒋新松的经验果然有效。最后，中国科学院同意将国家机器人示范工程建在沈阳，并由沈阳自动化研究所承担工程的建设任务。这对长期"一贫如洗"的沈阳自动化研究所来说，简直就是一块难得的大"肥肉"！

但是，同意将机器人示范工程建在沈阳，这只是一个创建地点的选择问题，至于创建该工程到底是否必要、是否科学、是否可行，还必须有工程论证报告。因此，中国科学院让蒋新松组织一个可行性调研组，由他负责，写出机器人示范工程的论证报告，而后再组织全国专家进行论证。行，上马；不行，终止。

于是，1983 年 4 月起，蒋新松带着调研组，上到国家十多个部委，下到全国二十多个省市，开始进行大规模调研、宣传和说服工作。不过，别看机器人示范工程的计划在理论上是定了，但在中国科技体制的改革尚未开始的情况下，要拿出创建的理由，举出科学的证据，而后再用这些理由和证据去说动、说服上上下下、左左右右几十个部门和无数大大小小的头头脑脑，却是一件相当复杂和困难的事情！

蒋新松首先从沈阳赶到北京。他每天背着一大捆资料，拜访这个部门，求见那个领导，既要认真听取机械部的意见，又要争取国家计委的认可，还要得到中科院的支持；除了说服国家计委科技司的司长，还要说服国家计委的总工程师；既要和行政官员打交道，也要同专家们恳谈；而对那些年轻的或不年轻的、懂行的或不懂行的科长、副科长、处长、副处长以及大大小小的秘书们，也得绞尽脑汁，一一"过关斩将"。否则，只要有一个小环节、小关口出了问题，或者一不留神得罪了哪怕一个小小的科员，事情就会很麻烦，甚至整个计划都有可能功亏一篑，前功尽弃。因此，为了使国家机器人示范工程的论证工作得以顺利进行，可以说他是费尽了心机，绞尽了脑汁，使出了浑身解数，拿出了全部看家本领！

因为那个时候的蒋新松，谁也不认识他，他也不认识谁，其知名度还仅限于沈阳自动化研究所和中国科学院很小的范围。出门办事，当然就难。但蒋新松的过人之处就在于，别人连想都不敢想的事情，他不仅敢想、敢做，还常常能取得成功。他在处世方面，有一个一般知识分子所不具有的基本功，这个“基本功”就是“见面熟”。不管是谁，他只要和你一接触，你不知不觉便会被他的真诚、被他的人格魅力、被他对事业的执着而狂热的精神所吸引，所感化，进而很有可能就会心甘情愿地被他征服。

一般说来，中国的知识分子历来都是很讲究面子的，但蒋新松不。他说，我打成右派后在社会最底层生活了二十年，被搞得人不人鬼不鬼的，哪还有什么面子可言！面子是什么东西？不就是挂在脸上的一张皮吗！我看这张皮没什么重要的，重要的是要想方设法为国家多做事情！事情做不了，留着面子有何用？古代的苏秦能说和六国，我就不相信我说服不了今天的共产党人！

因此，北京十多个部委和全国二十多个省市，凡是能进的门他都进了，只要能求的人他都求了。他一旦看准了谁，就死死盯住谁。跑一次不行，就跑第二次，跑第二次不行，就再跑第三次甚至第四次。他被人蔑视过，被人冷落过，甚至还被人轰出门过。但他不气馁，不放弃，今天不行，明天再来；这个办法不行，再想别的招。总之，他只讲目的，不讲面子，直到把一些大人物和办事员说得无可奈何，说得心服口服，说得答应条件，说得同意掏钱，说得支持创建机器人示范工程，他才乐呵呵地走出你的办公室，然后第二天再闯进另一个部门、另一间办公室……

不过，蒋新松有时候也太委屈自己了。国家机器人示范工程总设计师周国斌说，在那段时间里，调研部门多，工作量大，难度高。蒋新松每天起早贪黑，走街串巷，有时身上背着几十斤重的资料，但兜里没钱，也只有去挤公共汽车，从不打的。他患有甲亢，有一次太累，竟在北京地铁口蹲了一个多小时，等稍稍好一点后，再站起来背着资料继续赶路。而且每到一处，他都要写详细的调研报告，所以每天晚上都要加班到深夜一两点。最心酸的是，他们做的事情并不是所有人都理解，有时还会遭人白眼。像蒋新松这样一位有成就的科学家，有时面对一个刚从学校毕业就端坐在大机关里的小青年，他也得点头弓腰，毕恭毕敬，老老实实。只要对方能给他机会，他就认认真真、细声细气地向人家讲情况，作汇报，说自己打算怎么怎么搞机器人，如何如何建示范工程，从来不觉得自己丢了面子。只要他认准要办的事，就非办成不可；只要他一开口，死人都能说活了。像搞机器人示范工程这么大的项目，离了蒋新松不行！

就这样，经过一年的艰苦努力，1984 年 4 月，蒋新松们终于完成了《机器人示范工程可行性研究报告》。

1984 年 4 月 17 日，中国科学院受国家计委的委托，组织召开《机器人示范工程可行性研究报告》专家评议会，全国五十一个单位、八十七名专家出席了这次会议。会议经过三天的认真评议，对蒋新松们起草的《机器人示范工程可行性研究报告》给予了充分肯定，认为国家对机器人示范工程进行重点投资是完全必要的，《报告》中提出的研究方向是对头的，方案是可行的。尤其是对《报告》中提出的要把机器人示范工程建成一个对国内外开放的研究开发基地和实验基地，给予了高度评价。

接着，蒋新松又和机器人示范工程总设计师、总工程师周国斌一道，组织编写了工程计划任务书，完成了工程初步设计方案。1984 年 10 月，国家计委批准了机器人示范工程计划任务书。1985 年 9 月，中国科学院批准了工程初步设计方案。

至此，国家机器人示范工程具备了开工条件。

1986 年 7 月 9 日，国家机器人示范工程正式破土动工。国务委员兼国家科委主任宋健亲临沈阳主持了开工典礼。国家科委、国家计委、中国科学院等领导也在破土典礼上对工程的建设作了重要讲话。

蒋新松被正式任命为国家机器人示范工程总经理。此外，还专门设立了机器人示范工程指挥部，蒋新松为工程总指挥，中国科学院副秘书长王景川为副总指挥。整个工程实行总经理领导下的“三师”负责制，即总工程师、总工艺师、总经济师负责制。

毫无疑问，国家机器人示范工程，无论从哪个角度说，都是一个具有开拓意义的里程碑式的大工程，这对从事这个工程的专家和技术人员来说，是一次严峻的考验；而对蒋新松来说，更是一次带有极大风险的挑战！因为他既是科学家，又是大老板，还要担任工程的组织者和总指挥。原本一介书生，却要扮演如此多的角色，且每一个角色都必须获得成功，其复杂、艰巨和风险程度，可想而知。

单说一个钱字，就让蒋新松压力重重。

在筹建机器人示范工程的过程中，蒋新松最大的忧虑就是钱的问题。如此巨大的一个工程，没钱是万万不行的，钱少了也是办不成的。可专家们第一次在北京论证，就论证出了五千万元人民币，还不够；后来再论证，又论证出了五百多万元人民币。如此大的一笔经费，国家能否批下来，不仅蒋新松发愁，连中国科学院的领导也很发愁。于是想方设法争取从上面拨款，成了蒋新松最大的一个任务，同时也成了他最大的一块心病。

好在国家机器人示范工程是国家的重点科技攻关项目，经过一系列的公关，尽管国家计委也踌躇再三，最后还是下定决心，一下批了五千万元人民币！此外，还有配套外汇五百九十万美元！

然而，就在五千多万元批下来的当晚，蒋新松却睡不着觉了。蒋新松说，五千多万元人民币，我的妈呀，这对我们这些穷惯了也穷怕了的科技工作者来说，简直就是一笔天文数字啊！我搞了大半辈子科研，什么时候见过这么多的钱呀！在 80 年代中期，别说在沈阳，就是在全中国，恐怕也没有几个科学家能拥有这么多的钱！

有幸的是，蒋新松拥有了。过去一贫如洗的他，一夜间便成了腰缠万贯的总指挥、大经理、“阔老板”，而且几千万元的人民币都将由他来计划、调配、安排、统管，这是他做梦也不敢想的事情。过去没钱时他发愁，现在好不容易有钱了，他也发愁，甚至更发愁；而且一个愁字，压得他睡不着觉，喘不过气。因为他比谁都清楚，这是一笔来之不易的钱，这是一笔从并不富裕的国库中精打细算后挤出来的钱，其中的每一分每一厘，都渗透着千千万万个中国人的汗水！

因此，为了把这笔钱管好、用好，蒋新松专门建立了严格的财务制度。每一项费用，他都必须算计；每一笔开销，他都必须过问；每一张收据，他都必须审核；每一张发票，他都必须签字！尤其是购买进口设备，每一台的价格动辄上百万美元，所以每当要购买一台设备之前，他都要和同事们反复研究，反复比较，反复挑选；购买对象确定后，他还要与对方软磨硬说、“斤斤计较”。总之，能为国家省一分是一分，该付对方一元钱，绝不让对方拿走一元零一分钱！

这当然就很累。

采访中，机器人示范工程的总工程师周国斌的一段话，或许最能说明问题：

> 机器人示范工程开工后，我和老蒋（指蒋新松）以及其他几位专家，几乎每晚都很难睡一个安稳觉。我虽然是总工程师，可我是第一次干那事，许多知识懂个屁呀！有很多的材料都要写，可有的我写不出来，就急呀，就只有找老蒋，只有重新学。另外，我害怕和外国人谈问题，因为我英语不行。怎么办呢？和外国人谈话你嘴里至少得蹦几个单词吧，我就下决心学。我三年时间和三个研究生住在一起，每天晚上都比三个学生睡得晚，还每天早上都比三个学生起得早。有时大年三十晚上写材料，大年初一早上就得爬起来修改、

打印、校对。特别是钱的问题，当时批了五千多万呀！我们这些搞技术的穷知识分子，这一辈子哪儿见过那么多、有过那么多的钱呀！我是农民出身，从来没有管过钱，对一分一厘都不敢马虎，就是花错了一分也不行，得对国家负责。所以每次要花钱了，就睡不着觉，总担心哪儿没计划好，哪儿算错了账。每次为了买好一台机器，就全国跑，到处考察，看哪儿物美价廉。尤其是买外国设备时，更是小心翼翼，精打细算，连一分钱也不想让外国人从我们手上赚走。说来可笑，我和老蒋第一次批钱买设备时，手都在发抖！我的高血压，就是那段时间太紧张，才落下的。

而正因为蒋新松承受的压力太大，拼得太狠，就在机器人示范工程开工不久，他不得不第二次躺在了医院的病床上。

一住进医院，他最大的感觉就是累。这种累，不是累在体力上，而是累在心上！早在 1985 年 1 月 3 日，他在给国家科委自动化处处长李武强和机器人专家李耀通的一封信中，就曾这样说过："在中国这块土地上，办几件事情太难了！十年了，我深深感到这一点，也感到疲乏不堪。"但再难，他也坚持往前走；即便身处病中，也忘不了机器人示范工程。

由于白细胞大量减少，他被关进了一间无菌室里，被偌大的玻璃罩罩住了整个身体。但为了不影响机器人示范工程的进度，他悄悄把有关人员召集到玻璃罩跟前，隔着玻璃罩听他们汇报情况，然后再一点一点地布置工作。家人和同事们都劝他注意休息，可他无法做到，每天照样我行我素。有人很不理解，问他："您都已经功成名就了，干吗还不注意自己的身体？还要这样拼命？"他想了想，很真诚地说了一段话，让在场的人感动不已。他说：

我当然知道生命的宝贵，我何尝不愿意注意休息，但你们要知道，我的生命曾经被耽误了整整二十年啊！现在，留给我的时间已经不多了，很有限了，可中国还有那么多的大事亟待我们去认识、去解决、去处理，去甩开膀子大干一番！你们说，我除了拼了这条老命干，还有别的办法吗？还有别的选择吗？是的，身体是很重要，这个道理我知道。但科学工作哪有八小时工作制的啊！一个人活着如果不为国家作贡献，每天只管保养自己的身体，即使养得红光满面，又有什么用呢？说实话，我之所以这么拼命，不是为了图什么名呀利的，完全是我自愿的，无论名还是利，对我都已经没有意义了。我只想在我有生之年，为我的国家，为我的人民，多做点实实在在的事情。国家是谁的？国家是我们自己的；国家是什么？国家就是我们自己的家呀！我们自己的家，自己都不爱，谁爱？我们自己不管，谁管？我每天为国家做事情，就像每天为我家里做事情一样，对我来说是一件很自然的事情。中国已经失去了20世纪，不能再丢掉21世纪了。要想在世人面前重塑中国的形象，只有靠我们的拼搏和努力！

蒋新松出院后，身体每况愈下，每次从外地出差或者从国外回来，几乎都要住一次院。所以他的司机说："蒋所长就像一辆破旧的永久牌自行车，每次从外面回来都要先到医院'修理'一下，才能'骑'上一阵子；等下次出了问题接着再'修'，再'骑'。"

1990年8月，经过四年的艰苦努力，蒋新松倡导并领导创建的机器人示范工程终于竣工，并通过了国家权威部门的正式验收。国务院副总理邹家华和国家科委主任宋健参观后，对工程的建设表示满意，给予了高度的评价和充分的肯定。

新建成的机器人示范工程，共分四个研究室和两个工程部，下设十一个机器人实验室、一个例行实验室、一个计算中心和机器人样机工厂，一共可容纳二百五十名机器人研究人员。研究室主要从事机器人基础技术研究，工程部主要从事机器人的开发应用和产品设计。

机器人示范工程建成后，很快投入运行。于是各种各样的机器人开始走出沈阳，走向全国，走进工厂、基地、矿山和大海，甚至有两台水下机器人还远销美国!

接着，蒋新松又以一个战略家的眼光、科学家的智慧和企业家的胆魄，筹措资金两千万元，从日本购买了二十台机器人本体，将二十台点焊机器人和弧焊机器人系统推向市场，为中国机器人开创了一条产业化的道路。

于是，在蒋新松和同事们的共同努力下，机器人示范工程不光成为中国机器人的摇篮，还成为中国高级机器人研究基地、工业机器人开发工程转化基地、高级机器人人才培养基地和国内外机器人学学术交流基地，其规模和内容在亚洲也堪称一流。若单就专门从事机器人的研究机构而言，可与世界先进的机器人国家媲美。后来不少国外专家来此参观后，纷纷表示惊讶，没想到中国还有这样先进的机器人示范研究中心。一位美国管理专家看了后，认为不仅建筑是一流的，组织管理也是最好的。苏联科技代表团参观后，同样赞叹不已，并希望能派人到这里来学习工作。短短几年时间里，机器人示范工程共接待了一百多名世界各地的机器人专家，其中包括一些著名的机器人专家。

1992 年，经国家计委审批，机器人示范工程被正式批准为“国家机器人技术研究开发中心”。

然而，蒋新松奋进的目标并未停留在沈阳，在创建国家机器人示范工程的同时，他探索的目光已经穿过东北那片冻土，开始投向全国，投向世界。

第十七段

从右派，到首席科学家

1987 年 2 月 8 日，是蒋新松一生中最高兴、最自豪的一天。

这天，北京京西宾馆会议大厅济济一堂，热闹非凡。由宋健主持的中国“863 计划”专家委员会成立大会在此隆重举行。而就在这个会上，国家科委以国家的名义，正式任命蒋新松为中国“863 计划”自动化领域首席科学家！

“863 计划”是经邓小平批示、中央政治局批准的一项中国高科技发展计划。由于此计划提出的时间是 1986 年 3 月，故被称之为“863 计划”。出任中国“863 计划”的专家，都是国内科学家中百里挑一的佼佼者；而统领各领域的首席科学家，更是佼佼者中的佼佼者。

蒋新松年仅五十五岁，便当上了首席科学家，当然是一件令他特别高兴而又深感荣幸的事情。然而随着地位的提升和权力的增大，他追求的目标也越来越大。工业强国，是近百年来无数中国科学家苦苦追求过的梦想，也是他一直追求的梦想。遗憾的是，中国的自动化技术经过漫长而曲折的发展历程之后，到了 80 年代虽说受到了重视，但与国外发达国家相比，毕竟还有很大的差距。

应该说，长期从事自动化技术研究的蒋新松，对自动化技术是有着特殊感情的。尤其是进入 80 年代后，随着世界自动化技术的迅猛发展，他对自动化技术更是关注有加。1984 年，他去美国考察时，偶尔看见一本关于程序自动化的书，从此便开始了对计算机集成制造系统的研究，并很快得出了“新产品的竞争正在成为经济竞争的焦点”的结论。1986 年 4 月，国务院科技领导小组召集各路专家在北京研讨中国的高科技发展问题，他是自动化领域的小组长。在这次会上，他根据对国际国内自动化技术的现状和发展趋势的分析，提出了应该在中国重点开展计算机集成制造系统和智能机器人研究的建议。因为他知道，自动化技术对人类的生活有着非常重要的作用。自英国工程师瓦特发明了蒸汽机速度调节系统以来，自动化技术便在工业生产和科学技术领域发挥了越来越重要的作用，并越来越影响着人类的生产方式和生活方式。尤其是 1947 年现代自动化技术的核心——控制论诞生后，自动化技术更是成为科学技术领域中“年富力强”的“领路人”。在第二次世界大战中，自动化技术曾大显神威，在解决诸如火炮控制、鱼雷导航、飞机导航等一系列军事技术问题中，战绩卓著，功盖于世，在世界大战的舞台上导演过一幕幕具有现代高科技战争特色的活剧；而在工业生产上，自动化技术作为提高生产率的一种重要手段，在电力、钢铁和交通运输等行业中也得到了推广和运用。到了 19 世纪，随着车床、铣床、磨床、钻床以及金属刨、蒸汽锤等机械加工设备的发明与完善，工业生产跨入了机械化大生产阶段，彻底改变了人类过去主要依靠体力与自然作斗争求生存的生产和生活模式，使成千上万的农民、手工业者变成了产业工人，让人类从繁重的体力劳动中解脱出来，从而推动着整个人类社会的进步。在这场对人类命运有着决定意义的技术革命中，自动化技术发展最神速，应用最广泛，也最引人注目。所以若从快速、高效的角度来看，自动化就是现代化的代名词；若从社会文明的角度来看，自动化实质上就是人类智慧的一种物化。比如，今天我们一提起自动化，就会想到自动取款机、自动验钞机、自动包饺机，以及无人潜水器、无人驾驶汽车、无人驾驶列车和太空机器人等。总之，世界先进的自动化技术已像大潮般冲撞着中国古老的大门，已像阳光、空气一样渗进人类的生活。中国没有任何理由拒绝它的到来，也没有任何理由忽视它的存在，更没有任何理由不与它携手共“舞”。

这一时期的蒋新松，尽管身兼多职，很忙、很累，但他的想法是，既然国家把“首席科学家”的桂冠戴在了我的头上，把做事的机会和权力交到了我的手上，我还有什么理由不为实现工业强国的梦想，去开拓一条新的自动化技术的道路呢!

当然，他心里也明白，这首席科学家不是那么好当的。振兴民族工业，绝不是一句挂在嘴边的时髦话；而工业强国的梦想，更不是躺在太阳底下闭着眼睛打瞌睡！现在的他，既区别于沈阳自动化研究所的所长，又不同于儿时的“孩子王”，国家要他做的和他所要干的，都是大事情。他必须站在国家科技发展战略的高度，认识、思考中国自动化技术的昨天、今天和明天，为中国自动化技术制定出新的发展方向和战略目标。所以一上任他便把定方向、定目标作为头等大事来抓。他深知，一个决策者的失误，比十个甚至一百个贪官犯下的罪过还要严重！只有发展方向、战略目标对头了，才可能把中国的自动化技术搞上去；只有突出重点，扬长避短，有所为而又有所不为，才不会目标不明，乱了方寸。否则，到头来照样是劳民伤财，空耗精力，无功而返!

于是，为了给自动化领域制定出一个科学的、可行的发展方向和战略目标，他带领一批专家走访了全国三十四个单位，而后与自动化领域专家委员会的专家们一起，经过反复认真研讨，最后为自动化领域确定了两大研究主题：计算机集成制造系统和智能机器人！同时决定：在清华大学建立计算机集成制造系统研究工程中心。

然而，计算机集成制造系统对封闭了几十年的中国来说，如同当年刚从俄国传播过来的马列主义，既是一个尚未被绝大多数人接受的理论，又是一个摆在蒋新松等科学家面前的新课题!

计算机集成制造系统在国外被称作 CIMS，中国有些专家把它戏称为“席梦思”。简单来说，它就是现代化企业中一种极先进的生产技术和管理手段。它在利用计算机进行信息集成的基础上，通过这种先进的生产技术和管理手段，使企业达到高度的自动化，使产品达到周期短、上市早、成本少、质量好、价格低、服务好的目的，从而赢得竞争。一句话，它是一个企业适应全球竞争的技术基础，是一个国家的民族工业走向现代化必不可少的重要策略和步骤。它的出现，为制造业带来了一次新的革命，不但是当时中小批量生产的组织模式，还将是21世纪组织工厂的一种哲理。

比如，你想制作一个机器零件，只需将零件制作草图输入辅助设计的计算机里，计算机系统随即自动生成加工工艺流程和数控程序，这些信息通过网络传输到生产车间，车间的计算机接到信息后，指挥运货小车自动从仓库运来用于制作零件的毛坯，然后安装到柔性线上，不同类型的设备就可以根据设计好的程序有条不紊地工作。这样，只需相当于原来五分之一至十分之一的时间，便可将毛坯制作成合乎要求的零件。

计算机集成制造系统这个概念，是1974年美国的约瑟夫·哈林顿博士首次提出的。此概念一经提出，在几个工业发达的国家很快流行起来，特别是进入80年代后，受到西方各个工业国的普遍推崇与重视。美国将计算机集成制造系统列为影响国家经济命运和地位的二十二项关键技术之一，同时也列为提高制造业的国际竞争力的六项关键技术之一；欧共体在欧洲信息技术研究发展战略计划中专门制定了计算机集成制造系统推广计划，并投资了七亿四千四百万欧洲货币单位，专门用于研究计算机集成制造系统；德国为了强调企业的经济效益，专门给应用计算机集成制造系统的企业资助了一亿五千万美元；日本则采取政府、行业组织、研究机构和企业联合的方式，形成多方结合的计算机集成制造系统应用开发力量体系；而瑞士、韩国、新加坡、巴西等国，也制定了专门的计算机集成制造系统计划。为了切实支持本国企业应用计算机集成制造系统，以提高产品竞争力，各国政府还制定了具体的政策和措施，通过直接资助和间接资助企业的形式，逐渐形成本国的计算机集成制造系统产业。由此一来，计算机集成制造系统已成为世界主要工业国家竞相发展的一项具有战略意义的高技术，同时也逐渐成为现代企业自动化的一种新的生产模式和发展方向。换言之，它是全球市场形成之后，各国企业在相互竞争中的必然产物。

据美国科学院对美国在计算机集成制造系统技术处于领先地位的五个公司的调查，采用计算机集成制造系统后，可使产品质量提高百分之二百至百分之五百，生产率提高百分之四十至百分之七十，设备利用率提高百分之二百至百分之五百，生产周期缩短百分之三十至百分之六十，工程设计费减少百分之十五至百分之三十，人力费用减少百分之五至百分之二十。为此，1987 年美国国防部在一份报告中强调指出，要重振美国经济雄风，让美国在 21 世纪全球经济中继续保持霸主的领先地位，必须大力重振制造业，因为制造业是一个国家国民经济的支柱。之后，美国以一百多家公司组成一个联合研究组，在十三个大公司和美国国防部制造技术干事办公室以及海军助理办公室的联合资助下，耗资五十亿美元，历时六个月，完成了一份事关 21 世纪国家经济与国民生计的制造业发展战略研究报告。在这份报告中，第一次提出了迎接 21 世纪挑战的制造业——“灵活”制造业。

然而，在 80 年代中期的中国，当将新松和清华大学教授、计算机集成制造系统主题专家组组长吴澄等人提出搞计算机集成制造系统时，国内还是一片空白；不仅一般的科学家对其原理知之甚少，就连真正了解这一名称和概念的人也为数不多，出现各种非议也就不足为奇了。这些非议的主要观点是：中国人口本来就很多，用不着搞自动化。中国的制造业无论是在工艺装备、管理水平还是质量意识三个方面都比较落后，所以“席梦思”离我们还很遥远！当然，也有人认为，全世界都在搞自动化，中国为什么不搞？为什么就不能搞？

蒋新松和吴澄的观点是，中国的问题其实不在于要不要搞自动化，而关键在于怎么搞和到底搞什么样子的自动化。中国搞自动化不是像西方那样是为了减轻人的劳动强度，甚至降低人的劳动成本，而主要是为了提高劳动质量和劳动效益，提高中国人在国际上的劳动竞争力。如果中国不搞自动化，中国的产品无论在国内还是在国外的市场上，都没有竞争力；推出新产品的速度以及产品质量、经营渠道、销售服务水平等，就永远无法与国外抗衡。因此，中国不搞自动化不行。

接下来的问题是，中国自动化的重点是什么？这些重点又应该放在什么地方什么位置上？蒋新松和吴澄等专家们从多年的实践和探索中认识到，应该放在企业的经营和生产的节约上，放在大幅度提高企业的竞争能力上。从国际市场的竞争规律来看，要让产品在市场具有竞争力，必须做到以下四点：一是生产时间越短越好，二是产品质量越高越好，三是成本越低越好，四是销售服务越优越好。而要想做到这四点，就非自动化不可。因为20世纪人类认识史上一个巨大的飞跃，就是认识到信息、能源和材料是组成当今世界的三大要素。信息在某种意义上讲，就是知识，就是技术。一个新产品的价值，主要取决于其技术（知识）的含量。事实已经证明，自动化是提高生产率的强大手段，其应用范围几乎扩展到了人类活动的一切领域，从某种意义上说，自动化已成为现代化的同义语。放眼全球，世界制造业已进入了一个巨大的变革时期，一个波澜壮阔的以先进制造与自动化技术为中心的新的工业革命时代已经到来。这场新的工业革命的原动力，就是科学与技术；而推动这场革命的直接动力，就是竞争激烈的国际市场！难怪美国麻省理工学院的一批教授通过多年对日本汽车工业的研究，在《改变世界的机器》一书中第一句话就这样写道："一个国家的人民要生活得好，就必须生产得好。"这里说的"生产得好"，指的就是制造业好；而要制造业好，自动化技术就必须好。

的确，今天的世界有百分之七十的物质财富都是制造出来的，大到飞机、坦克、火车、汽车，小到桌椅、板凳、碗筷、茶壶。当年中国的科学家们搞"两弹一星"，解决了中国的军事和政治实力问题，而今天要想解决中国的经济实力问题，就得靠先进的制造业。纵观世界，西方发达国家都是走过了制造现代化即工业现代化的路程后，才进入发达国家行列的。我们说美国强大，强大在什么地方？不就是它的汽车、软件等制造业强大吗？说德国强大，不就是它的工业强大吗？说日本、韩国强大，不也就是它们的汽车、家电等制造业强大吗？台湾地区也是如此，它尽管资源少，制造业却很强大，其计算机已居世界第三位，微机的占有量达世界的百分之三十，甚至连机床之类的小玩意儿也抢占了大陆不小市场。蒋新松曾到意大利参观过一家汽车制造厂，这家厂月产小汽车六千多辆，每一辆小汽车都是按照客户的订单生产的，每一辆小汽车都各不相同，而且每一辆小汽车当天制造完毕，当天就从厂里拉走。从小汽车订货、制造到出厂，一鼓作气，全是自动化流水线。蒋新松说，看完这家厂，给他最深的感受是：一边看着小汽车像小河一样流出去，一边看见美元像大江一般流进来。

什么是强大？蒋新松说，这就是强大！凡是国家强的、老百姓富的，都是制造业发达。一个民族要强大起来，需要有实实在在的内容，这个实实在在的内容就是要制造出丰富的物质财富，这是一个国家现代化的标志。如果没有足够的物质财富，强大就是一句空话，现代化就是骗人的鬼话！而要想让制造业发达起来，就得靠先进的自动化技术。

在蒋新松看来，我们今天生存的这个世界，已经由一战、二战发展到了冷战，现在又由冷战发展到了商战。在这个商战的时代，拼的不再是坦克、枪炮和导弹，而是科学、技术、智慧和财力。那么面对这个商战的时代，中国怎么办？现在全世界都看到了中国这个大市场，我们为什么不去占呢？中国人难道就永远只能给外国人打工吗？难道光靠打工就能把一个国家打富吗？这打工的日子要打到什么时候才有个完呢？睁眼看看今天的世界，哪个国家的制造业不发达，哪个国家就穷。改革开放以来，中国的国力增强，也表现在制造业的进步上。但这种进步与世界发达的制造业国家相比，差距还很大。因此，中国只有选择计算机集成制造系统作为突破口，才能缩小这种差距，才能实现工业强国的梦想，也才能有真正意义上的工业现代化。

当然，并非所有的专家、学者都是这样考虑问题的，有一部分专家、学者考虑的是怎样获批一个研究课题，得到一笔研究资金，然后关起门来，两耳不闻窗外事，一门心思搞“科研”；或者坐下来慢慢爬格子，撰写一篇又一篇的论文，带出一批又一批的研究生，捧回一本又一本的荣誉证书。接下来，就可以从助教爬到讲师，从讲师爬到副教授，从副教授爬到正教授，从正教授爬到博士生导师，最后再从博士生导师爬到科学院院士……

这条路子固然也没什么错，但在多少有些离经叛道的蒋新松看来，这不过是中国知识分子一条传统的老路子罢了。这条路子未必就是最好的路子，更不是唯一的路子。中国的科学家们——至少一部分科学家还可以走另一条路子，这就是投身于社会，把科学技术、科研成果与社会经济的发展和市场的竞争紧密结合起来，完成从科技到生产力的真正转换，从而用科技这一“第一生产力”去推动中国现代化的历史进程。如果科研技术只停留在研究所的实验室里，只停留在院校的课堂里，只停留在书本上或者几篇论文里，而不能用在国民经济建设的主战场，是永远不可能解决实际问题的。二战结束后，由于世界长期处于冷战阶段，各国的许多科技活动——包括美国的“阿波罗”宇宙飞船上天，苏联的登月活动等，都是在一种极强的政治压力下进行的。中国同样如此，科学家们搞科研，几十年来都背着一个沉重的政治包袱，常常要为着某种政治的需要去绞尽脑汁，费尽心机，甚至直至鞠躬尽瘁，死而后已。此外，中国的科学家过去探讨的是如何用科学来救国的问题；而今天，中国的科学家不但要探讨如何用科学来救国的问题，还要探讨怎样靠科学来治国、强国、富国、卫国的问题！尤其是科技如何产业化以及怎样与世界接轨，是摆在今天的科学家们面前的一项比当年“两弹一星”更为艰巨的任务！

因此，蒋新松不光提出要在中国搞计算机集成制造系统的设想，而且还提出了创造关于“两个环境”——研究环境和工程环境的构想；同时与吴澄、李伯虎等专家一起，制定了总的战略发展方向和具体的实施路子，这就是：首先在清华大学创建一个国家计算机集成制造系统工程研究中心，再在全国创立七个相应的工程试验室，而后让科学家们迈动双腿，走向工厂，走向企业，使专家与工厂结合，让科技同企业联姻，从应用研究到技术攻关，从技术攻关到工程应用，从工程应用再到科技产业化。

蒋新松与中国企业的感情，可谓渊源很深。童年时期，他与工厂就有了直接的接触；打成右派后，他有机会从最底层看待企业；鞍钢十年，他的命运和情感又与企业紧紧相连；特别是近几年，他通过大量的实际考察与调研后，清楚地看到，中国大中型企业最要害的问题是多年来拿不出过硬的产品。由于自己没有像样的产品，缺乏应有的竞争力，致使大量的外国产品乘虚而入，抢占了中国的市场，让本来就难以生存发展的中国大中型企业更是雪上加霜。因此，如何让中国的企业插上自动化的翅膀，使其具有强大的竞争力，让民族工业尽快兴旺发达起来，是他多年来一直思考的问题，也是他追逐的目标。1986 年 11 月，他在《我国制造业面临的内外形势及对策研究》一文中，对此就有很清醒的认识。他在文中这样写道：

今天，不论哪一个国家或地区，也不管采用什么样的社会制度，都不可能离开世界市场而独立地求得发展。苏联的崩溃固然原因很多，但孤立于世界市场之外，经济得不到发展，人民生活水平长期停滞不前，不能不说是一个重要原因。

随着世界市场的发展，市场竞争变得愈来愈激烈。竞争推动着整个社会飞速前进，同时给企业造成严酷的生存环境。如何去适应快速变化的世界市场的需求，不断以高质量、低成本、快速开发新产品等手段，在竞争中求生存和发展，已成为企业共同追求的目标。对我国来说也不例外，随着进一步开放，国内市场已经变成全球市场的一部分，当我国确立了社会主义市场经济体制后，企业就不得不面临市场竞争。如何才能赢得竞争，在竞争中求生存、求发展，也成为我国企业当前面临的一个主要问题。

因此，走向工厂，走向企业，根据企业的实际需求来推广计算机集成制造系统的运用与发展，便成为蒋新松们一种自觉的选择。

当然，走这一步，也是有一定风险的。因为在“大跃进”和“文革”期间，知识分子纷纷被弄到工厂去劳动改造，使得很多科学家变成了普通的劳动者，荒废了自己的业务，多年来大家对此一直深恶痛绝。那么现在，蒋新松又倡导科学家们走进企业，这样做又应不应该？能不能搞出科研成果呢？

对此，蒋新松有自己的考虑。他认为，计算机集成制造系统作为一门生产科学，必须同企业相结合，科学家们应该到生产第一线去，就像要考察大熊猫的习性，就该到大熊猫的生活基地去一样。再说，他们到工厂去，是作为一种新生产力的代表出现在企业面前，是为了更好的解决生产中出现的实际问题，而并非像过去那样，完全出于一种虚假的政治目的，去“向工人阶级学习”。

于是，为了让计算机集成制造系统在中国推广运用起来，蒋新松和吴澄、李伯虎等专家一起，南下北上，东奔西跑，先后深入到全国三十多所大学、研究所和企业进行调研，与企业家和企业的技术人员一起商量，一起“会诊”，一起分析“病情”，一起查找“病根”，该泻就泻，该补就补，该动“手术”就动“手术”，该开“药方”就开“药方”。也就是说，企业需要解决什么问题就给解决什么问题，企业提出什么要求就满足什么要求，完全从企业的角度和需要出发，来确定其技术的设计思想。

在此基础上，他们又走出实验室，选择应用工厂。经过实地计分考核，很快确定了第一批的四家工厂。接着，又组织召开了全国应用工厂会议，会后又派出专家组亲赴重点工厂选择“突破口”。他们每到一个地方，都与总经理、厂长直接对话，并当场一起确定“突破口”的目标。最后，他们选定了北京第一机床厂、沈阳鼓风机厂、成都飞机工业公司三家作为“突破口”……

由于方向正确，路子对头，蒋新松和专家组的全体专家经过几年的努力，终于让计算机集成制造系统在所选的几个企业里显示出了强大的威力。

一个是北京第一机床厂。这是一个有五千多名职工的大厂，是全国机床行业的排头兵，每年可生产四十至六十个品种、三千多台机床，占了国内铣床市场的百分之五十。但由于该厂过去没有实施计算机集成制造系统工程，缺乏与国际先进企业抗衡的能力，因而在愈演愈烈的国际市场竞争中老是吃亏。比如，在 80 年代后期，中国铁道部曾招标购买四台特殊的铣床，这对北京第一机床厂来说，当然是一笔再好不过的生意，于是加入了投标的行列。而与此同时，日本、德国、法国等国的厂商得知这一信息后，也加入了这一投标的行列。投标揭晓后，尽管北京第一机床厂的价格比别人低，但由于产品交货期需要二十二个月，而日本这家企业因采用了计算机集成制造系统，却只需十七个月，结果最终让日本的厂商抢走了这笔买卖。实施计算机集成制造系统工程后，北京第一机床厂的生产机制和管理机制有了很大的改变，产品的竞争力得到了空前的提高，主生产计划的编排速度比手工提高了四十至六十倍。1993 年的第三季度，仅仅由于一次快速反应的决策，便增产了三百八十九台新机床，为厂里增加了四千万元的销售收入。1994 年第二季度后，国产的机床市场大滑坡，二十多亿美元的外国机床一下涌进了中国市场，致使中国机床行业的亏损企业高达百分之四十。但在这种情况下，由于工厂实施了计算机集成制造系统，在半年内就改变了十多次生产计划（这在过去简直是天方夜谭），在短短十个月里，便获得了三亿五千万元的产值，上缴利税近一亿元。该厂的知名度提高后，澳大利亚、印度、德国、日本、白俄罗斯等国的厂商纷纷来访，订单源源不断。1995 年 9 月，在北京举办的第四届国际机床展览会上，德国一厂商参观了北京第一机床厂的展台后，兴奋地说：“我来中国就是想寻求这种技术，没想到中国还有这么高水平的企业!”并当场签订了一份价值一亿元人民币的合同。之后不久，哈尔滨电机厂为生产三峡工程所用的水轮发电机叶片，对所需价值几千万元的铣床进行世界范围的公开招标。美国、日本、德国、加拿大等国的七八家大公司纷纷踊跃投标，北京第一机床厂是中国唯一参加招标的厂家。结果，最后中标的竟是北京第一机床厂！过去，中国中标靠的都是价格低，而这次靠的却是先进的加工技术、良好的产品性能以及稳定的产品质量等指标。

另一个是沈阳鼓风机厂。这是中国重大机电装备透平压缩机的生产厂家。该厂在实施计算机集成制造系统之前，从用户订货到交货需要十八个月，而国外企业只需十至十二个月；国外厂商两周便可提供精确的报价，而该厂需要六周才可提供一个粗略的报价。这使得它参加国际投标的资格都没有。可实施计算机集成制造系统工程后，该厂的产品从订货到交货的周期也缩短到了十至十二个月，报价时间也在两周之内。以 1993 年同 1992 年相比，总产值增长百分之五十六点六，突破两亿大关；全员劳动生产率提高百分之五十七点一；出口创汇增长三点八倍，达五百二十五万美元；利税总额达一千八百八十万元，超过历史最高水平。而且，生产能力大大提高，在世界同行排名中，1995 年从原来的十几名一下提升到了第六名。

还有一个是成都飞机工业公司。该公司实施计算机集成制造系统工程后，一改过去的老样子，很快充满了生机与活力，工作效率比原来提高了一百一十五倍，MD 机头装配周期从原来的十二个月，也一下缩短为六个月。在美国波音和麦道公司来华考察转包生产时，成都飞机工业公司以其先进的技术水平和现代化管理水平而领先国内同行，从而获得了更多的转包生产的订单。而且，由于成都飞机工业公司的成功，还带动了中国航空工业其他骨干企业实施计算机集成制造系统工程，并开始从一个企业发展到了整个行业。中国东（上海飞机公司)、南（成都飞机公司)、西（西安飞机公司）北（沈阳飞机公司）几家大的飞机公司，由于有了先进的科学技术作支撑，使得这四家公司可以进行亲密的合作。比如生产一架飞机时，成都造机头，沈阳造尾巴，西安造翅膀，上海搞总装，大大提高了效率和质量……

经多年艰辛努力，蒋新松和吴澄、李伯虎等科学家们在清华大学建立起了中国第一个计算机集成制造系统工程研究中心。该中心建成后，受到了国内外同行的大力赞赏，除了国内有两万多人次参观了这个中心外，还接待了包括英国撒切尔夫人、科威特王储等外国贵宾两千多人次以及港澳台胞七百余人。而且，有上百家企业都应用了计算机集成制造系统，使计算机集成制造系统在中国大地从一无所有到初具规模。在这些技术中，有二十多项达到了国际先进水平，覆盖了机械、电子、航空、航天、轻工、纺织、石油、化工、冶金、通信、煤炭、兵器等行业。从而探索了一条与前人不同的强国之路，即先进的高新技术与中国的工企业相结合的道路！

1993 年，国家计算机集成制造系统工程研究中心获得国家科技进步一等奖！

1994 年，国家计算机集成制造系统荣获美国计算机集成制造系统应用“大学领先奖”！

1995 年，北京第一机床厂被美国制造工程师协会评为美国计算机集成制造系统应用“工业领先奖”。这是这个奖自设立以来，第一次颁发给美国本土以外的工厂。同时获得“大学领先奖”和“工业领先奖”的国家，全世界只有美国和中国。

以上奖项的获得，表明中国的计算机集成制造系统的应用水平已在世界上占有一席之地。对此，世界权威杂志美国《制造工程》评价说：“从建在清华大学的计算机集成制造系统工程研究中心可以看出，中国将作为新的工业强国出现在世界舞台上。”美国科学院院士、华人数学家林家翘说：“这样做对国家将来的发展影响很大，我看比拿一个诺贝尔奖还重要!”

而蒋新松则说：“到了 21 世纪，中国不仅要占领世界汽车市场，而且还要占领世界飞机市场。要知道，如果有一架中国的飞机在外国的天上飞行，就等于我们有一个大企业在空中运行啊!”

第十八段

进军海洋，开辟人类新福祉

时间转眼进入了20世纪90年代。

进入90年代后的蒋新松，有了一种强烈的紧迫感。特别是1991年4月13日，邓小平发出“发展高科技，实现产业化”这一具有划时代意义的号召后，他的心灵受到极大震撼，多年来的一些重大思考，仿佛全都被邓小平这短短的十个字给概括、点拨出来了。尽管这时的他，可谓功成名就，在科技界已是一位举足轻重的人物，从年龄上来说也是一位六十岁的老人了。但面对国内科技发展的现实，再联想到半个世纪来世界科技走过的历史，他却找不到任何可以满足的理由，仿佛一切才刚刚开始。

的确，从20世纪40年代起，原子能、电子计算机和高分子等许多新兴的科学技术的相继出现，标志着第三次技术革命的开始。1945年原子弹爆炸放射出巨大能量；1946年电子计算机正式诞生；1947年半导体出现；1948年晶体管面世；1957年人类第一颗人造卫星上天；1960年激光器问世；1969年人类登上月球；1971年微处理机降临；1973年重组DNA生物基因工程首创成功；1977年超大规模集成电路投入使用；等等。据统计，近三十年来科技的发明和创造，比过去两千年的总和还多，并以最新最高的成就推动着工农业的发展。特别是进入80年代和90年代后，世界高科技的发展形势更是日新月异，变化无穷。“信息公路”、因特网、克隆技术等高新技术的横空出世，使高科技的浪潮如火山爆发，似大海决堤，其发展速度令人眼花缭乱，应用成果令人难以置信。随着冷战的结束，高科技已成为这个时代最重大的主题。世界各国的军事对抗，已逐渐转为经济竞争，而经济竞争实质上又是科技竞争，并突出表现为高科技的竞争。因此，国与国之间无论是科技的较量还是经济的竞争，直至军事和政治的抗衡，都有赖于高技术及其产业的实力；每个国家当前的利益和未来的希望，也都寄托在高技术及产业发展的命运上。如，美国正以高技术力保世界霸主的地位；西欧一些国家正以高技术跻身于世界一流强国；日本正以高技术开拓走向全面大国的道路；而其他发展中的国家则以高技术来取得国际战略格局中的一席之地。

中国呢？

中国在 13 世纪前，的确有过领先于世界的辉煌历史，即便是到了 15 世纪的前三十年，还闪现过最后一次辉煌，即：伟大的航海家郑和带领着庞大的中国舰队七下西洋，向全世界展示了中国光辉灿烂的古代文明和先进的科学技术。但在此后的岁月里，中华民族的科学精神日渐衰落，特别是自从 1840 年英国人用洋枪洋炮轰开国门之后，中国人的脊背和膝盖，更是一天比一天弯了下来。

当然，1949 年后我们有了南京长江大桥，有了葛洲坝水电站，有了银河亿次计算机，有了庞大的核电站，同时还有了原子弹、氢弹、人造卫星以及潜射导弹和运载火箭！但在蒋新松看来，这还不够，远远不够！一百年的风雨兼程，一百年的颠沛流离，一百年的浴血奋战，一百年的苦苦求索，今天好不容易才换来一个改革开放的大好时机！面对这一大好时机，中国应该凭借自己的实力向世界再次发起冲击，应该把中国自动化的水平再提高一步，特别是把中国水下机器人再往前推进一步，尽快研制出世界最高水平的水下机器人！因为人口、资源和环境这三个问题，已成为人类面临的三大难题。随着地球资源的日渐枯竭，世界各国早就开始了对陆地之外——比如海洋资源——的大力开发。但中国在进军海洋的路上，前进的步子却迈得太小太小，面对海洋这份“大自然的最后遗产”，好像总是显得力不从心，可望而不可即。

事实上，进入 90 年代后，国际上围绕海洋的竞争比历史上任何时候都更为激烈，世界各国的科学家们都把征服海洋作为自己跨世纪的主要科研目标。甚至美国在新近制定的《全球海洋科学规划》中还宣称：海洋是地球上“最后的开辟疆域”，谁能最早、最好地开发利用海洋，谁就能获得最大利益！因此，如果说 20 世纪是人类进军太空、开发太空和争夺太空的世纪，那么 21 世纪就应该是人类进军海洋、开发海洋和争夺海洋的世纪！据有关资料表明，1980 年世界海洋水产值约两千五百亿美元，到 1990 年便达五千亿美元，预计到 2000 年将超过两万亿美元。很显然，海洋经济将日渐发展为世界经济的重要支柱，海洋继陆地之后必将成为人类生存与发展的又一个重要领地。而中国不仅拥有九百六十万平方公里的辽阔土地，同时还拥有三万二千公里的海岸线、五千多个岛屿以及四百七十三万平方公里的海域面积。因此，海洋资源的开发，潜力非常之大。

当然，中国的海域周边涉及了不少国家，这些国家与中国的大陆架特定主权、沿海岛屿以及大陆架专属经济区的划分及归属上多有争议。按《联合国海洋法公约》规定，沿海国家对两百海里海洋区域的海底及水域中资源拥有综合开发的管辖权，1982 年又规定可延至三百五十海里，对超过两百海里的海洋水域的开发收入采取国际分享制度。可惜，据蒋新松了解，目前有相当的海域邻国控制和占领了本应属于中国的岛屿和海域，并在那里日夜加紧勘探、开发和捕捞。据不完全统计，这些被控制的海域，意味着每年将有一亿吨石油和四百三十万吨渔业水产流入他人的腰包。单就南海曾母暗沙海域而言，海洋石油的可采量便是大庆油田的两倍之多！更令蒋新松感到心寒的是，一个小小的越南，现在已占有了二十多个岛屿，并与一些公司连手，正加紧对海洋的开发。而世界其他国家，像美国、俄罗斯、英国、日本、菲律宾等对海洋的大力开采，就更不用说了。

庆幸的是，夏威夷以东一千海里处的那块深水海域，联合国已将其中的十五万平方公里划给中国作为开发区。在这块有限的开发区内，中国可以自行普查其中的资源，并可留下一半富含稀有矿藏的地域作为中国的保留区，另一半则给联合国。“八五”期间，中国已经放弃了百分之三十不利于开采的区域；“九五”期间，还将放弃百分之二十的开采区域。也就是说，现在只剩下了七万五千平方公里的区域，等着我们尽快去开采！

所以说，维护和享用中国的海洋主权和海洋权益，已成为 90 年代中国的当务之急！

然而，要查明中国海疆的环境资源，维护中国的海洋权益，充分合理地开发中国海疆的海域资源，使中国加快进军深水海洋的步伐，尽快加入国际海洋海底资源的开采行列，从而为我们的子孙后代另辟一块丰饶的生存之地，也为整个人类另辟一块新的福祉，最重要、最关键的是，必须首先大力发展海洋高新技术！

因此，进入 90 年代后，蒋新松的目光紧紧盯住的，就是深水海洋；而研制具有世界先进水平的水下机器人，则是他亟待攻克的又一难题！

应该说，多年来中国的水下机器人在蒋新松的组织指挥和具体调教下，取得的成就是有目共睹的。继“海人一号”之后，他和专家们一起又成功地研制出了“瑞康四号”等一系列的中型水下机器人。这种机器人从 1985 年起，一直在中国南海石油钻井平台被外国公司租用，已连续十余次中标，开创了中国近海石油勘探钻井中首次使用国产机器人的成功纪录。而且，系列中型水下机器人除了推向国内市场外，有三套还销往了美国。很典型的一个例子是：1990 年夏，一艘日本轮船在中国领海被英国的轮船撞沉，中国海军要求将这艘沉船清除出中国领海，保险公司以每天一千余美元的价格出价招标，希望能派水下机器人潜海，在十二天之内探明沉船位置及地貌等情况，以便下一步进行救捞。结果，蒋新松他们研制的水下机器人顺利中标。但英国方面很担心，担心中国的水下机器人能否完成如此重任。后来的事实是，蒋新松他们研制的水下机器人，第一天就准确地测定了沉船的方位；第二天就探测出了船蚀的程度；第三天就摸清了地貌并圆满完成了所有探查任务。英国方面不得不佩服得五体投地。

但蒋新松却并不满足于此。因为他清楚，深水海域的开采是一个很复杂的新课题。由于中国至今还没有水下有效的勘查手段、可靠的定位导航方法以及可供长时间应用的电源；加上深水压力巨大，因此，如何进入深水海洋的问题，不仅对中国的科学家们是严峻的挑战，对世界各国的科学家们也同样是严峻的挑战！

1990年，由蒋新松抓总、封锡盛为总师的一千米水下机器人——“探索者一号”的研制工作正式启动。有一天，蒋新松偶然获得一个信息：苏联已经搞出了六千米水下机器人！这一信息对正在搞一千米水下机器人的蒋新松来说，是个很大的刺激，或者说是一个沉重的打击。因为一千米与六千米之间，相差了整整五千米；更何况，苏联人已经搞出来了，而他们则刚敲锣鼓才开张。

蒋新松当即找到总师封锡盛，马上探讨苏联六千米水下机器人的问题。封锡盛说：“要说在国际上的影响，当然是搞六千米影响最大，但国外从一千米水下机器人到六千米水下机器人经历了十多年的磨难，我们目前的能力恐怕还难以达到。”蒋新松说：“我们现在的能力虽然达不到，但事在人为，我们可以朝着这个方向去努力嘛！”

之后，蒋新松和封锡盛着手搜集苏联六千米水下机器人的有关材料，同时与苏联方面开始信函来往。不过他们做这些事的时候，都是小心翼翼、悄无声息的。因为当时中苏关系还很微妙，有些问题尚未明朗化，万一有关部门知道他们悄悄在与苏联来往后，下令阻止怎么办？另外，他们与美国方面一直有水下机器人的技术合作，要是美国方面知道了，也有可能影响到与美方的合作，甚至鸡飞蛋打都完全可能。

不久，蒋新松把苏联科学院远东分院海洋技术问题研究所所长阿格耶夫等几位水下机器人专家请到了沈阳。由于这时苏联的经济已经处于崩溃边缘，所以这几位苏联专家来到沈阳后，个个显得狼狈不堪。他们不仅兜里没有钱，而且连一条像样的裤子都没有。正值沈阳天寒地冻，个个冻得瑟瑟发抖。吃饭时，更是饥不择食，上什么菜，他们就吃什么菜；上多少菜，就吃多少菜；尤其见到肥肉，两眼发直，爱不释手。每顿吃饭时给人的感觉，就像在国内从来没吃饱过一样。

在陪同苏联专家的过程中，蒋新松可谓感触良多。回想起 1958 年数百名苏联专家首次来华援建中国国防的辉煌情景，再看看眼下几位苏联专家的狼狈情景，让他再一次深切地感受到了国家富强的重要性。他对同事们说："真没想到，苏联刚一动荡，这些专家就落到如此地步。你们看看这些苏联专家每顿吃饭时脸上的表情，就应该知道，国家对个人的命运该有多么重要！"

为进一步了解苏联水下机器人的研制情况，真正做到知彼知己，1991 年 7 月 17 日，蒋新松应苏联科学院远东分院海洋技术问题研究所的邀请，率领由徐凤安、封锡盛、王棣堂等人组成的中国科学院沈阳自动化研究所代表团前往海参崴访问考察。

此次苏联之行，可谓曲折艰难。蒋新松率领的代表团先从沈阳坐火车到牡丹江，再从牡丹江坐火车到绥芬河。从绥芬河上火车时，由于车站很乱，进站后必须绕好长的路才能上车。为了节省时间，六十岁的蒋新松竟和同事们一起，从火车车厢下面爬过去坐车……到了苏联后，他们乘坐的是苏联的一辆老式嘎斯吉普。时值盛夏，途中渴热难熬，路边连一棵树都没有。车子开出不久，还出了故障。于是走走停停，停停走走，二十多分钟的路程，竟走了三个小时，直到半夜两点才到。

由于当时苏联的经济条件极差，考察途中，他们连起码的吃、住、行都很困难。不仅吃不上水果，有时连蔬菜都吃不上。蒋新松的身体本来就不好，但为了给国家省钱，每到一个地方，他总是挑最便宜的小旅店住，有时还和好几个人挤在一间屋里。为了让大伙吃好，同时也是为了省钱，他常常亲自下厨，给代表团的同志们做菜、做饭。由于在历次出国考察的代表团中，他的厨艺都是最好的一个，所以大伙总是争着吃他做的饭菜。而每次出国省下的钱，回来后他都如实交公，说这样的话，就可以再用这笔钱让更多的人出国学习。此次考察途中，他几次心脏供血不足，出现虚脱，可他还是坚持硬挺着，什么也不顾。去太平洋海洋研究所考察时，必须先乘小汽艇才能登上大轮船，为防止晕船呕吐，一上船他就咽饼干。由于小汽艇上没水，结果被呛得连气都喘不过来。而从小汽艇上大轮船时，海浪把汽艇抛起两米多高，只有借助海浪把小汽艇托起的那一瞬间，人才能登上大轮船，这当然就很危险。但他全然不顾，竟然迎着两米高的海浪，纵身跳上了大轮船……

代表团还访问了苏联科学院远东分院海洋技术问题研究所。这个研究所实力雄厚，共有四百人，其中有八十人专门从事水下机器人研究工作。该所现任所长阿格耶夫是一位七十高龄的老人，他是苏联科学院通信院士、著名的无缆水下机器人的学者和带头人。早在 1973 年，他便开始从事无缆水下机器人的研究，并于 1976 年为苏联研制出了第一台深潜三百米的无缆水下机器人，接着又于 1983 年为苏联研制出了第一台深潜六千米无缆水下机器人。这位老人与蒋新松一见如故，尤其两人谈起中苏两国命运以及两国科学家们几十年来起起伏伏、曲曲折折的情感时，老人更是感慨万端！在整个参观考察过程中，老人不仅详细地介绍了该所的总体研制情况，而且还友好地让代表团参观了他们研制的深潜六千米无缆水下机器人。

但参观完苏联六千米水下机器人的当晚，蒋新松睡不着觉了，好比一个长期在故乡河里随意游弋的高手，突然见到了波涛汹涌、一望无涯的大海。是的，苏联早在八年前就研制出了第一台六千米水下机器人，目前已经拥有了四台。而且这些水下机器人已先后参加过打捞被苏联击落的南朝鲜波音客机 747、贝加尔湖污染自净化生态考察、大西洋百慕大附近海域苏联失事潜艇的搜索考察等重大海上任务。即是说，在研制水下机器人方面，他们不光有了成功的制造经验，还有丰富的海上使用经验，绝对是值得交往的合作伙伴。

当然，在短短几天的参观考察中蒋新松也发现，虽然苏联在深潜技术、声呐换能器以及电池、定位等方面，比中国明显技高一筹；但是，由于苏联改革开放搞得太晚，产品市场的开放明显不如中国，水下机器人的控制技术和电子技术也不如中国。于是蒋新松便想，要是中苏两国科学家采取合作的方式，把两国水下机器人的技术优势结为一体，携手并肩，一起来设计、研制六千米水下机器人，这样苏联既能帮助中国解决目前没有解决的问题，中国也能帮助苏联克服目前尚未克服的困难，同时还能节省大量的人力、物力和财力，提高六千米水下机器人的总体水平。如果这一设想能够实现，中国既能保证一千米水下机器人的顺利完成，又能在此基础上研制六千米水下机器人，从而尽快满足太平洋考察任务的需要。

蒋新松连夜招来代表团几位专家，将这一想法和盘托出。他说："一个瞎子，一个瘸子，若是各走各的路，各做各的事，肯定不行。但要是让瞎子背着瘸子走路，瘸子虽然腿坏了，但眼睛很明亮；瞎子尽管眼睛不行，腿却很健壮。两人合二为一，取长补短，便一定能做成事情，甚至超过正常人做的事情。这就叫'瞎子背瘸子'哲学。"大伙觉得老蒋想法很新，也很大胆，一致表示赞同。于是，蒋新松不等回国"研究研究"，当即决定：与苏联合作，共同设计、研制中国的六千米水下机器人！

第二天，几乎一夜未眠的蒋新松向阿格耶夫表示了这一意向。阿格耶夫对此很感兴趣，特别是当他了解到蒋新松他们的"探索者一号"的整个系统设计以及有两台水下机器人已经进入国际市场后，当场表示，愿意和中国共同设计研制六千米水下机器人。于是，中方考察团一夜间变成了"谈判团"，双方当即坐下来，就合作中的相关事宜展开谈判。最后，双方将谈判的内容归纳为七点并写入备忘录。接着蒋新松又与苏方草签了合作意向书；同时邀请阿格耶夫于本年度 10 月回访中国。

从踏上苏联的国土，到与苏联草签合作协议，蒋新松只用了六天；而从当年苏联从中国撤走专家，到今天中苏两国专家再度携手，历史的脚步却走过了整整三十年！

蒋新松回国后的第一件事，就是连夜赶写、改定出国考察报告——《访苏报告》。

这是蒋新松的工作习惯。他每次出国回来，或者还在国外期间，都要写一份出国考察报告。多次随同他出国考察的国家科委的裴夏生说："每次出国，老蒋的便携式电脑总是紧随其身，须臾不离。每到一个新的地方，只要有一点时间，他都要抓紧点滴时间写考察心得。而所有准备谈判的文件，也全是他自己动手用英文起草。每天考察结束后，晚上他就让大家围在一起'讨论讨论'。大伙屁股还没坐稳，他就开始侃侃而谈：或分析别国的长处，或指出本国的缺陷；或说他有了什么新的思考，或讲他有了什么新的发现。只要老蒋让我们讨论，我们就得坐下来讨论。不过，这种讨论多半是听老蒋一个人说，我们只有听的份儿。因为他见多识广，分析起问题来有深度、有广度，又很准确，我们想讲也讲不出什么来。他脑子好像从早到晚都在考虑问题，一刻也不闲着，有时半夜三更突然想到一个什么问题，也会把你从被窝里拽起来，直到听他把要讲的话讲完了，才肯让你睡觉。所以我们都说他是'老蒋老讲'。但他回屋后并不睡，而是继续用电脑写他的思考，一直要鼓捣到深夜一两点才肯睡觉。可到凌晨 4 点左右，他又噼里啪啦敲开了电脑。等回到国内，他正式的考察报告就打印出来了。"

国家科委的赵新力也说："和老蒋出国，很难跟上他的工作节奏，他每天、每时、每分干什么，都安排得滴水不漏。他的工作计划安排得太密，工作节奏也太快，我简直适应不了。有一次和他一起开会，我第一天还行，第二天也凑合，可到了第三天，就再也受不了了。"

国家科委863办公室原主任赵润乔先生谈到蒋新松出国情况时，更是深有感慨。他说："蒋新松到以色列考察时，特别注意针对中国高科技的具体情况和特点去作交流，他一旦发现对方有什么成功的经验，当晚就加班把这个经验敲写出来，第二天便传回国内。考察期间，他既不去游逛超级市场，也不去观赏名胜古迹——尽管他也很想去，而是一门心思、踏踏实实地去考察每个地方对国家对民族有借鉴、有帮助、有启发的先进技术和先进经验。这与一些拿着国家的美元，美其名曰'出国考察'实则出国游玩、甚至想方设法绞尽脑汁也要开开'洋荤'的腐败官员形成鲜明的对比。他去台湾考察时，正是大陆与台湾关系最紧张的时候，尽管当时演习的炮声惊天动地，可他置个人的安危不顾，每天依然沉浸在自己的考察中，好像炮弹压根儿就不可能打死人一样。每天考察回来，他还连夜组织全体团员进行讨论，接着自己再用电脑整理考察内容，第二天一早便用电传发回所里。"

的确，随着改革开放，中国又多了一道景观：公费出国"考察"。如果我们稍作统计，多年来利用各种名义公费出国"考察"的大小官员肯定成千上万不计其数，他们到底花掉了多少美元，恐怕谁也说不清。不可否认，在这些出国"考察"的官员中，有一部分人的确是在真正的考察；但另有一部分人，却把出国考察完全当作一次国际旅游，甚至有的在这旅游中还有一系列小丑似的滑稽表演，以致丢尽了中国人的脸面！这些人"考察"归国后，下了飞机，坐上轿车，或去某个度假村度假，或往某个女人的被窝一钻，便什么事儿都没有了。他们的"出国考察"之行，除了用国家的外汇为自家换回这样那样的"大件""小件"，没有为国家带回任何有价值的东西，更不可能坐下来写什么考察报告。

蒋新松则不然。

蒋新松曾先后三十多次出国考察，每次回国时，就数他的包最多，也数他的包最沉。但他的每个包里鼓鼓囊囊塞满的，不是一本本参考书籍，便是一份份技术资料。他每次一下飞机，要么直接到国家科委或者中国科学院汇报考察情况，要么立即躲进自己的小屋里，赶写、改定出国考察报告。比如，他去美国考察，回来后就赶写了一份很有价值的《访美报告》；他去日本，回来后又赶写了一份很有价值的《访日报告》……蒋新松说，他之所以要写，不是拿来应付上级，讨好领导，而是既然国家掏钱让他出去考察，他就应该也必须为国家带回一些货真价实的东西，否则就是王八蛋！所以他不仅每次考察回国都要写，而且还写得相当认真，一般都要改上好几稿。尽管这样的考察报告对评职称不起一点作用，但他认为比那些为评职称而写的“学术论文”更具学术价值，也更实用！

蒋新松的考察报告一般分为前言、正文、小结、后记四个部分。有的万把字，有的长达几万字。文中有纵的分析，有横的比较；有宏观的论述，有具体的剖析；此外还有他的一些战略思考和建议。并且通篇文字生动优美，可读性很强。尤其是每一章的小结，写得相当深刻，既总结出了国外的先进经验，又指出本国存在的问题，以及今后的注意事项和发展方向。他还常常越过技术的范畴，针对他所考察的国家，在经济、政治和社会等几个方面加以分析。比如，他在《访苏报告》中，一开始就这样分析道：

> ……苏联在基础研究方面的研究工作，给我们留下了极为深刻的印象。苏联在电子装备方面较落后，现在正是合作的良机，否则苏联和西方关系进一步改善后，由于他们的工业基础、基础研究及人民的教育素质比我们好，前进的速度将会大大快于我们。不应等到无求于我们时，而失去良机。

在《访苏报告》的后记中，他还写下了这样一段耐人寻味的文字：

> 这次访苏有机会接触苏联比较老的科学家，他们对苏联的现状是十分担忧的。认为当前苏联社会有两个问题：第一

是中央政府已失去号召力，实际上已是令不行、禁不止；第二是人民精神的崩溃。由于海参崴地处远东，政治上较安定，但每个人都想发展一点个人产业，满足于为自己挣点钱，工人、农民实际上处于一种消极怠工的状态。因此，苏联的经济处于相当困难的阶段。谈到前途，他们认为作为一个整体，苏联还会存在下去，个别共和国可能独立出去，但不会解体，什么时候能完成市场经济转变，采用什么政治改革来实现，都困惑不解。他们羡慕我们的“市场疲软”，私下说，如果我们的经济把市场搞得像你们一样，我们的人民也就满足了。目前物价比去年上涨了一倍，官方外汇比价已达一美元二十七点三卢布，而一个教授一月工资约六百卢布，折合美元仅二十多元。另外外汇奇缺。他们称和平带来了危机。因为苏联外汇主要靠军火和黄金。目前军火买卖大大减少了。

苏联研究所目前自主权也比较多，经费来源和我们一样，也正在实现多元化。研究所的科研秩序是正常的，他们希望合作在基层双边进行，报到上面不起有益的作用，反而更困难。

但目前合作物物交换，边境海关如何办是一个问题。

回国后仅一个星期，蒋新松便将《访苏报告》以及《关于与苏联合作六千米水下机器人的报告》，一并送交给了中国科学院和国家科委。

中国科学院和国家科委领导表示基本认可，不少同行也表示大力支持。但也有人持不同看法，认为一千米水下机器人还没搞出来，又要搞六千米水下机器人，蒋新松也未免太急功近利、急于求成了。还有人认为，中国搞六千米水下机器人缺乏基础，应该从头做起，步子不能迈得太快！再说，与苏联搞合作，又不是上面的意见，而是蒋新松先斩后奏，自作主张，万一搞砸了，岂不是没事找事，自找苦吃！

面对不同意见，蒋新松一点也不感到奇怪。他知道，中国科学家成千上万，其观点、立场和思维方式、工作姿态各不相同。有的科学家一辈子勤勤恳恳，任劳任怨，老老实实，规规矩矩，上面说什么就是什么，上面安排干什么就干什么，从来不敢越雷池半步。有的科学家一辈子按外国的思维模式确立中国的科研项目，外国干什么就跟着干什么，外国是什么潮流就赶什么潮流，走的完全是一条紧跟外国人的道路。有的科学家不接触社会实际，长期封闭自己，只埋头搞自己的课题，至于搞的课题对国家的建设和社会的发展有什么用、有多大的用，则很少考虑，因而总是理论与实际相脱离。有的科学家几十年来都在研究一个课题，直到青丝转为白发，少年变成老翁，甚至直到生命的尽头，也不知道自己一辈子研究的原来并不是真理，而是一个可笑的错误！

而还有一类科学家，就是像蒋新松这样的科学家，他们总是在不断否定自己的过去和不断追求新的目标中实现其人生的价值。比如蒋新松，他向来不把眼光局限在自己的专业特长和个人兴趣上，也不拘泥于本单位、本部门的局部优势和蝇头小利上，更不满足于写几篇论文、发几篇文章或者捧回几本烫金的奖状上，而是以一个战略科学家的胆识、现代科技组织者的才干，谋国家所谋，想百姓所想，始终瞄准国家发展的大目标来选择关乎国富民强的大课题。在选定科研课题时，既不跟在外国人的屁股后面跑，也不看重论文和职称，而只注重所搞的课题是不是符合国情、是不是有所创新、是不是能解决具体问题。一句话，是不是有利于推动社会的发展和提高人民的生活质量！

所以在蒋新松看来，与苏联合作搞水下机器人，是一条既实惠又便捷的发展路子。他对同事们说：“我们想吃馒头，难道非要从学种麦子开始吗？我们只有首先提高起点，才可能提高质量和速度。至于发展方向，方向是干出来的，是在不断地探索中获得的。就像过马路，只要大方向认定了，就可以先走起来再说。途中可能会遇到一辆汽车、一辆三轮、一位老太太和一个小孩，或者其他突发事件；真遇上了，再具体想法解决就是了。如果我们迟迟不敢迈步，甚至连马路都不过了，那还有什么方向可言，又怎么可能达到目标呢？”

1991 年 10 月，蒋新松正式邀请以阿格耶夫为代表的苏联访华代表团来到沈阳，双方就水下机器人合作问题进行了协商讨论，并签订了合作协议书。由于此时国家还没有批准其研究经费，所以不少人都替蒋新松捏着一把汗。

接着，蒋新松亲笔上书国家科委主任宋健和副主任朱丽兰，大胆立下军令状：

宋主任、朱副主任：

今送上一份关于和苏联科学院海洋问题研究所合作开发六千米水下无缆机器人的报告。苏方情况报告中已详述不再重复。这是一件大好事，望能得到二位的大力支持。目前主要问题是经费问题，估计造价为一千二百万至一千五百万人民币。国际上同样一台研制价大约在两千万至五千万美元，从分工表可看到技术内容的复杂。“八五”自动化领域的总经费，我们申请为二亿六千万元（按原先规定），现在初步定为两亿，我想是否作为专项增加 512 主题一千万，这样即可安排开。我可向二位立下军令状，保证出色地完成此项任务，希望得到你们的大力支持。

特此

敬礼！

蒋新松

1991 年 10 月 23 日

此后不久，时逢苏联解体，飘扬了六十九年的苏维埃社会主义共和国国旗在一夜间悄然降落，列宁亲手缔造的世界上第一个社会主义国家最终不得不走进了历史。面对突然逆转的国际形势，有人认为中苏间的水下机器人合作肯定“流产”。但是，就在人们对苏联的解体议论纷纷、长吁短叹时，蒋新松却从苏联的解体中看到了另一缕希望的曙光——他认为苏联的解体，对搞六千米水下无缆机器人的合作，恰恰是天赐良机！其理由是，眼下的俄罗斯正处于困难时期，最需要的是钱，而发展中的中国最需要的是技术。如果能及时抓住这个机会，定会马到成功；若是等俄罗斯经济一旦复苏，这个机会很可能失之交臂。此外，六千米水下机器人属于世界最高水平，搞这种机器人国外一般都要耗资几千万美元，而中国只需一千万元左右的人民币。天下如此便宜的买卖，岂有不做之理！所以，他非但没有放弃与俄罗斯的合作，反而还加快了准备工作。

然而，六千米水下机器人毕竟体现了当今世界机器人的最高水平，并不比发射一颗人造卫星简单。人造卫星是上天，而机器人是入海。天有不测风云，海有暗礁险滩。各有各的曲折，各有各的艰难。何况，还是跨国间的国际合作，不仅困难重重，也潜藏很大风险，仅一个“钱”字，便压得让人喘不过气来。

的确，中国的知识分子做事情，有了政策后，最大的苦恼就是一个字：钱！蒋新松他们与俄罗斯方面通过几次洽谈，俄方愿意合作也同意合作，但每天处于饥饿状态的俄方代表首先提出的就是钱的问题。应该说，俄方的要价若与美国相比，是再便宜不过了。但再便宜也是钱呀，而且还是一笔巨款！蒋新松从哪儿去弄这笔巨款呢？

在科技体制改革之前，即计划经济体制下，搞什么不搞什么，都是上面说了算。一旦定下搞什么，全是国家拨专款，科学家们从来用不着为钱而发愁。但科技体制改革后，科学家们转入了市场经济，搞什么不搞什么，主要是自己拿主意。一旦确定科研项目后，自己就得找市场搞经费，还得承担风险。所以为了筹措这笔钱，蒋新松到处“烧香”“拜佛”，八方求“爹爹”告“奶奶”，整天愁眉苦脸，短短一个礼拜，像老了十岁！有人见他如此不易，便劝他放弃算了。他却明确表示："哪怕拼尽最后一口气，我也不动摇！"他坚持认为，从长远来看，人类的资源开发必将走向海洋；而中国大规模地开发海洋是迟早的事情。何况中国大洋协会还等着要去太平洋开发呢。再从个人的角度来说，人生很短，历史很长，每个人在历史的某个阶段，都有属于自己应该承担的那份责任。他身为中国"863 计划"自动化领域的首席科学家，理所当然地要承担起属于自己的那份责任！

有一天，他终于想到一个办法：能不能把六千米水下无缆机器人在"863 计划"中立项？他很快找到"863 计划"智能机器人专家组组长谈大龙，谈自己的想法。两人商量后，认为完全可行。于是两人当即以"863 计划"专家组的名义，向国家科委正式递交了报告。

接着，蒋新松又亲自跑到北京，找到中国科学院和国家科委有关领导及各部委相关部门，既汇报了去俄罗斯的考察情况，也谈了与俄罗斯合作的计划与构想。经他八方"游说"，最后终于有了一个好结果：国家科委不仅坚决支持他的构想，还把与俄罗斯合作研制六千米水下无缆机器人的项目正式列入"863 计划"，并决定投资一千二百万人民币！

现在，报告批了，项目立了，经费也有了，剩下的问题就是组织人马真枪真刀地去干！这当然是最难的。但蒋新松与传统的科学家的区别就在于，他不仅能从国家的战略层面上提出发展方向、制定战略目标、筹措科研经费，而且还能组织、指挥一支科技"敢死队"，一步步抵达目标。

经过一阵紧张的筹备，与俄罗斯联合设计、研制六千米水下无缆机器人的队伍基本组织起来。但谁来担任总设计师呢？一个是由蒋新松本人担任，他当然胜任，但他是所长，是"863 计划"自动化领域的首席科学家，要统领全局，不可能陷在一个项目中；一个就是按一般惯例，从本研究所找一个，但蒋新松做事，向来不从小集团的利益出发，更不以损伤国家利益而以公徇私。最后，他没有让本所专家担任总设计师，而选择了外单位即 702 所的徐启南先生做了总设计师，沈阳自动化研究所只作为依托单位。

至此，与俄罗斯联合设计、研制深潜六千米水下无缆机器人的项目正式启动。

1995 年 7 月，经众多专家和技术人员三年多的共同努力，中国与俄罗斯联合设计研制的六千米水下无缆机器人终于获得成功！

但是，成功后的六千米水下无缆机器人，要不要到深海去接受考核，又出现了两种不同意见。一种意见认为，机器人应该下海接受考核；而另一种意见则坚决反对，其理由是，这个宝贝疙瘩好不容易才研制出来，而且只有一个，身上又不系缆绳，下海后万一恋上了大海，回不来了怎么办？何况，国外已有先例。比如苏联就有两台机器人一去不返，法国和美国也有过类似情况发生。

一般而言，从研制单位的角度来讲，样品机器研制出来了，不用下海考核，也是可以的，中国过去几十年不少科研产品都是这么干的。但蒋新松不肯这么干，主张下海的态度非常坚决，他说："六千米水下机器人必须下海接受考核！我们要对国家的荣誉负责，对使用单位负责，同时也是对自己负责。我们要有自信，要相信自己的技术实力。如果有什么问题，责任完全由我承担！"

1995 年 7 月 21 日，六千米水下无缆机器人从沈阳抵达广州，准备出海接受考核。蒋新松在昆明，由于时间太急，他没买着飞机票，便坐火车赶到北京，从北京赶到广州，再从广州赶到海南三亚。途中马不停蹄，一路上肚子饿得咕咕叫，到了三亚，一见试验队队员第一句话就问："有没有吃的，快给我弄点来！"

7 月 27 日，"大洋一号"考察船即将从广州黄埔长州码头起航，蒋新松和国家科委高技术司司长冀复生到码头送行。蒋新松迎风伫立码头，望着一阵阵被台风掀起的海浪和在酷暑中与海浪搏斗的"大洋一号"考察船，心情复杂而沉重。要知道，他是向国家科委立了军令状的，万一六千米水下无缆机器人此次远航有个三长两短，就意味着两千万元人民币付之东流！

庆幸的是，1995 年 9 月，中国六千米水下无缆机器人在夏威夷东海域成功地通过了深海试验的考核！

六千米水下无缆机器人的研制成功，相当于中国成功地发射了一颗返回式海洋卫星。因为这种机器人要在六千米深水中按照预编的程序自己航行，并从事水下摄影、录像及地貌、水文与浅地层测量等作业，其难度并不亚于发射人造卫星。比如，它在水下六千米的深海中，仅仅指甲盖大的面积就要承受六吨重的压力；导航定位由于受海水和海流的影响，比空中飞行的卫星更难指挥和定位；电磁波在水中衰减厉害，无法用电磁波进行无线通信，只能用声呐联络；海水对材料的腐蚀力极强，对材料的要求就非常高；空中卫星可以采用太阳能电池供电，而它只能自带“干粮”；等等。

总之，中国六千米水下无缆机器人从 1992 年 4 月启动初步设计，到 1995 年 9 月完成深海试验考核，只用了短短三年多的时间。其总体水平不仅超过了俄罗斯的六千米水下机器人，还超过了法国的六千米水下机器人。而且从一千米到六千米，国外用了十年，中国却只用了三年零五个月；国外耗资三千万至五千万美元，中国只用了两千万元左右的人民币。它的成功，不仅使中国一跃而成为世界上五个具备这种技术的国家之一，还使中国具有了对除海沟以外的世界海洋百分之九十八面积的海域进行探查的能力，也就意味着中国能到达世界百分之九十八的洋底，为中国大洋协会按照联合国的有关规定勘查太平洋十五万平方公里海底矿藏、争取中国的海洋权益创造了条件，从而使中国在即将到来的 21 世纪的海洋开发中，率先取得主动权。

当然，必须指出的是，这台具有世界先进水平的六千米水下机器人，并非是中国的独创，而是中俄两国科学家们智慧和心血的共同结晶。

第十九段

追求功名，但不追求功利

1995 年，六十四岁的蒋新松从所长的位置上正式退下来了。

退下来的那天夜晚，蒋新松站在沈阳自动化研究所的门前，望着灯火闪烁的大楼，感慨良多，思绪万千，久久舍不得离去。

的确，自 1980 年他出任沈阳自动化研究所所长以来，一眨眼十五年过去了。十五年来，为了这个研究所的生存与发展，他可谓呕心沥血、鞠躬尽瘁。当初他刚接任研究所所长时，研究所经济萧条、人心涣散，别说在科研方面有什么大的建树，就连起码的生存都很困难。为了能让研究所在激烈的竞争中站稳脚跟，他首先为研究所制定了改革与发展的总方针：不断追求研究所存在的社会价值，快速提高经济实力！而后又为研究所重新确立了主攻方向。他反对从论文到论文的传统的学院式的研究路子，主张科研工作偏重解决生产实际问题，科技成果尽快转化为“第一生产力”，树立牢固的市场观念和效益观念，以改变传统的研究所职能。为此，他率先在研究所成立了市场部，提出既要有技术前沿，又要有市场前沿，把一部分原来纯粹搞技术的工程师变成市场工程师，让他们专门跑市场，研究市场，促进科研成果向市场产品的积极转化。比如 1993 年，他发现机器人的应用已从必要变为必须时，便在研究所自筹资金两千万元，从日本购买了二十台机器人的本体，再自行研制机器人的控制系统，然后一举推向市场，从而创下了年收四千万至五千万元产值的历史纪录，为中国的机器人开辟了一条新的产业化的道路。

但是，蒋新松坚决反对牺牲国家利益去追逐个人利益。

比如，80 年代中期，中国“下海”大潮风起云涌，席卷全国。当工人“下海”、农民“下海”、解放军“下海”，教授“下海”、博士“下海”、机关干部“下海”、大学生“下海”，甚至后来连白发老人和小学生也开始扑通、扑通往“海”里跳时，沈阳自动化研究所一部分科技人员也纷纷涌向“海”边，忍不住要往“海”里跳！面对如此滔滔“海浪”，蒋新松却以一个科学家的求实精神，当即作出明确规定：凡是研究所的人员，一律不许“下海”，不许搞第二职业！无论是谁，违者必究！而且在全所大会上，他还当众宣布：“只要我蒋新松在所长这个位置上存在一天，就决不允许有人去搞第二职业！谁要搞第二职业，我就把谁的第一职业变成第二职业；谁要砸了我蒋新松的牌子，我就砸了谁的饭碗！”因为在他看来，搞科研工作不能搞承包，不能一心二意，更不能“身在曹营心在汉”，而必须统一管理，统一计划，集中力量。否则必将导致人才分流，力量削弱，队伍散伙！

十五年来，由于他率领的研究所方向对头，路子正确；加上他尊重人才，重视人才，大胆重用人才，因而把一个原来很不起眼的研究所变成了一个在全国举足轻重的一流的研究所；不仅全所科技实力有了质的飞跃，还取得了很好的经济效益，仅 1997 年，研究所的收入便突破一亿大关！而对外承担并完成的合同额分别是：1981 年至 1985 年为一千一百三十三万元；1986 年至 1990 年为六千一百四十七万三千元；1991 年至 1995 年为二亿零七百零五万二千元；1996 年至 2000 年，预计可达四亿元！仅 1981 年至 1985 年的对外合同额，就超过了他当所长前的二十年。

在这期间，即从 1987 年到 1995 年，他连续四届当选为中国“863 计划”自动化领域首席科学家，他还要时刻站在国家的立场和高度，从一个战略科学家的角度去思考问题、制定方针、确定课题；还要带着“863 计划”自动化领域全国约五千人的科技队伍去搞科研、搞开发，并参与国际国内的市场竞争，向世界发起冲击！从春到夏，从秋到冬，年年岁岁，日日夜夜，他有多忙、多累，可想而知。

现在，总算歇下来了。

然而，事情没有这么简单。看似歇下来的蒋新松，依然无法真正歇下来。他爱人和好几位科学家都说："退下来的蒋新松，比没退下来的蒋新松还忙、还苦、还累！"

其实，蒋新松天生就是一个闲不住的人。

作为一个科学家，几十年来他早已形成了一种不断探索、不断进取的思维定式，要让他置国家的科技事业于不顾，躲进家里，偷享清闲，颐养天年，他做不到，也不可能做到。

请看他卸任后的这一长串社会头衔，就知道他有多忙了：

《机器人》杂志主编

《信息与控制》杂志主编

清华大学兼职教授

上海交通大学兼职教授

中国科技大学兼职教授

北京航空航天大学兼职教授

西安交通大学兼职教授

哈尔滨工业大学兼职教授

国家科委发明奖评审委员会特邀评审

国家科学基金委员会学科评审组成员

北京大学视觉听觉国家实验室学术委员会副主任

中国自动化学会副理事长

中国机器人协会副理事长

中国人工智能协会副理事长

国际自动控制联合会生产组织专家委员会委员

北京国际高级机器人研讨会主席

北京国际CIMS讨论会主席

…………

而且，他刚刚卸下“863计划”首席科学家的重担，国家“超级863计划”（即新的“863计划”）中的许多重大问题又搁在了他的面前；同时有关沈阳自动化研究所今后的发展问题，有关智能机器人和计算机集成制造系统新的发展战略及重大技术问题，仍需要他操心、仍需要他过问。

于是，有人说，蒋新松简直就像一个永远不知疲倦的机器人！

其实，真正了解蒋新松的人都知道，蒋新松并不是一个不食人间烟火、没有七情六欲的“机器人”。普通人的特性，在他身上都有着足够的体现，甚至比一般普通人更多一份爱心、一份真情、一份浪漫、一份童真。他身上潜藏着一种天生的同情心和只有科学家才具有的真正的智能。其最优秀的特质，就是始终像孩子样过着自由心灵生活的同时，又具有成年人的智慧和思想的理性。20世纪20年代轰动京师的作家辜鸿铭在《中国人的精神》一书中曾说过：“什么是真正的中国人？真正的中国人就是有着赤子之心和成年人的智慧，过着心灵生活的这样一种人。是同情的或是真正的人类智慧造就了中国式的人之类型，从而形成了真正的中国人那种难以言表的温良。这种真正的人类的智能，是同情与智能的有机结合。它使人的心与脑得以调和。中国人的精神是心灵与理智完美结合的产物。中国人最美妙的特质是：作为一个有着悠久历史的民族，它既有着成年人的智慧，又能够过着孩子般的生活。”

蒋新松正是这样的中国人。

蒋新松感情丰富，一腔赤诚，心中始终充满了一种深沉而博大的爱。他爱自然，爱世界，爱生活，爱祖国，爱颠扑不破的科学真理，也爱这个世界所有值得他爱的人，而心中从无半点嫉恨。他用他的爱，把一生的苦难、心酸变成了至高无上的快乐。在家里，他尊敬老人，疼爱妻子，关心儿女，体贴亲人，甚至每次与岳母相见，他都要先鞠上一躬。他一生对亲生母亲充满了深深的爱，而对岳母也同样充满深情。例如，1986 年 8 月 9 日，是岳母七十六岁生日，他头天晚上加班，为岳母写了一篇《七十六岁大寿贺词》，并在生日的晚宴上当众大声为岳母朗读：

今天我们合家欢聚在这里，隆重祝贺我们亲爱的妈妈七十六岁大寿。首先让我代表大家向我们亲爱的妈妈说一声“生日快乐”，祝福我们亲爱的妈妈和爸爸福寿无疆！

“四世同堂”。在我们家庭这支队伍中，有老一代知名的中医专家、老教授；有知名的科学家、中国工程院院士；有大学教授；有中国科学院的研究员；有作出了巨大贡献的政府官员；有以优异成绩毕业的年轻博士；有日夜战斗在茫茫“信号”中的年轻军官；有正在成长中的我们未来的科学家、政治家、企业家和将军……

我们这一群人，无一不得益于妈妈的教诲，得益于妈妈无微不至的关怀。母爱是世界上最无私的爱，最真诚的爱，还有什么比母爱更伟大的呢？我们之所以有今天，我们由衷地感谢我们亲爱的妈妈，感谢您对我们的教诲，感谢您对我们无微不至的关怀，感谢您对我们的每一个成就、每一次成功的鼓舞，感谢您对我们前进的鞭策……妈妈，您是我们力量的源泉！

亲爱的妈妈，您今天应该感到欣慰，您的下一代已经事业有成；您的第三代已经走向工作岗位，并崭露头角；您的第四代正在茁壮成长。这一切都是您不可磨灭的功绩。

亲爱的妈妈，您是一位伟大的母亲！让我们再一次为伟大的妈妈祝福，祝妈妈生日快乐，祝妈妈和爸爸福寿无疆！

而女儿分娩时，他正在北京开会，顾不上回沈阳看女儿，便利用开会的间隙，给女儿写了一封信。请看这封家信，是如何写的：

晓琳：

今天我忙于开会，未能看你，你妈把一切情况都告诉我了。有几点你要注意：

1. 要努力吃，吃好，不要怕其他（拉稀等），这样才能迅速恢复体力，有奶，切记。

2. 让立新到三院开益母膏，回来后煮鸡蛋连汤喝下去，苦可放红糖，对恢复身体特有效。

3. 吃消炎药，卧床休息好，把孩子带好。小孩小，需要母体体温。

4. 其他“大度”一点，不要为小事生气。

总之，一定努力克服自己的习惯，吃，大口大口地吃，是最重要的，切记！切记！

这像一位大科学家写的吗？

从这封家信中，我们读到的又是什么呢？

采访中，有人还告诉我说，蒋新松心灵纯净，风趣活泼，富于幻想，很有浪漫情调，甚至在平常的生活中有时简直就像一个天真可爱的小孩！尤其出差在外，他无拘无束，有说有笑。工作之余，还常常和同事们取笑打闹，即使有小年轻跟他开玩笑，他也从不介意。出国访问期间，有时在优美的风景区照相，年过六旬的他一旦高兴起来，居然和年轻人搂在一起，在草地上滚来滚去；而在国内出差时，实在太累了，他会和同伴们去逛逛夜市、菜市和地摊什么的。有时高兴了，还会买上一兜子盗版光盘，甚至把四川的豌豆苗或者蒜薹买上一捆，从成都背回北京，再从北京背回沈阳！

至于在家里，蒋新松更是一个真实的活脱脱的人。他最喜欢孩子，平时在家工作累了，他便和小孙子一起玩耍，一老一少，追来逐去，打打闹闹，轻而易举便折腾出一屋子的欢笑。儿子考上了清华大学的博士，他很高兴，亲自下厨，为儿子做了一道他最拿手的菜——红烧狮子头。他摄影技术并不好，却特别喜欢给人照相，尤其喜欢给家人照——给爱人照，给儿子照，给女儿照，给孙子照，给亲戚朋友照。总之家里所有的照片，几乎都是出自他之手；每个人生活中的每个重要时刻，他都希望把它保留下来。甚至女儿恋爱、结婚、怀孕、坐月子期间，他都拍了不少照片。他对家人说："人生很短，一张照片，便是人生中的一个景点。人在每个时期，都该留下一个纪念。"

当然，蒋新松最喜欢的，还是给他妻子照相。他平常太忙，少有时间陪伴妻子，但只要有一点空闲，他便特别喜欢在家里给妻子照相。每次照相时，他都要让妻子换上不同颜色、不同款式的衣服，并让妻子按照他的审美要求，摆出各种各样的姿势，做出各种各样的表情，好像妻子就是他手下的模特。若是逢年过节，或者做完一个重大项目，他还会打开音响，与女儿"OK"一曲，同妻子"嘣嚓"一段。虽然他的歌声并不优美，舞步也不标准，却总是充满真情、自信和浪漫。就像他出国讲英语，尽管发音不标准，面对外国人，他总是敢说敢讲。

可惜，这样的空闲对蒋新松来说，实在是太少了。他的妻子张丽珠说："老蒋其实是一个感情很丰富很细腻的人，也很关心体贴人，就是工作太忙、太忙！他非常热爱大自然，就是没空去享受。有时我发牢骚，他就说，走吧，去哪？我跟你去。可一出门他就开始算时间，几点几分到哪，几点几分干什么，他都要事先算好。所以，我们每次都是急急忙忙地出去，又急急忙忙地回来，像急行军似的，让你又好气又好笑。比如，买冰箱，他也不挑，到那儿一问价，一付钱，抬着就走。结果，等冰箱买回来一试，灯不亮，声音还挺大，只好又抬回去。"

难怪不少人都说，蒋新松从来惜时如金，简直就是一个事业狂！

甚至还有人说，蒋新松把功名看得太重了，他对功名的追求好像永无止境，即使获得再大的成功，也永远不会满足！

的确，蒋新松一生追求的，就是功名二字；但是，他追求功名，不追求功利。

凭蒋新松的本事和他在科技界的名望，退下来后若想大捞一把，当个百万富翁千万富翁什么的，并不是一件困难的事情。他刚卸任所长时，香港方面就有人打来电话，让他去那儿“发展”，他谢绝了；接着，澳门、美国方面也有人与他联系，他同样谢绝了；至于像深圳一些地方，更是频频向他发出就职邀请，而且明确提出月薪两万元人民币，他还是谢绝了。

蒋新松担任所长十五年来，沈阳自动化研究所取得的每一项成绩，可以说都与他有直接的很大的关系。尤其是从 1990 年开始，研究所每年都会拿到科学院的一等奖，这些奖项几乎每一项都渗透了他的心血，甚至说没有他，就不可能有这些奖。所以有关部门每年往上报奖时，都写着他的名字。但等报到他那里时，他一见自己的名字，拿起笔来一笔就给勾掉了。获奖后，有人把奖金送到他家里，他知道后，马上又让妻子送回去。沈阳自动化研究所现任所长王天然说：“这么多年来，沈阳自动化研究所得奖项目大概有一百五十项，如果老蒋在乎的话，每个奖他都可以挂上自己的名字，大家也不会有什么意见。但事实上，在这一百五十个奖项中，有老蒋名字的，只有两三个吧。为什么呢？因为每次一报到他那儿，他一笔就把‘蒋新松’三个字画掉了，我们也没办法。”

那么是不是蒋新松就一点也不在乎“名”呢？

不是的。

比如，他对“中国科学院院士”这个名，在我看来，就比较看重，甚至说非常看重！

1991 年 3 月，蒋新松获得了中国科学院院士候选人的资格，沈阳自动化研究所对他做了积极推荐。遗憾的是，最后榜上无名。

1993 年 3 月，沈阳自动化研究所鉴于他的特殊贡献，再一次推荐他为中国科学院院士。在他的推荐表的“特殊贡献”一栏里，是这样写的：

> 1. 在国内最早开展人工智能与机器人学研究，为推动我国人工智能与机器人学研究作出了重要贡献；
>
> 2. 研制出我国第一台水下机器人，为我国机器人研究与应用作出了开创性的成就；
>
> 3. 研制水下机器人系列产品，解决国家急需，打入国际高科技市场，开辟了我国机器人研究和应用的新领域；
>
> 4. 创建机器人示范工程和机器人学开放实验室，为我国机器人学研究与应用提供了基地；
>
> 5. 参加“863 计划”制定，担任自动化领域首席科学家，在组织高技术跟踪中成绩显著；
>
> 6. 有奉献和人梯精神，培养和带出一批高层次人才；
>
> 7. 在国内外机器人学学术活动方面，有积极和较大的影响。

但是，报是报上去了，结果还是榜上无名。这次和他一同落选的，还有“中国杂交水稻之父”——袁隆平！

像他和袁隆平这样作出了特殊贡献的科学家，为什么不能成为中国科学院院士，他不知道，也不想知道。他只知道科学事业是个非常艰苦的事业，而科学家则是这个世界上最沉重的角色，一生都将在寂寞与枯燥中度过，甚至直到死也不被世人所理解。他说：“作为一个科学家，我当然希望自己能成为中国科学院的一名院士，而且坦率地说，非常希望！但我一生奋斗的目的，决不就是为了一个‘院士’。”此后，他该干什么干什么，而且越干越带劲。

1994 年，他终于成为首届中国工程院院士。

至此，他应该得到的“名”，基本都得到了，又从第一线退到了第二线，如果稍事休息休息，当在情理之中。但令人费解的是，他每天的工作量，却有增无减。用有的人的话说，他比过去更玩命了！

这究竟是为什么呢？

让我们来看看这篇文章，也许就什么都明白了。这篇文章是1996年8月8日，他为自己从事科技工作四十周年而写的。

祖国和科学，我心目中的依恋和追求

四十年前的今天，我从童年时代起就怀有的美好和梦幻般的愿望终于实现了，我被分配到科学的殿堂——中国科学院工作。我清楚地记得当我接到分配通知的一刹那的情景，同学们说：看，蒋新松高兴得都变傻了！我赶快拿起笔把这欢乐的消息告诉日夜关怀我成长的妈妈。记得还是我第一次上学回来，妈妈就告诉我：读书、做事，最重要的是持之以恒，就是要有长心。我傻乎乎地看着妈妈慈祥的脸，妈妈似乎看出我不懂，便和蔼地喃喃自语：你不懂，慢慢就会明白的……我能以优异的成绩读完大学，即将进入中国科学院工作，哪一件事不是妈妈教诲的结果呢？

我要北上了，妈妈到上海来为我送行。临行的前夜，妈妈非常赞赏我的志愿，又用“持之以恒”作为临别赠言。四十年来，不管在什么条件下，是逆境抑或是顺境，“持之以恒”成为我行动的准则。

我经历了我们这一代知识分子最严酷的政治风暴的洗礼，在无情的打击面前，年轻的我一度惘然了。我重温我国的历史，太史公宫而后有《史记》，孙膑膑足而后有《兵法》……皆士之发愤之所为也。孟子说：天将降大任于斯人也，必先苦其心志，劳其筋骨……我意识到，历史是无情的，又是最公正的。今后不管条件如何，我仍应坚持我告诉过妈妈的选择。我只能用自己谱写的历史来证明我无愧于我们伟大的祖国、伟大的时代，不使我亲爱的妈妈失望。在我们伟大的祖国历史上众多知识先驱的精神鼓舞下，不久我又开始了我新的长征。条件是十分艰苦的，种种心灵上的创伤是巨大的，但这一切锻炼了我的意志，让我学会了从历史的高度看待一切。我从不怨天尤人，为祖国和科学持之以恒，孜孜以求的探索，在广阔无边的科学海洋中，找回我的欢乐与幸福。应该说二十多年艰苦的岁月，对我来说是有益的，使我长期在科研的第一线，经受无与伦比的锻炼，使我在十年动乱中有充分的时间，为今天打下了坚实的基础。

四十年的经验使我深深地体会到，科学事业是一种永恒探索的事业，它既没有起点，也没有终点，成功的欢乐，永远是一刹那。无穷的探索，无穷的苦恼，正是它本身的魅力所在。从事科研工作四十年了，我又进入了新的一轮无穷的探索和无穷的苦恼中……

是的，当“一刹那”的成功与欢乐过去之后，蒋新松又进入了“新的一轮无穷的探索和无穷的苦恼中”。他说：“在生活中，有的人是指兔子的，有的人是打兔子的，有的人是捡兔子的。我现在退下来了，兔子是打不动了，但我不想做捡兔子的人，只想做一个指兔子的人。在我的晚年，如果我能再为大家指几条‘兔子’，我就心满意足了。”难怪他退居二线后，又给自己立下了一个宏伟的奋斗目标：从科技的角度，为中国的国有大中型企业探讨一条出路！

于是，他提着便携式电脑和黑色公文包，又上路了。

探索中国国有大中型企业的出路问题，是蒋新松多年来一直在思考的一个重大问题。但有人在 80 年代末，就劝导过他：“你千万不要陷入企业的泥坑里去，中国企业问题太复杂了，费力不讨好!”他当时的回答非常干脆：“企业问题，现在是国家最头疼的问题，一个真正的科学家必须为自己的国家分担忧愁。我们的脑袋里要有国家，要有企业，如果只空谈理论，光在试验室里搞，是向人民交不了账的……我设定的目标，是在21世纪的20年代，让中国四十万个国有大中型企业和世界接轨，跻身于世界市场竞争的舞台!”

蒋新松是个一贯想干国家大事的人，何况几十年来，他的双腿几乎踏遍了大半个中国的工厂。尤其是90年代以来，全国无数个企业工厂倒闭，成千上万的工人下岗，更使他为那些下岗工人的命运忧心如焚。他从有关部门获得一个统计数字，全国国有企业的下岗职工和失业人员，已经高达一千二百万人!而他家的所在地沈阳，就是全国企业的“重灾区”，下岗工人已达近一百万人!难怪有人大胆预言：中国国有企业的前景，将决定中国的未来!因此，每当他面对那些下岗工人无望的目光、失学儿童饥饿的小嘴、待业妇女憔悴的面容以及大小厂长焦急的神情时，作为一个中国的科学家，他感到触目惊心，无地自容，同时更感到有一种不可推卸的使命与责任!

为此，他从早到晚，从北到南，由东向西，跑企业，跑工厂，跑学院，跑研究所，采访、调研、咨询、演讲、开会、交流，一年三百六十五天，天天紧紧张张，夜夜忙个不停，有八九个月时间都在外面。

本来他家在沈阳，但他却一个人住在清华大学一间简易的小屋里，深居简出，潜心研究，拒绝热闹。他没有专车，也不可能有专车，只有一辆他在地摊上用六十元钱买回的破破烂烂、摇摇晃晃的自行车!刚买回这辆自行车时，他很高兴，回沈阳时还对小女儿说：“晓琳，告诉你，爸最近买了一辆自行车!”女儿问：“什么牌?”他说：“没有牌。”女儿说：“原来是旧车呀!你买旧车干吗?”他笑了：“你这傻丫头，旧车便宜呀!”女儿听了后，心里好一阵难受，暗暗对自己说：等我有钱后，我一定要给爸买一辆最好的自行车!

有了这辆自行车，蒋新松在清华大学或附近参加会议或别的什么活动时，方便多了。他每次骑车出门，路上谁也不知道他是蒋新松，更不知道他是大名鼎鼎的首席科学家。但专家组的同事们都劝他说："您年纪大了，车又破，有事派车来接您，自己就别骑自行车了。"他说："嗨，自己骑车多好，既潇洒，又方便，也不堵车，还准时。"

他如果去外地搞调研，不管走到什么地方，也从不讲究。唯一的讲究，就是无论走到哪里，必须随身带着他的笔记本电脑。因为他白天搞调研，晚上要用电脑写下思考，而且几乎每晚都要写到深夜一两点，然后 4 点再爬起来接着写。多年来这已成了他一个雷打不动的习惯。

其实，蒋新松一开始对电脑是相当陌生的，连一个字也不会敲，但他是个喜欢接受新鲜事物的人。电脑刚在中国人的生活中出现，他便对它着了迷。一般来说，像他这样有身份有名望的科学家是不会轻易请教别人的，可他不是，不懂就不懂，决不装懂，只要和年轻人一见面，他就请教电脑的事；有时已经深夜十一二点了，还登门向学生讨教。使用电脑时，他开始用书写笔，后来改用全拼，再后来又改用五笔；键位记不住，他就剪下一块块胶布贴在键盘上，每天起床第一件事，就是死记硬背。结果二十天下来，他就可以用五笔写文章了。

按规定，他是可以配一个秘书的，可由于平常所有的调查材料、考察报告、发言讲话等，全都是他自己写，一般的秘书很难跟上他的思维和工作节奏；即使秘书跟他出去，也只能帮他买个车票、登记个住房什么的。所以他觉得给他配秘书是多余，是浪费，既多花国家的钱，还牺牲了别人的精力和时间。尽管后来研究所考虑到他的身体状况，还是给他配了一个秘书，但他出门时依然我行我素，独来独往，从不让人送，也不叫人接，更不像有的领导那样，出门时前呼后拥送，回来时大车小车接。他说："一个人能办的事，何必要两个人呢？装模作样，形式主义，既坑害了国家，又贬低了自己，大可不必！"

而且，他出门搞调研，一方面是脚踏实地地到第一线，同企业家和工人师傅们作深入交谈；另一方面还找一些省市的部门领导，给他们讲新信息、新情况、新思路，尽量把他自己一些新的科学思想传递给对方，让对方增强科技意识，认识到高科技在现代化建设中的重要作用。在这个过程中，他还特别注意听取对方的意见——尤其是批评意见，看各个企业的主要矛盾是什么，主要问题在哪儿，需要怎么解决。从对方提出的意见或问题中，他再反过来看自己的思考和设想有哪些不足，应该如何改进。

事实上，蒋新松是个最喜欢听批评也最能批评别人的人，一个最喜欢听真话也最敢讲真话的人。只要为了工作，有了意见，他允许你讲，允许你提，允许你和他辩论争吵；甚至你对他拍了桌子，他过后就忘，从不计较。和他多年共事的一位专家说："老蒋的工作作风很民主，决不独断专横，有了不同意见，你和他发生争论时，你甚至对他拍桌子、摔帽子、瞪眼珠子，他也绝不介意，更不嫉恨在心。如果你的意见确实正确，敢于坚持，他反倒十分欣赏你。"

但反过来，蒋新松自己就是一个敢于讲真话、敢于批评别人的人。对一些看不惯的现象和问题，他常常不留情面，提出尖锐的批评。尤其是在领导面前，从不溜须拍马，阿谀奉承，有什么就说什么，心里想的什么嘴上就说什么，不看领导眼色说话，不瞧领导态度说话，不猜领导意图说话，一旦与领导发生了意见分歧，也敢于同领导辩论，甚至争吵。

比如，他对官员的贪污腐败问题，十分痛恨。有一次，他当着很多省市领导的面大批特批贪污腐败问题，他指着在场的官员们说："中国贪污腐败问题，主要是领导的问题！"结果搞得一些领导面红耳赤，如坐针毡。总之，为了工作，他从来顾不得讲什么形式。沈阳自动化研究所原研究员陈大海说："从近二十年的历史来看，凡是与蒋新松共事共得较好的人，几乎没有一个不是和他从争吵中过来的。他对问题、对工作，爱辩论、爱争吵，和同事如此，和学生如此，与领导也同样如此。"

据说，他为了办成某件事情，居然在一个星期里和中国科学院的三位院领导都发生过争吵，还和一位领导拍过桌子。但第二天，他与对方一见面，便首先道歉，承认自己昨天不够冷静，说话态度不好，请一定原谅。可他刚一检讨完，马上便和对方谈他的工作，谈他的观点，像什么事也没发生。

还有一次，国家科委召开“863 计划”的全体专家会议，会上大家对“863 计划”中的一个项目很不满意，但这个项目到底砍不砍掉，当时的国家科委副主任朱丽兰等领导有点犹豫不决。他一看这个情况，马上站起来，指着朱丽兰说：“这个计划不行，为什么就迟迟不改？我看这个问题你朱丽兰就该承担责任!”朱丽兰马上表态说：“你说得对，当初这个计划是我没把好关，我应该负责任。”朱丽兰后来感叹说：“蒋新松是个科技帅才。有时我也和他争论，觉得他这人坦诚直言，很有人格魅力。有些问题他在一定程度上帮我下了决心，我非常感谢他。我觉得每次和他交谈，或者争论，都很有启发。我们往往在争论的过程中，就得出结论了。”

经过一段时间对国内国外的实际考察、分析思考，蒋新松认为自己找到了一条解决中国国有大中型企业问题的出路，于是他开始撰写他一生中最后一篇学术报告：《我国制造业面临的内外形势及对策研究——抓住机遇，参加全球化敏捷生产体系》。

在这篇研究报告中，他分析了 21 世纪制造业面临的形势，具体指出了中国国有大中型企业的主要问题：

1. 产品问题；
2. 企业结构不合理的问题；
3. 管理问题；
4. 质量问题；
5. 工艺手段和装备落后的问题；
6. 历史包袱沉重的问题。

同时为中国国有大中型企业提出了三条对策：

1. 利用敏捷制造原理对企业进行重组；

2. 加速产品设计队伍的重建，增强新产品的设计能力；

3. 利用现代化手段实现现代化管理。

在蒋新松看来，中国企业体制的最大毛病，是大而全、小而全。也就是说，不管是大企业还是小工厂，本来能力就有限，但只要一组建，就总是把功能搞得又大又全，作出一副包揽天下的样子，好像什么都能干，结果反而是什么都干不了。因此，他反对这种大而全、小而全的封建庄园式体制，提倡全球化的敏捷生产，主张把中国企业的发展放在全球化这个环境当中，然后用敏捷生产的模式来重组。

为此，他为中国的企业设想了两种模式。一种模式是整机厂，这种厂两头大中间小。两头大，就是风险大，效益也高。第二种模式就是全球敏捷生产的部件厂，这种厂不求全，也不图大，只在某一个专业上有所作为，只为世界某个公司生产某个部件。这种厂虽然赚钱不多，但没有风险，可以先养活自己，等到了一定时候，再求更大的发展。同时，企业的经营过程必须重组，即把一些企业先拆散，再按新的需要和模式组合成一个新的企业，而后将自动化和信息技术作为切入点，对大中型企业进行真正意义上的技术改造。这样，可以甩掉原企业的包袱，让剩下的人员自谋生路。

然而，正当蒋新松为解决中国的国有大中企业问题而苦苦探索时，不幸的命运又一次降临到了他的头上。

第二十段
科学家，一个沉重的角色

1997年3月，是蒋新松生命的最后一个季节。

在这个本来美好的季节里，他的心情却比以往任何时候都显得更加忧郁，更加沉重，更加苦涩！2月19日，他一生中最敬仰的邓小平去世！噩耗传来，他悲痛欲绝。当晚，他第一次停止工作，紧闭房门，孤坐灯下，直至天明。

在此后的这段时间里，他对中国的政治、经济等诸多问题，陷入深深的思考之中；尤其是科技问题，更是忧心如焚。就在邓小平去世后的第四天，为了调动海外学子的积极性，尽快建立“海外兵团”，开展立体的全球化研究，他还迫不及待地给国家科委写了一份《关于开展海外研究开发的建议》。在这份《建议》中，他以十分焦急的心情这样写道：

> ……随着生产体系的全球化，研究开发的全球化也以迅猛的速度在发展中。根据从美国自然科学基金会得到的一份最新报告，在美国，1994年外国公司在美国的开发经费已超过150亿美元，达到足以影响美国整个研究开发费用增长速度的量级。在1994年底，外国在美国设立的研究中心已经超过645家，分别属于300家母公司。其中日本224家，占第一位；英国109家，占第二位；德国56家；法国52家；韩

国27家……与此同时，美国也相应增加了海外研究开发经费，从1987年到1994年差不多增加了一倍。迄今为止，美国在海外已有108个机构，总投资为100多亿美元……因此，我认为走全球化的开放研究开发体系，已到了势在必行的地步。我愿为这件事情的开创竭尽全力！

同时，他还给朱丽兰副主任附了一封信。该信原文如下：

朱主任：

去年在顺德谈及设置海外兵团一事，事后我在小范围内征求了几位同志的意见，认为这件事情应该干，早干比晚干好。但普遍认为难度较大，特别是我国随着领导的变更，一些政策不稳定，会带来种种困难。另外研究开发需要长期投入，而成效需要时间，同时对成效的估计，也非易事。如办成自负盈亏独立经营，在海外为了生存，也许达不到初衷，还可能办飞了。我想任何事物都有两面性，还有很多随机因素，事先不可能都想得很清楚。正像站在西单路口一百米处，要制定一个完整的穿过路口的计划，几乎是不可能的，因为随机事件太多。但西单路口是一个可以穿过的路口，这一前提是绝对肯定的，抓住机遇按既定方针大胆地往前走，有什么样的问题，解决什么样的问题。我的一生，特别是进入80年代、坐上科研领导岗位以来，都是在这种“过马路辩证法”的思想指引下，把一个又一个的“梦想”变成现实的。小平同志有句名言：“一切在发展中求得解决。”记得有一位学者提出他的治学之道，叫“大胆设想，小心求证”。我是搞自然科学的，我把求证理解为研究事物发展的客观规律，我的设想绝大部分都成功了。我认为开展立体的全球化研究，特别是充分调动海外学子为报效祖国摸索一条可行途径，应该说是时候了。为此，我写了这份建议，请审阅。祝好！

蒋新松
1997年2月23日

也许正是邓小平的去世，激发了蒋新松的雄心壮志；也许是蒋新松的心灵深处，感应到了什么。总之从1997年3月起，蒋新松的工作节奏和日程安排，一下子比过去紧张、匆忙了许多。

让我们来看看蒋新松在1997年3月这个美好的春季里，为我们留下的是一段怎样的生命流程。从这段实实在在的生命流程里，我们或许能真切地感受到一个科学家沉重的生命、焦灼的心情和不死的灵魂——

3月1日至2日，蒋新松在清华大学闭门谢客，赶写他探索国有大中型企业出路的研究报告《我国制造业面临的内外形势及对策研究》。

3月3日，蒋新松针对国有大中型企业重组的问题，就如何快速重组制造系统一事，和有关专家一起进行了分析、探讨和研究。

3月4日凌晨，蒋新松为计算机集成制造系统专家组写下了《关于快速重组制造系统的若干意见》。在此《意见》中，他这样写道：

> 我认为要从科学和技术的巨大发展及竞争的态势，来说清楚制造业面临的挑战与机遇。当前企业的重组，是世界范围正在进行的一件大事，而整机厂和部件厂的进一步分离，是这次重组的一个重要标志……当前企业如何重组，以及企业如何按照“敏捷”的原则来组织全球化生产，既是一个实践的问题，又是一个有待研究的理论问题……

3月5日至7日，蒋新松在北京参加第二次计算机集成制造系统专家组会议，与专家组成员一起，就1997年课题指南的落实、典型应用工厂的推广和应用企业如何向CIMS示范工程过渡的问题进行了商讨，并提出了很有价值的意见。

3月8日，蒋新松在清华大学继续赶写研究报告《我国制造业面临的内外形势及对策研究》。这一天尽管他非常忙，但他没有忘记这天是传统的妇女节，更没忘记远在沈阳的妻子，于是他以十分歉疚的心情给妻子打去一个问候的电话。

3月10日至12日，蒋新松在北京参加“超级863计划”会议。

3月12日，由于会议涉及一些新技术的方向性问题，他既兴奋又迫切，已经深夜12点了，还被一些问题困扰得睡不着。他爬起来给沈阳自动化研究所的新任所长王天然写信，写完后当即传回沈阳。

3月14日，蒋新松在清华大学接受我的采访。

3月15日，蒋新松继续接受我的采访。采访结束后，他又连夜修订他的研究报告《我国制造业面临的内外形势及对策研究》，并决定呈送国家科委领导。为了让这份报告能引起重视，他还连夜给朱丽兰写了一封亲笔信：

朱主任：您好！

最近我经过深思，把我一年多来的研究结果及最新的研究写成了这篇报告。我认为在已经到来的世界经济繁荣期，它的重要的特征，就是全球化生产体系的形成和发展。我们应该果断地对企业进行重组，大力推广CIMS，迅速降低成本，提高质量，增强设计能力，参与到全球化生产体系中去，我认为是搞活国有大中型企业发展新兴产业的一次极好的机遇。今呈上，供参考。如您认为合适的话，请转宋健主任。

此致

敬礼！

蒋新松

1997年3月15日

3 月 17 日，蒋新松连夜赶写了一篇题为《肩负时代的使命，迎接信息时代新的工业革命》的文章。

3 月 19 日，蒋新松在清华大学作《我国制造业面临的内外形势及对策研究》的专题报告；并在会上强烈呼吁：抓住机遇，利用敏捷制造原理，加紧对企业进行重组！引起清华学子们的强烈反响。

3 月 24 日凌晨 3 点，蒋新松给“863 计划”CIMS 专家组的吴澄等三位专家写了一份三千字左右的工作意见书，对“九五”期间 CIMS 重点应用工厂的问题作了精辟的分析，并坦率地谈了应该如何进一步做好这一工作的几点意见。

3 月 25 日下午，蒋新松匆匆离开北京，上了飞往沈阳的飞机。

3 月 25 日晚 10 点，蒋新松迎着寒风，疲惫不堪地走出沈阳机场。和往常一样，时刻不离他身的，还是两样东西：一样是便携式电脑，另一样是黑色公文包。大约 10 点 20 分，他回到了家中。

而此时，家中的张丽珠正坐在客厅，等着蒋新松的归来。张丽珠是蒋新松的第二任妻子，医院的大夫，里里外外，十分能干，不仅才貌双全，还写得一手好字。张丽珠后来告诉我说，她和蒋新松结婚十几年来，彼此和睦相处，相亲相爱。蒋新松只要出差在外，每晚 9 点左右，都要给她打一个慰问的电话，甚至有时在国外也是如此；而每次回家之前，他也要先给她打个电话。所以蒋新松每次回到家里，她把一切都准备好了，

蒋新松刚一进门，张丽珠便心疼地问了一句：“新松，你怎么又瘦了?”

“咳，最近忙一点，没事！怎么样，家里都好吗?”说着，蒋新松往书房走去。

张丽珠忙拉住他说：“喝碗粥再去吧。”蒋新松最爱喝粥，张丽珠早为他熬好了。

“我已经吃过了，不饿。”他放下黑色公文包，拎着电脑便径自走进书房。然后，插上电源，打开电脑，噼里啪啦，便敲开了稿件。

张丽珠一看，便忙拦住他说：“新松，你看你，连问都不问我一句，就又敲开了，你先歇一会儿再敲不行吗？”

蒋新松立即站了起来，面对张丽珠鞠了一躬，而后风趣地说：“夫人，对不起！我今晚真的有事。”话音刚落，一屁股又坐了回去。

“光说对不起对不起，你就不能先歇上一会儿吗？跟你说吧，我刚买了一盒影碟，正等你回来一起看呢！”张丽珠说。

“不行不行，”蒋新松忙解释说，“你不知道，我正在做大事情呢！”

“什么大事情？”张丽珠问。

蒋新松说：“告诉你吧，现在大中企业跌入低谷，问题很严重，亏损很厉害，我作为一个科学家，有责任用科学的办法把它扭转过来。辽宁的企业亏损更严重，必须尽快想办法。最近，我通过对国内外实际情况的调查研究，找到了解决这个问题的一把钥匙！我的研究报告已经送给国家科委了，但有些问题我还得思考，还得补充。这是大事，我必须抓紧时间干！再说了，工程院要的那篇《院士之路》的文章，我才刚开了一个头呢。”

“让我先看看如何？”张丽珠说。

“好啊，欢迎多提意见。”说着，蒋新松把文章调了出来：

美丽、浩瀚而雄壮的长江，有时她显得非常宁静、非常温和，你可以舒坦地躺在她的宽阔胸怀中，犹如在妈妈的怀抱中一样，仰望着耀眼的蓝天，倾听着她内心深处的搏动声，犹如倾听妈妈的摇篮曲；有时她显得烦躁不安，掀起阵阵波涛；有时甚至愤怒起来，她会一反常态，从望不尽天边的西方到东方，一阵狂风巨浪，她愤怒地想吞噬人世间的一切不平，和强加给她的一切耻辱。这就是伟大的长江！长江和母亲一样，共同赋予了我的人格，培育了我的性格。

1931 年的秋天，我出生于长江边上……

“丽珠，我写得怎么样?”张丽珠刚看完，蒋新松便问了一句。

“写得真好！不过，你得注意身体，不能太累。”张丽珠说。

“丽珠，我看这样吧，你去看看影碟，我还有论证报告要写。等这段时间忙过了，我一定陪你看。”说着，蒋新松走到客厅，把电视打开，将影碟放好。

平常在家，蒋新松最喜欢看的是《巴顿将军》。这盒录像带多年来他一直保留在身边，每当遇到挫折和难题时，他就看它一遍；每看完一遍，他就精神大振。他不但自己看，还让几个孩子也看，有时还陪着孩子们一起看。他说：“其实人活着，活的就是一种精神。不知什么原因，我每看一次《巴顿将军》，就像打了一针精神强心剂，总能获得一种信心和力量!”至于影碟，他偶尔也陪张丽珠看一看。但今天晚上，他实在没有心情。

蒋新松放好影碟，让张丽珠坐到沙发上，这才转身回到书房，直到 12 点，也没睡觉。

翌日凌晨 4 点，张丽珠在睡梦中被一阵电脑击键声惊醒。她睁眼一看，蒋新松已经坐在电脑跟前了。张丽珠后来告诉我说，那天晚上她不知道老蒋是什么时候睡的，也不知道第二天早上他是什么时候起来的。

3 月 26 日 7 点 30 分，蒋新松草草吃了早饭，便去研究所找王天然所长。前段时间蒋新松去美国考察，发现美国在机器人上又搞出了一种新型的控制器，所以想和王天然探讨一下这个问题。可他刚坐下，就听王天然说楼下正在召开关于六千米水下机器人的会。他知道，六千米水下机器人将在 5 月再赴太平洋执行重要的勘探任务，同时也是让机器人再接受一次更严峻的考验。由于六千米水下机器人是无缆的，跟放卫星一样，一旦放出去，谁也不能保证一定能收回来。上次出海是性能实验，这次是应用实验；上次放出去回来了，这次放出去万一回不来怎么办？所以有人不太主张冒这个险。但他的观点是，六千米水下机器人应该再出一次海，再接受一次考验；只有让事实反复证明没有问题，才算真正对国家作了交代。所以他马上改变主意，到楼下参加这个会议。

蒋新松一进会议室，讨论正酣的专家们见老所长突然现身，都热情地站起身来同他握手，并询问他的身体情况。因为谁都知道，近半年来蒋新松被糖尿病折腾得够呛。蒋新松和大家简单聊了几句，然后就几个关键问题谈了自己的观点和意见，并鼓励大家一定要放下包袱，树立信心，相信自己的产品没有问题，大胆地去执行任务。最后，他还说："如果有什么风险，责任全由我和王所长承担！总之大家一定要努力，活着干，死了算！"

下午，蒋新松又去了机器人实验室。周国斌等几位机器人专家见他来了，张口就问："老蒋，最近身体怎么样？"

他笑了笑，说："没什么大问题，就是感到太累了！"

周国斌说："你还是多注意点身体吧，别老把医院当娘家了！"

他叹了一口气，说："唉，没办法呀，要干的事太多了，实在是歇不下来！"

周国斌和蒋新松是老同事了，见蒋新松满脸憔悴、疲惫不堪的样子，很是着急，便故意用话激他说："老蒋啊，如果你认为没有你，地球就不转了，那你就拼命干吧，死了我们大家纪念你！"

蒋新松见大家都为他的身体着急，忙开玩笑说："好好好，明天我就让我的脑袋过礼拜天！"

结果呢？第二天，即 3 月 27 日，国家科委在沈阳东北大学召开关于"超级 863 计划"的座谈会，征求辽宁科技工作者的意见；蒋新松是"超级 863 计划"自动化领域的负责人，自然不可缺席。所以他的脑袋不但没过"礼拜天"，反而是超负荷运转——他不仅认真听取了与会代表的发言，还谈了自己对"超级 863 计划"的具体意见以及对国有大中型企业问题的思考。他的许多富有独创性的意见赢得了与会者一次次的掌声。

28 日下午，谈大龙等几位机器人专家去会场看望他。大家聊得很开心，聊到中国的知识分子问题时，有人说，中国的知识分子就是好，价廉物美，包退包换。蒋新松马上就指着两只眼睛几乎都快瞎了的谈大龙说："对对对，你们看，大龙就是价廉物美，还包退包换。"谈大龙急忙反守为攻，说："你老蒋不也是一样吗？本来已经退下来了，一分钱不多拿，还整天满地球地转！"大伙一阵开怀大笑，笑过之后，便劝蒋新松注意休息，不要太劳累。蒋新松笑了笑，还是那句口头禅："活着干，死了算！"

28 日晚，蒋新松从会场回到家里，他对妻子张丽珠说，开了两天会，脑子有点累，便去洗了个澡。刚洗完澡出来，他又走进书房，打开了电脑。

张丽珠忙走过去，一边给他揉着头，一边劝他说："新松，今晚你就先歇一歇，明天再干吧！"

蒋新松说："是啊，我也想歇歇，可不行呀！明天一早，我要赶着去鞍钢，他们的总经理早就邀请了，很想听听我对鞍钢'九五计划'中关于自动化技术改造的意见。鞍钢是重点企业，我与鞍钢又有十年的感情，再忙，也得去呀！另外，那篇《院士之路》的文章，工程院等着要，既然已经答应人家了，怎么也得赶着写出来。还有，下个礼拜一，我还要去杭州讲课，讲国有企业改造问题，这两天我又有一些新的思考，我得把它补充进去。"

"有些事情你可以放在下个月做嘛！"张丽珠说。

"那哪儿行呀！"蒋新松说，"告诉你吧，我的活儿多得很，4 月都全排满了！"

张丽珠后来告诉我说，听他说事情这么多，忙得这个样子，我也没有办法，劝也劝不住。

这天晚上，蒋新松一直工作到深夜 2 点。后来在张丽珠的再三催促下，才不得不关闭了电脑。

29日早上，星期六，沈阳气温零下八摄氏度，北风六级。蒋新松依然凌晨4点起床写稿。7点，张丽珠一边叫他吃饭，一边为他剥着鸡蛋。这时，到公园锻炼的邻居们开始回来了，张丽珠便把蒋新松拉到窗前，指着楼下的人群说："新松，你看看，别人多潇洒，你每天早上也去锻炼锻炼吧！"蒋新松说："我的活儿这么多，哪有工夫去潇洒呀。丽珠呀，我看以后早上你也去锻炼锻炼吧。"妻子说："你不在家，我哪有心思去呀？"蒋新松忙歉意地说："好好好，等我把这一阵子忙完了，一定陪你一块去锻炼！"

7点30分，接蒋新松去鞍钢的车停在了楼下。蒋新松急忙起身，穿好衣服，提上电脑和公文包，准备下楼。可就在这时，他感到胸部一阵绞痛，忍不住叫了一声："哎呀，我怎么心绞痛呀？"话未说完，他便再也支撑不住了……

张丽珠听见叫声，回头一看，天啊，蒋新松脸煞白，米粒大的汗珠子正往下流……张丽珠是大夫，马上明白了什么，急忙把他扶到床上，然后招呼楼下的秘书王刚和司机赶紧上楼。

结果，本来是送蒋新松去鞍钢的车，变成了送蒋新松去医院的救护车。而车上的蒋新松，这时已完全昏迷了！

蒋新松送进医院后，诊断结论是：急性大面积心肌梗死！

经医院极力抢救，蒋新松暂时脱离了生命危险。

但医院当即给蒋新松下了病危通知书，明确告诫单位和家属：蒋新松在二十四小时内仍有生命危险，必须卧床休息，不能有情绪激动，否则，后果不堪设想！

就这样，蒋新松不得不又一次躺在了医院的病床上。

沈阳的医院对蒋新松来说，已经很不陌生了。他曾多次住过这个医院，每次少则一两天，多则一个星期。而这次，病情比以往任何一次都要严重，他必须绝对卧床休息！

然而，蒋新松办不到，也无法办到。作为一个科学家，他的身体可以停止活动，脑子却无法停止思考。他早就不止一次地说过：“科学家是这个世界上最沉重的角色，只要还在呼吸，脑子就得琢磨事情。”何况，他与别的科学家不同，他被耽误了整整二十年，今天所有的一切，都来得是那么的不容易。上帝留给他的时间和生命，已经到了必须精打细算的时候了！

于是，他被抢救过来后的第一件事，就是把所长助理王小刚叫到床前，吩咐说：“你赶紧给鞍钢打个电话，说一声对不起，我今天可能去不了了，过两天一定再去！”接着，他又示意王天然所长靠他近点，想谈工作上的事情。妻子张丽珠发现后，马上制止了。但刚过一小会儿，他还是对王天然所长说：“假如车子开上了去鞍钢的高速公路，我今天就没救了！看来我这次病得很重啊，不知还能不能逃过去?”王天然忙安慰他说：“老蒋，你是命大福大，你就安心养病吧！”他说：“要是能再给我留点时间，我再给大中型企业作点贡献就好了！”

望着眼前随时都有生命危险的老所长，王天然鼻子一阵发酸，不知该说什么是好。他知道，蒋新松一向以工作为重，从不把自己的身体当回事情。有一次他跟蒋新松去深圳出差，走着走着，蒋新松说他心律不齐，跳一下停一下。他用手一摸，不是跳一下停一下，而是老半天才跳一下，急忙把蒋新松送到了医院。医生让蒋新松住院，蒋新松说，我是来出差的，住什么院！医生说，你是什么病，你知道不知道啊！蒋新松说，我自己的病，当然知道了，但我不住院！没办法，最后医生只好在他病历上这样写道：“病人自己不肯住院!”回去后，吓得王天然一夜没敢睡觉。可蒋新松像什么事也没有一样，刚躺下两个小时，又爬起来折腾他的电脑。还有一次，他俩去上海开会，回来时在虹桥机场候机大厅，走着走着，蒋新松突然站着不走了，用手摸着自己的心脏，说不行，我得待一会。结果他在旁边靠了好一会儿，才缓缓拖着步子上飞机。

3 月 29 日整个下午和晚上，蒋新松几乎都处于半昏迷状态。晚上，张丽珠和王小刚等人一直守在蒋新松的身边。一开始，监视器显示的状态特别不稳定，大家非常担心。到了10点50分，蒋新松醒了，睁了睁眼，见王小刚在身边，第一句话便说："小刚，你回去休息吧，明天还要上班。我已经没事了。"

这是周六的晚上。该下班的，都下班了。此刻，窗外北风呼啸，寒气袭人，四周很静，医院更静。12点40分，由于医院的窗户有点透风，蒋新松开始咳嗽起来。张丽珠一看，非常着急。可有什么办法？蒋新松就是一个退居二线的科学家，既无权，又无势，还无钱，只能住在这样的病房。无奈之下，张丽珠只好先给蒋新松喂了两片甘草片，接着再和王小刚一起，爬到窗台上，摘下另一块窗帘，挂在蒋新松头上的窗户上。然后，她坐到床头，让蒋新松的头靠在自己的身上，用左手撩起自己的风衣为蒋新松挡风，再用右手捂住蒋新松发凉的脑门。

设想一下，假如这个夜晚躺在这张病床上的不是一个科学家，而是一个大权在握的高官，或者是一个亿万富翁，一个明星大腕，甚至随便是一个什么干部科长、人事处长、财政局长、银行行长什么的，其住院条件和被重视的程度，会和蒋新松一样吗？

然而，穿着病号服、戴着氧气罩，下身还插着导尿管的蒋新松，就那么静静地躺在那儿，对周围发生的一切，却没有任何反应。甚至从他的面部表情丝毫看不出是个危重病人，他的脑子里好像总在想着什么。

他时睡时醒，似睡非睡，似醒非醒，就像他那台时刻都在高速运转的笔记本电脑，虽然暂时进入"休眠"状态，却并未关机，更未切断电源。他每次只要醒来，就总想说点什么，可每次都被张丽珠制止了。

大约到了凌晨3点50分，蒋新松又咳嗽了几声。他刚一睁眼，又急于想说什么。可嘴还没张开，又被张丽珠阻止了。过了一会，他示意让张丽珠到外边去给他拿一样东西（据王小刚后来说，他这是故意支开张丽珠）。张丽珠刚一走，他便像当年的地下工作者一样，赶紧示意王小刚靠他近一点，然后贴着王小刚的耳朵悄悄说道："小刚，昨晚我想了一下，那个讲座的题目得改一下。”

王小刚这才恍然大悟，原来蒋新松一个晚上苦苦思考的，就是这个讲座的题目！而这个讲座的题目，只有他知道是怎么回事：不久前，沈阳成立了一个先进制造技术工程中心，准备近期组织一批全国有影响的专家搞一次高科技讲座活动，其中第一讲安排的就是蒋新松。这个安排本来从2月份就开始了，但市里的意思，想把市里五大班子和大中型企业的工程人员全都请来，让蒋新松好好给大家“洗洗脑”。可五大班子人员的时间不好凑，蒋新松的时间也不好定，所以直到前两天才确定下来。蒋新松原来拟定的讲座题目是“先进制造技术”。王小刚怎么也没想到，老所长病情如此严重，已经躺在病床上了，居然还在琢磨讲座的题目。

蒋新松戴着氧气罩，插着导尿管，说起话来非常吃力，但他还是继续小声说道：“小刚，现在，国有大中型企业是中国最大的一个‘病人’，我们的当务之急，就是要尽快想法医治好这个‘病人’。我看市里的领导最近很关心大中型企业问题，我准备到时重点讲讲这个问题。刚才我想好了，题目就叫‘中国国有大中型企业存在的问题和机遇——参与世界范围的敏捷制造体系’。你觉得怎么样?”

王小刚一听，眼泪都快掉下来了。老所长生命危在旦夕，自己的病不去想，反而还想着大中型企业这个“病人”，心里非常感动，又不忍心让老所长再说，便急忙劝阻道：“蒋所长，这个题目很好，我都知道了，等你病好了再说吧。”

但蒋新松还是坚持着说：“小刚，你现在是所长助理，很年轻，以后所里的工作，要努力多做一些……要多学习，不断拓展自己的知识面，才能胜任所里的工作。你们赶上了这么好的一个时代，工作上要大胆地去干，放开手脚去干……另外，要有责任感，压力感，紧迫感……”说到这儿，蒋新松又是一阵咳嗽。

“蒋所长，我全都记住了，我求您……千万别再说话了。”王小刚的眼泪再也忍不住地流了下来。

3 月 30 日上午，蒋新松的病情有所好转，他自己也感到比昨天好多了，但氧气管、导尿管和监视器依然不能离身。上午 9 点左右，他醒来后的第一件事，就是对秘书王刚说：“马上退掉去浙江大学和西安交大讲课的飞机票。一定给学校说明一下情况，请他们谅解。”接着，他又给王天然所长谈下一步“863 计划”的几项工作。张丽珠见他又谈工作，马上制止。可他不听，还是要讲。张丽珠只好偷偷跑去叫来护士，这才强行制止了他的“工作”。

9 点 30 分，医科大学和省医院的教授赶来为他做了一次会诊，认为昨天使用的药物已经成功，下一步就是如何维持住的问题。大家听后，暗暗松了一口气。

10 点 30 分，他该注射胰岛素了。可值班护士还不会使用这种新的注射器。蒋新松便说：“别急，来，我先给你做个示范。”说着，便自己给自己打了一针。他一边打针一边讲解，一边还给护士开玩笑说：“心血管你们是专家，糖尿病这方面，我可是专家！”

张丽珠不让他说话，他还说：“没事儿，这是一门新技术，讲一讲，护士不就会了吗？”接着，他又歪着头去看监视器。

护士说：“这你可看不懂了。”

他笑了：“谁说我看不懂，这玩意儿我比你们都行。”

在场的人见蒋新松的病情好转，精神上又十分乐观，一点看不出刚从死亡线上归来的样子，所以无论家属、同事，还是值班医生和护士，都放心了。连他自己都说：“看来这回我又从阎王爷那儿逃回来了！”

然而，就在当日下午 2 点左右，蒋新松的心脏病突然再次发作，当即昏迷过去！

医生护士匆匆赶来，竭尽全力，展开抢救，可最终还是抢救无效。

就这样，蒋新松再也没有醒来。中国从此永远失去了一位战略科学家，失去了一位“机器人之父”！

几乎所有认识蒋新松的人都说：“蒋新松是被活活累死的！”

两个月后，即1997年6月，六千米水下无缆机器人在太平洋夏威夷以东一千海里之外的海域试验再次获得成功！为了悼念和告慰“中国机器人之父”蒋新松，当日中午，十九名参加此次六千米水下无缆机器人试验的中国机器人专家和技术人员以及六名俄罗斯机器人专家，特意换上整洁的衣服，迎风列队站在一艘五千吨级的中国考察船的甲板上，忍着四十多摄氏度的高温，怀着极其沉痛的心情，一边向海里抛撒着自制的小白花，一边把蒋新松的部分骨灰撒向波涛滚滚的太平洋，让从小在长江的怀抱里长大的蒋新松从此魂归大海……然后，他们面对大海，面对中国，为他们的导师蒋新松久久默哀……而此时此刻，回响在他们耳畔的，仿佛不是徐徐吹来的海风，而是蒋新松生前他们再熟悉不过的声音：

> 科学家是这个世界最沉重的一个角色，一生都将在寂寞和枯燥中度过，甚至直到死，也不被世人所理解……科学事业是一种永恒探索的事业，它既没有起点，也没有终点，成功的欢乐，永远是一刹那。无穷的探索，无穷的苦恼，正是它本身的魅力所在……

参考段
关于蒋新松的另一种阅读

本文写到这里，似乎可以结束了，我却有一种言犹未尽的感觉。我扪心自问：你写出一个完全真实的蒋新松了吗？我回答自己：没有，也不可能。我又问自己：你想传递的意思和想说的话都写进去了吗？我同样回答自己：没有，也不可能。

于是，关于蒋新松或者说关于中国的科学家，我觉得还有必要和读者朋友们坐下来一起探讨探讨。由于有些问题很难用“对”或“错”来作简单的判断，我将本段称之为“参考段”。而有关“参考段”中涉及的问题，我们可看作是对蒋新松或者说是对整个中国科学家的“另一种阅读”。希望读者朋友们能参与到这“另一种阅读”中来，自由发表你个人的观点。

第一个问题
该死的不死，不该死的为什么总要死？

蒋新松去世后，国内国外，几百乃至上千封唁电像雪花般飞向沈阳。主要单位有：国家科委、中国科学院、中国工程院、中国科学技术协会、机械部、北京市科委、清华大学、北京航空学院、上海大学、上海交通大学、东北大学、东南大学、浙江大学、哈尔滨工程大学、哈尔滨工业大学、西安交通大学、重庆大学、安徽大学、国防科技大学、华中理工大学等。此外，还有美国、德国、日本、俄罗斯及我国的香港地区有关部门。主要知名人士有：国务院副总理邹家华，国务委员李铁映，国务委员、国家科委主任宋健，国家科委副主任朱丽兰，国防科工委副主任沈荣骏，辽宁省委副书记王怀远，中国科学院院长路甬祥，中国科学院副院长胡启恒，清华大学老校长张光斗，清华大学现任校长王大中，美国华盛顿大学机器人教授谈自忠，上海交通大学校长翁史烈，哈尔滨工程大学校长吴德铭，重庆大学校长刘飞以及著名航天专家杨嘉墀，著名火箭专家屠善澄，著名自动化专家吴澄，著名信息专家汪成为等。

我之所以如此不厌其烦地列出上述权威单位和权威人士，是因为他们对蒋新松最有发言权；他们所发唁电和书信尽管形式不同，但在对蒋新松的评价上，措辞却是惊人的一致：

蒋新松是我国一位杰出的战略科学家。他的不幸逝世，是我国科技界的一个巨大损失！我们为失去这样一位优秀的科技带头人、德高望重的科学家而感到无比悲痛和惋惜！

中国科学院院长路甬祥在唁电中这样写道：

蒋新松同志是一位杰出的科学家，也是科技界优秀的组织管理人才。他将自己的毕生精力奉献给了高科技事业，他为我国自动化技术和机器人产业的发展作出了不可磨灭的贡献。

中国科学院副院长胡启恒在唁电中这样写道：

惊闻噩耗，五内俱伤。多年来新松呕心沥血、鞠躬尽瘁，为我国自动化事业和机器人产业的发展作出了突出贡献，为

> 我国培养了大批高技术骨干人才。我与蒋新松多年同事，深知他才高出众，并有着困难压不倒、挫折捶不垮的顽强斗志与蓬勃朝气，如今突然辞世，实在使我难抑悲伤。

是的，蒋新松堪称一位杰出的战略科学家、难得的科技帅才、真正的民族英雄！他用他的一生甚至死，证明了他人生的价值；同时也证明了他对国家的忠诚。从他的身上，我既看到了一个科学家用科技杠杆撬动历史巨轮时所付出的血的代价，也看到了新一代科学家在大时代中的奋斗身影以及独具光芒的人格魅力与科学精神；同时还看到了一个民族由传统向现代迈进的沉重与艰辛。

蒋新松在生命的最后一段岁月里，把战场摆在了他那台几乎彻夜不停的笔记本电脑上。他去世后，当我打开这个笔记本电脑并亲眼看到他留下的所有电子文档时，这才发现，蒋新松的一生实际上是由多种角色统一构成的；而贯穿于他多种角色始终的，是一腔永生不灭的爱国赤诚。他那伤痕累累的心灵和疲惫不堪的身躯，本身就是一座纪念碑，而碑文全都刻在了他为国家所做的那一系列大事上。蒋新松是一个自觉的先行者，他一生追求的，其实只有四个字——国家大事！他的爱国是自觉的、主动的、发自内心的，而不是被动的；他所追求的人生价值并非只属于他个人，而是属于整个社会和我们这个时代；他不仅是作为一个人、一个科学家出现在我们的面前，而且是代表了一种新型的生命方式活在这个世界。这种生命方式就是他与众不同的生活方式、工作方式以及非凡的博大胸怀和人生姿态；他像一团看不见的火，始终照亮着他周围的人和他生存的世界，又像一束无形的光，总让身边的人感到明天的希望和现实的温暖；尤其是在他抵达生命终点前的那一刻，还依然想着国家的事情——仅此一点，便令我高山仰止、一生汗颜！于是我想，不管是谁，只要走近他生命的岸边，很可能会感到自己生命的河床里肯定缺点什么。所以从这个意义上说，蒋新松首先是一个隐形英雄，一个精神斗士，一个活着的现代普罗米修斯，然后才是一个科学家！

我要提出的问题是：蒋新松年仅六十五周岁，为何溘然长逝？

1997年4月3日，是蒋新松出殡的日子。这天，在沈阳通往殡仪馆的文翠路上，拥满了众多的人。为了不让过路的车辆惊扰科学家沉睡中的思考，沈阳市破例出动警车，为科学家护灵；而民政局局长一早便赶到路边，含泪捧着蒋新松的骨灰，亲自为他所敬重的科学家送行。灵车启动时，蒋新松的妻子、儿女、亲属、同事、学生以及相识的或不相识的人们，万分悲痛，泣不成声。这时，一位前不久刚刚参加了邓小平逝世追悼大会的老年知识分子，面对悲痛的人群，忍不住发出了一声长叹："唉！该死的不死，不该死的为什么总要死？"

蒋新松的岳父，已是一位八十岁的老人了，得知蒋新松去世的消息后，他匆匆赶到蒋新松的灵前，面对蒋新松的遗像，忍不住泪流满面："新松啊，你是一位世纪科学家，你还不到六十六岁呀，可为什么会是我这个白发人来送黑发人呢？"

丁岩，八十五岁，就是前文中写到的为蒋新松错划"右派"改正的那位老太太。当她在重病中得知蒋新松去世的消息后，让人搀扶着来到蒋新松的灵前，面对蒋新松的遗像连连鞠躬致哀。她一边抹着泪水，一边感叹道："新松啊，你是个了不起的人才！我们国家最需要的就是你这样的人才呀！可你还这么年轻，为什么就偏偏先走了呢？"

是的，所有认识蒋新松的人都在感叹：蒋新松死得太早了！

1997年5月21日晚，我专程来到沈阳蒋新松的家中。蒋新松的家充满了心酸与悲凉，他的妻子张丽珠一见我，便泪流满面，痛不欲生。她指着一盆花对我说，不知什么原因，这盆花原来开得好好的，老蒋一去世，它就枯萎了。她又说，老蒋去世都一个多月了，可我每天都觉得他还在我身边。我每天起床后的第一件事，就是给他沏上一杯茶放在他的灵前。他的公墓里，我还给他放了一把最好的刮胡刀。他生前太忙了，工作就是生活，生活也是工作，连胡子都没有好好刮过一次。现在总算歇下来了，他可以有时间好好刮刮胡子了！张丽珠还说，老蒋去世后，小儿子蒋雨扬把他爸的头发剪了一小撮留下来，带回了清华大学，放在自己的书桌上，每天都要看上几眼。他说，他要让他爸的精神永远激励着他去奋斗，一定要争取在他的学科里干到他爸那个份上。可惜，他爸死得太早了！……

我站在蒋新松的灵前，默默地向蒋新松鞠躬、默哀。面对蒋新松的遗像，凝望着他那双充满了苦难与幸福、激情与智慧、希望与自信的眼睛，想起两个月前在清华大学多次与他交谈的情景，我想了很多很多。而我想得最多的一个问题还是：此前我们曾经死了一个科学家蒋筑英，现在我们又死了一个科学家蒋新松，那么明年或者后年，我们会不会再死一个“蒋爱国”或者“蒋爱民”呢？蒋新松还差几个月才满六十六周岁，按照南方人的算法，他实际年龄只有六十五岁！无论从哪个方面讲，都轮不上该他死的时候，可为什么他会匆匆离开我们呢？当今社会，就有些该死的人（比如有些贪官、凶手以及拐卖儿童的人贩子），可这些该死的人非但不死（据说有的被判了死刑也能用金钱把人从监狱里买走），反而还活得潇洒自由，有滋有味，而像蒋筑英、张鸣岐、孔繁森、蒋新松这样的好人却偏偏一个接着一个地死去？这究竟是为什么呢？

病，固然是最直接的“杀手”；但仅仅一个“病”字，就是唯一的答案吗？如果我们再问一句，这病为什么偏偏就落到了蒋新松的头上？又该作何回答呢？我们不妨设想一下，假如蒋新松二十六岁时不被打成右派，他生命的小舟会破损得如此之快吗？假如他探索的利剑不去穿透科学的迷雾，追求的战车不去冲撞真理的围墙，他生命的防线会有如此脆弱吗？假如他错划“右派”改正后不是拼命地追赶时间，为国家大事过度操劳，而是一心一意地保养自己，他生命的链条能这么容易就被折断吗？假如他生病后能像某些高官那样得到更高规格的重视，比如立即用专机送到北京，使他能及时地用到更先进的医疗设备和接受更高医术水平的抢救，他生命的发动机能这么快就熄火吗？

然而，历史拒绝假如。

现实是，1949年以来，中国的科技知识分子包括所有的知识分子，英年早逝者大有人在。好在十一届三中全会后，科技知识分子的政治待遇大有改善，生活待遇也大有提高。但是，自蒋筑英、罗建夫等科技知识分子英年早逝之后，近十多年来科技知识分子英年早逝的悲剧依然还在不断上演。仅以蒋新松所在的沈阳自动化研究所为例，我从采访中得知，在已经去世的一二十个专家和技术人员中，没有一个人的年龄超过了六十岁。同蒋新松一起最早搞机器人的吴继显和谈大龙，一个（吴继显）去世时才五十九岁，另一个（谈大龙）虽然还活着，但在担任“863计划”专家组组长期间，两只眼睛也几乎全给熬瞎了，也成了一个活着的盲人，而年龄还不到六十岁！

让我们再来看看这几份“死亡报告”：

1986年3月8日，新华社讯：近五年来，中国科学院七个研究所和北京大学的专家教授共去世一百三十四人，这些人的平均寿命仅五十三点三岁。1995年，中国科学院自动化研究所研究人员患病率高达百分之八十；动物所体检时未见异常者仅百分之五（即是说百分之九十五的人都有问题）；数学所患高脂血症的高级知识分子占百分之七十一。

1988年，国家体委科研所的李力研先生曾花费了一年的时间，对北京中关村的科技知识分子作过调查。此次调查结果显示：科技知识分子的平均死亡年龄只有五十八点五二岁，而且在岗的知识分子中有百分之六十一点零八的人正患着各种疾病。而早在1982年，有关部门在进行全国人口普查时，推算出来的全国人均寿命已达六十八岁！

十年后，当李力研先生对这一问题再一次进行调查时，其结果同样令人不寒而栗：中关村的科技知识分子的平均死亡年龄只有五十三点三四岁！即是说，比十年前不但没有上涨，反而还降低了五点一八岁！

1997年8月，中国科学院为摸清职工因病死亡状况的底数，以便进一步做好增强职工身体素质方面的工作，院工会对中国科学院全国在所职工和离退休职工的死亡状况进行了一次调查。此次调查的时限为1991年1月1日至1996年底，调查的人数约为七万一千九百六十四人。其中科研人员为四万八千四百五十八人，行政管理人员为七千六百五十一人，工人为一万五千八百五十五人。其调查结果显示：六年来在职科技人员因病去世的共有七百零七人，平均死亡年龄只有五十二点二三岁！离退休科技人员因病死亡人数为一千三百八十三人，二者和起来的平均死亡年龄只有六十三点三三岁！大大低于1990年北京市人均七十三岁的期望寿命数！

很显然，当每一个有良知的中国人读到这一份份“死亡报告”时，我想都不会不思考这样一个问题：为什么该死的不死，不该死的总要死？同时也不会不引起心灵的强烈震撼！然而，这一份份可以震撼全体国民的“死亡报告”，能不能震撼某些决定科学家命运的领导人呢？能不能震撼那些不利于科学家生命健康的各种“红头文件”和条条框框呢？能不能震撼那些长期以来总把科学家（包括所有知识分子）当工具的错误认识和“左”得可怕的观念呢？

邓小平早就指出：“科学技术是第一生产力。”这话说得多好啊！但我们的各级官员是否都真正理解了小平同志这句话的真实含意呢？既然把“科学技术”定为“第一生产力”，科学家的生命健康当然就应该也必须放在第一位。否则，用什么去保证“科学技术”成为“第一生产力”呢？

所以我很想说的是，但愿“科学技术是第一生产力”这句话能变成真正的行动，而不仅仅是一句口号；但愿今后不要再出现第二个蒋新松；但愿这个世界该死的全死，不该死的一个也不要死！

第二个问题
凡人成为典型后，该是什么命运？

我在采访蒋新松的过程中，先后遇到过两种情况。一种是蒋新松还没有成为全国科技界学习的典型之前，即蒋新松的事迹还没有在全国各大报纸、电台、广播宣传之前，我每到一处采访时，人们谈起蒋新松来，滔滔不绝，头头是道，几乎是想谈什么就谈什么，想到什么就谈什么，没有任何保留，也没什么顾忌。那种感觉，真实、亲切、自豪、可靠。还有一种是，当蒋新松成为典型之后，我再去采访时，情况一下子就变了。不少人与我谈起蒋新松来，舌头似乎变得不那么利索了，总是顾虑重重，躲躲闪闪，有一种莫名其妙的障碍感。

很显然，问题出在“典型”上。

1949 年后，我们塑造过无数的典型，应该说有些典型在客观上也的确起到过鼓舞人的作用；但有的典型，效果则不尽然。尤其是“四人帮”时期，随着典型的泛滥成灾和某些假典型的屡屡出现，人们对典型开始由崇拜到疑问，从迷信到不信，直至不屑一顾，嗤之以鼻。究其原因，一方面是有的人在成为典型之前，还是一个人，一旦成为典型后，就不那么像个“人”了；另一方面是有人在不是典型之前，人们还把这个典型当人看待，一旦成为典型之后，人们就再也不把这个典型当普通人看待了。于是，有的人本来活得好好的，一旦成为典型，从此苦不堪言，日子就开始不好过了，很难再按一个正常人的标准和规范继续工作、生活下去，甚至有的命运一落千丈！

这是为什么呢？

本来，蒋新松这个人物本身是没有什么争议的，他的出现属于正常。但是，为什么典型一旦进入现实，问题就变得复杂而微妙起来？

比如，蒋新松被定为全国科技界学习的典型后，各大报纸开始整版整版地刊登他的事迹。但有人说了，为什么蒋新松死了一年之后才宣传呢？怎么死了才说他这好那好呢？难道蒋新松是因为死才显得伟大吗？……对于这些说法，我非常理解，因为蒋新松刚去世时，他的学生曾经提出，能不能在报纸上发上一小块消息？但有人说不行，理由是蒋新松还不够格；甚至为蒋新松开追悼会时，有人还不主张写悼词，说写个事迹材料就行了。后来多数人认为应该给他写个悼词，最后还是写了。问题是，假如蒋新松没死，全国人民能知道有个科学家叫蒋新松吗？能知道他是哪旮旯的人和干什么的吗？假如他没死，他的人生会如此光彩照人吗？他的事迹能流传于世吗？假如他没死，全国能有这么多人知道他、议论他、关心他、尊敬他、怀念他、牵挂他、学习他吗？那么如此说来，蒋新松的死，是不是比他活着更有意义呢？

又比如，蒋新松成为典型后，各种会议层出不穷，不少科技人员频频参加会议。于是有人说了，要是蒋新松一旦醒来，看见这么多人坐在这儿不上班不干活，专门为他而开会，肯定会大发脾气的。因为蒋新松生前争分夺秒，惜时如金，最反对的就是务虚不务实，光开会不干活。据说，为了宣传好蒋新松的事迹，有的地方政府还专门拿出一百万元人民币！但也有人说了，这钱怎么早点不舍得拿出来呢？如果这一百万元在蒋新松生前就拿出来，用在蒋新松所研制的机器人事业上，不比现在更实用、更有价值吗？我们对一些“典型人物”为什么总是雨后送伞呢？

再比如，蒋新松在没有成为典型之前，人们对他几乎是众口一词，赞不绝口。但蒋新松成为典型后，尤其是一些报道出现某些夸大、片面，甚至失真后，有人产生了一种逆反心理，反而不怎么说蒋新松如何如何好了；有人开始对蒋新松“另眼相看”，敬而远之，采取一种回避态度；有人对蒋新松的看法本来不错，可一旦请他谈谈蒋新松的事迹时，他就说：“蒋新松现在是全国学习的‘典型’了，我不能乱说。”所谓“乱说”，就是不能讲真话的意思。甚至有人还会冒出一句：“蒋新松都被‘吹’上天了，我们还有什么好说的?”

上述说法未必正确，却不能不引起我们的思考。

典型是什么？典型应该是一个民族精神的象征，是全体民众学习的榜样，是活着的人对死去的人的一种安慰，而决不能像过去有的典型那样，成为一种无聊的政治工具。毫无疑问，每个民族在每个历史阶段，都该有自己学习的英雄，都该有自己学习的典型。没有英雄、没有典型的民族，是一个可悲的民族；但一旦出现假英雄、假典型的民族，就是一个可耻的民族了。历史进入 20 世纪 90 年代后，中国人开始变得成熟了，变得会用自己的眼睛看世界、看人生、看别人，也看自己了，同时也变得开始用自己的脑袋想问题了。因此，关于典型的问题，不是一个轻松的话题。比如，我们到底应该塑造什么样的典型，怎样才能塑造好典型？是生前多关心、多支持好，还是死后隆重悼念、频繁开会好？尤其当一个凡人成为典型后，我们又该如何善待典型，怎样营造一个适合典型生存的社会空间，让典型的命运少些风雨，少些坎坷，真正确保典型的正常人生？等等这些，我想都是我们应该思考的重大社会课题。

第三个问题
科学家该不该有一辆小汽车？

蒋新松生前有两辆车，一辆是自行车，另一辆还是自行车。前一辆是他获“五一劳动奖章”时政府奖励给他的新车。这辆车在他沈阳的家中，他每次出门买菜或开会办事，便骑这辆车；后一辆是他自己用六十元钱买的那辆旧车。这辆车在清华大学他的临时住所里，他在北京工作期间，每次出门开会或办其他事，便骑这辆车。这辆车至今仍在清华大学的车棚里。

我之所以再次提起蒋新松那辆破自行车，并非是说蒋新松很穷，穷得连一辆自行车都买不起；而是想强调一个事实，蒋新松只有自行车，没有小汽车！而由此引出的问题是：像蒋新松这样的科学家，应不应该有一辆小汽车？

据我的调查，在中国，科学家能享有国家配备专车资格的，几乎没有。像中国的“氢弹之父”王淦昌、“光学之父”王大珩、“航天之父”任新民、“杂交水稻之父”袁隆平，以及“863 计划”的所有首席科学家和其他领域的著名科学家，统统都没有专车。

为什么？

水平够，级别不够。

按照国务院有关方面的规定，必须部长一级的领导才有资格配备专车。也就是说，一个科学家，只要你没当上部长一级的领导，不管你有多高的水平，无论你作出了多大的贡献，哪怕你造了一架飞机，建了一艘航空母舰，甚至搞出了一颗原子弹，也没有资格配备专车。当年钱学森回国时，也没有专车。后来是周恩来出于对他的特殊照顾，想了不少办法，最后才从国务院进口的有限的小车中拨出一辆。

关于中国的科学家们到底有没有小汽车的问题，1998 年 12 月 8 日下午 4 点，我专门给著名科学家、“中国光学之父”王大珩老先生打去电话，求证此事。下面这段话，是我和王大珩老先生的通话录音：

我问：“王老，你自己现在有小汽车吗？”

王老（**先笑了**）：“我自己哪儿有小汽车呀？”

我问：“像你这样的科学家为什么没有小汽车呢？”

王老：“这个事呀，国家有规定，要部长一级才能配专车。我们中科院只有院长、副院长才有专车，其他科学家都没有的。”

我问：“那你现在用车怎么办呢？”

王老：“过去好多年我都没有车，近几年还不错，科学院在原则上保证我用车。比如开会呀干什么的，我事先打个电话，告诉院里，我要去开什么会，然后院里再安排给我派车。但这不是我的专车。不过，我现在用车还是比较方便的。”

我问：“为什么方便了呢？”

王老：“因为我在空间中心兼职，他们给我安排了一辆小车。”

我问：“你怎么不自己买一辆呢？”

王老（**又笑了，笑得像个孩子**）：“嘿嘿，我、我哪儿买得起呀！”

王大珩老先生已经八十四岁了。他早年毕业于清华大学，曾在英国留学十年，是中国第一批科学院院士、“863 计划”的主要倡导者，在科学技术上一生中创下了二十多个“中国第一”，被科学界誉为“中国光学界的泰斗”和“中国光学之父”！像王老这样的“光学之父”都没有自己的专车，其他科学家就可想而知了。

蒋新松也没专车。

蒋新松在沈阳当所长时，出门基本可以保证有车，但不是专车。他在北京时，不但没有专车，连像王大珩那样“原则上保证用车”都无法完全做到。因为他所在的“863 计划”专家组根本就没有小车。他每次出门开会，有时是专家组办公室从清华大学帮他要车，有时是自己打的，而更多时候是自己骑自行车。应该说，蒋新松在世时，国家科委和清华大学对他的照顾算是相当不错了，不仅生活上给予他足够的关照，而且还想方设法在清华大学给他借了一套住房。至于小车问题，那就无能为力了。

说到小车问题，记得几年前的一个傍晚，我曾站在北京的一座立交桥上，看着手表，做过一次无聊的统计：一分钟从我脚下驶过的小车有八十八辆！据说整个北京城，满大街跑的小车大约有上百万辆。这些满大街跑的小车，用公款购买者自然居多。用公款争相购买小车，是近些年中国最为壮观的一大“景观”。有的单位买车，非常慷慨，相当大方，买了一辆再买一辆，全要名牌的，全要进口的，看谁的外汇花得多，看谁的牌子名气大，可谓你追我赶“争上游”，谁也不甘落下风。甚至有些地区随便一个小局长、小处长什么的，都有自己的小车，还可以随时驾着小车带着老婆或者“小蜜”满街逛游。然而遗憾的是，在 20 世纪 90 年代末期的今天，在中国九百六十万平方公里的土地上，尽管大街小巷车轮滚滚，汽笛声声，尘烟四起，车满为患，却就是没有一辆中国科学家的小车！

这让我想起了足球。

先说外国足球。伊朗足球明星马达维基亚参加完世界杯后，按政府的规定不得不服两年兵役，只好被迫放弃了去欧洲一流俱乐部踢球的邀请。可正当他即将服役时，伊朗政府鉴于他在世界杯赛期间对美国队的那场比赛中射进制胜一球，决定免除他的兵役。于是，这位素有“德黑兰小公牛”之称的球星在1998年亚运会上得以大显身手！

再说中国足球。记得有那么一场球，比赛还没开始，一辆小汽车就已经恭候在球场边上了。解说员扯着嗓子说，谁能获得本场比赛的最佳射手，便可获得这辆小汽车！这辆小汽车，运动员当然该拿，无可非议。我要说的是，为国家作出过巨大贡献、“踢”进过无数好“球”的科学家们，又该不该拿？

比如蒋新松，他和他的团队为中国研制出了第一台工业机器人，改写了中国没有机器人的历史，这算不算他为国家队“踢进”的一个“好球”？他和他的团队联手俄罗斯，为中国研制出了具有世界最高水平的六千米水下无缆机器人，这算不算他为国家队“踢进”的一个“好球”？他和他的团队为中国创建了号称“亚洲第一”的国家机器人示范研究中心，这算不算他为国家队“踢进”的一个“好球”？他和他的团队在清华大学创建了中国第一个也是唯一一个计算机集成制造系统研究中心，并获得美国“大学领先奖”和“工业领先奖”，这算不算他为国家队“踢进”的一个“好球”？他在身患多种疾病的情况下，坚持完成了长达四万字的探索国有大中型企业问题的研究报告，这又算不算他为国家队“妙传”了一个“好球”？

然而，结果呢？

也许有人会说，科学家有了特殊贡献，不是有奖金吗？

不错，确有此事。截至1988年10月，国家主要设立了四个科技奖：一、国家自然科学奖；二、国家技术发明奖；三、国家科学技术进步奖；四、国家科学技术进步特等奖。这四个奖项，是中国目前最高规格的科技大奖。

那么这四个奖的奖金是多少呢？

那就让我把这四个奖的奖金在此公示一下吧：

一、国家自然科学奖：1993 年前，一等奖两万元，二等奖一万元，三等奖五千元，四等奖两千元；1993 年后，一等奖六万元，二等奖三万元，三等奖一万五千元，四等奖六千元。

二、国家技术发明奖：1993 年前，一等奖两万元，二等奖一万元，三等奖五千元，四等奖两千元；1993 年后，一等奖六万元，二等奖三万元，三等奖一万五千元，四等奖六千元。

三、国家科学技术进步奖：1993 年前，一等奖一万五千元，二等奖一万元，三等奖五千元；1993 年后，一等奖四万五千元，二等奖三万元，三等奖一万五千元。

四、国家科学技术进步特等奖：1993 年前，三万至六万元；1993 年后，十万至二十万元。

上述四个奖，奖金最高的是国家科学技术进步特等奖。然而，任何一个科学家要想拿到这个奖都相当不易，即便有幸评上了，还须报国务院审批。而且能获得这个奖的都不是个人，而是集体，一个几十乃至几百人的大集体！所以等这份奖金最后分到每个人的手上，最多者也不过几千元而已。更何况，这个大奖两年一次，一次就一个，有时还空缺，比如国家自然科学奖 1988 年度就出现了空缺。再说了，中国科学家成千上万，不计其数，一生呕心沥血、鞠躬尽瘁，甚至为国捐躯者大有人在，而一生中能问鼎这个大奖的，又有几人呢！

这让我再一次想起足球，想起当前中国足坛霸主万达。万达之所以能横扫全国，称霸足坛，最关键的一点是遇上了一个有钱的大老板。如果没有这个有钱的大老板的鼎力支持，万达要想连年不败、威风八面，可能吗？

那么假如有一天中国有钱的大老板们也像支持足球那样支持我们的

科学家，中国的科技水平又会是个什么样子呢？我们的科学家又是怎样一副模样呢？比如，像蒋新松这样的科学家，假如他生前能有一辆小汽车，他还会用六十元钱去地摊上买那辆除了铃铛不响周身都响的自行车吗？

中国科学家到底该不该有一辆小汽车，什么时候才能有一辆小汽车呢？

第四个问题
最先提出搞机器人的专家是谁？

细心的读者阅读本书时，可能已经注意到了一个问题，即：最先提出搞机器人的不是蒋新松，而是另一位机器人专家吴继显。

是的，这是一个无法否认的事实，也是一个不可更改的事实。为了证实这一点，采访中我找到了好几位当事人和知情者，他们一致认定：虽然蒋新松当时也在思考搞机器人的事，他和谈大龙也都是最早的参与者，但最先提出搞机器人的是吴继显，而不是蒋新松。因为蒋新松当时在鞍钢，又是“摘帽右派”，还没有提出科研选题的资格；而吴继显当时是研究室主任，资格又老于蒋新松，提出搞机器人这一研究课题，既属正常的业务范围，也在情理之中。

非常可惜的是，1990 年 2 月，年仅五十九岁的吴继显猝然去世。

吴继显去世后，知道当年搞机器人真实背景的人寥寥无几。而这时的蒋新松，不仅是大权在握的沈阳自动化研究所所长，还是中国“863 计划”自动化领域的首席科学家，用同事们开玩笑的话来说，他早已奠定了在“蒋统区”的地位。假若他自己不说出谁是机器人的最早倡导者，对过去那段历史假扮糊涂，甚至巧妙地把自己装扮成搞机器人的头号功臣，并将历史的功劳全部占为己有，并不是一件困难的事情。因为谁也不知道当时的具体真相，即使有个别知情者略知一二，但谁又会非要站在蒋新松的对立面呢？即使站出来了，吴继显已驾鹤西去，死无对证，能说得清楚吗？何况，蒋新松的确也是搞机器人的“元老”之一，而当年吴继显、刘海波和曹慧珍一起起草的那份搞机器人的报告后来又去向不明。所以，如果蒋新松想把最早搞机器人这顶花冠戴在自己的头上，肯定不成问题。因为此类事情，在中国和世界科技史上乃至世界人类史上，从来不乏先例。甚至连一向对蒋新松敬重有加的曹慧珍也在猜想：蒋新松会不会从此遮蔽当年那段历史，不再提起吴继显呢？

然而，历史走到这儿，并没有拐弯，更没有向着荒诞甚至无耻的轨道滑去。吴继显去世后，蒋新松亲自为吴继显撰写了一篇悼念文章，在全所召开的追悼会上公开披露了这段真实的历史，明确肯定了吴继显是第一个提出搞机器人的人。

为了获得确凿的证据，让这一历史的真相清晰地呈现在读者面前，我费了很大的力气，终于查找到了蒋新松的这篇悼念文章。这篇文章刊登在 1990 年 2 月沈阳自动化研究所的一张小报上，题目叫《悼老友——继显》。请看蒋新松的这篇悼文是如何写的：

噩耗传来，令人难以置信，难以接受。我多么希望这是梦中的讹传啊！但残酷的事实，否定了我的幻想。失去了好友的悲痛，好像无比沉重的巨石，压在我的心头，使我陷入无限的哀思与怀念之中。

往事犹历历在目……

继显——我同年的好友。我清楚地记得我们第一次相识是三十四年前的秋天的一次会议上。那时，我还是刚刚离开学校踏上科学征途的一个新兵。

1965 年，怀着献身祖国工业自动化的共同愿望，我们又一起来到了沈阳。您曾建议搞计算机调度与管理，我们一起计划从鞍钢的能源或运输入手。为此我们开始了第一次合作，我们有了更深的理解，共同的事业感，使我们成为好友。可惜史无前例的一场灾难，打碎了我们的理想，打碎了我们拟议中的共同的事业。那时，我们年仅三十三岁。我遭受了政治上的第二次沉重打击，你也陷入了“灾难”之中，彼此竟连说话的权利都被剥夺了。每次相见时，只能用眼神来表达我们的心是相同的，表达我们对未来的信念。

1972年，您作为我的室领导，中国科学院在沈阳召开信息自动化会议时，您率先提出了科学院在这方面应转到前沿阵地上来，代表研究所提出了机器人、模式识别、人工智能等新方向，并提出了将原来的研究所改名为沈阳自动化所，使其名副其实。这一切得到了邓裕民等同志的赞赏。之后，您带领我和谈大龙同志开始了国内调研和向领导部门汇报。可惜，时隔不久，这些设想再次被作为“批林批孔”的靶子，沉重地创伤了您的一颗赤诚之心。

“四人帮”倒台，科学的春天来到了，历史将我们推到了领导岗位。在早期那么复杂的情况下，您全力支持我，协助我理顺关系，协调各方面的积极性。在众多方面，您也绞尽了脑汁。一件件难忘的事实，一幕幕难忘的情景，谁又能忘却。在所的建设和前进的征途上，有您不可磨灭的功绩，研究所的历史将永远记载着这一页。

…………

第二天，当年的知情者曹慧珍女士为蒋新松实事求是的精神品格和坦荡无私的胸怀所深深打动，她专门跑去找到蒋新松，情绪激动地说：“蒋新松，你为吴继显写的这篇文章很感人。我今天代表所里的老同志来，只想对你说一句话：你敢于公开承认第一个提出搞机器人的是吴继显，凭这一点，我就非常地佩服你，敬重你！”

蒋新松听了后，只轻轻说了一句：“谢谢你！”

至此，谁是最先提出搞机器人的专家，一清二楚。

这个问题之所以要搞清楚，是因为后来蒋新松去世并成为典型后，国内有人由于不了解历史真相，把最先提出搞机器人的专家说成是蒋新松，并把搞机器人的功劳全归在了蒋新松的身上，于是引起“圈内”人士的一些争议；而当有的文章把蒋新松称为“中国机器人之父”时，也有人同意，有人质疑。

可以肯定地说，蒋新松是中国最早搞机器人的专家之一。而且就成就而论，迄今为止全中国没有一个机器人专家达到了蒋新松的高度，当然也就没有一个人超过蒋新松。尽管吴继显是提出搞机器人的头号功臣，但后来因为另有重任在身，并未继续搞机器人；加上他英年早逝，所以在机器人方面的成就依然远远不及蒋新松。再从搞机器人的单位来看，虽然搞机器人的不止沈阳自动化研究所一家，比如机械部北京自动化研究所、大连组合机床研究所等，当时都在搞工业机器人，但全国没有一家超过了蒋新松所领导的沈阳自动化研究所。因此，我们如果从这个角度来看，把蒋新松称为“中国机器人之父”，应该没有问题。

好在科学家们生来就是搞科学的，而不是抢“帽子”的。蒋新松他们当年搞机器人时，谁也没想过以后要当什么“家”，更没想过要当什么“父”。更何况，这个问题其实并不重要，只是一个民间的说法而已；重要的是要尊重事实，而不掩盖历史。

第五个问题
蒋新松到底是人还是神？

蒋新松是一位杰出的科学家，这一点已无可非议。

但蒋新松这个典型，是否就完美无缺呢？

比如，作为一个人，他的人性有没有不完善的一面，性格有没有什么缺陷？作为一个所长和总经理，他会不会也是一个贪官？作为一个首席科学家，他在决策上有没有过失误，甚至有没有过“科学造假”

的行为？等等。

过去几十年来，对于典型人物，我们是忌讳谈缺点、谈问题的。但典型也是人，不是神，而是人就会有缺点，也不可能没有缺点，为什么就不能谈呢？蒋新松就常常对同事们说：“有突出优点的人，常常伴随着突出的缺点。”

蒋新松无疑是个有“突出优点”的人，那么他的“突出的缺点”是什么呢？

采访中，我提出的第一个问题是：作为一个科学家，蒋新松在工作中是否实事求是？在一些科研项目上，有没有弄虚作假的行为？

我得到的反映是：蒋新松这人最大的特点就是实事求是，他最反对、最反感的就是弄虚作假。他对每一个科研项目的要求都非常严格，他自己不弄虚作假，欺上瞒下，也决不允许别人弄虚作假，欺上瞒下！

采访中，我提出的第二个问题是：作为中国“863 计划”自动化领域首席科学家，蒋新松在一些重大决策上，有没有失误？他在某些问题的认识上是否有过偏差？尤其是一些重大的工程项目，有没有过失败？有没有给国家造成重大的经济损失？

我得到的反映是：蒋新松在担任所长和首席科学家期间，所作的重大决策后来被事实证明是正确的。尤其值得一提的是，他是中国工程院院士，侧重点是搞工程，而工程项目的最大特点是，只许成功不许失败。因为一旦立项，国家就要投资几百万乃至几千万元的人民币。蒋新松所搞的几个重大工程项目都取得了成功，没有给国家造成经济损失。

采访中，我提出的第三个问题是：作为一个研究所的所长和国家机器人示范工程的总经理，蒋新松是否廉洁？或者干脆说，有无贪腐问题？

我得到的反映是：尽管贪腐问题已成为中国官场普遍的社会现象，成为人们深恶痛绝的一个话题；尽管蒋新松既是所长又是首席科学家，还是国家机器人示范工程的总经理，手上掌控着几千万元的人民币，比如一些几十万元的科研项目经费，批准的大权都掌握在他的手里；但蒋新松确实很廉洁，绝对不是一个贪官。与他共事多年的机器人专家周国斌说："老蒋不贪钱，不贪财，也不贪吃，也从不用职权谋私利。在社会交往中，他主张'君子之交淡如水'，最反对的就是吃吃喝喝、拉拉扯扯。老蒋几乎没有因私事请别人吃过一顿饭，也没因私事吃过别人请的一顿饭。在我的记忆中，他只在科学院的饭堂里用饭票请我们吃过一顿饭。"

关于这一点，即便个别对蒋新松有意见的人，也是认账的。而我对此也颇有同感。蒋新松生前，我曾去过他在清华大学的"家"，这个"家"非常简单，连一张像样的写字台都没有。蒋新松去世后，我也多次去过他在沈阳的家，这个家同样非常简朴，客厅里连一张像样的沙发都没有。而且我第一次去他家便发现一个细节：地板上的每一道裂缝处，都粘贴着一块又一块的胶布。他妻子张丽珠告诉我说："这些地板上的胶布，是老蒋生前的'杰作'。他每次发现地板坏了，就先用剪刀剪下一块一块的胶布，然后再细心地贴在地板上。若是下次坏了，他再贴。家里的玻璃坏了，请研究所的职工来换，只有六毛钱，他都要自己付。楼房里走廊里的灯泡坏了，每次都是他自己掏钱去买回来，再把它装好。他常给我讲：'公生明，廉生威，当领导的，只有无私才能无畏。'"

采访中，我提出的第四个问题是：作为一个人，蒋新松在人格、品质、工作方式和性格等方面，有什么缺点和不足？

和我谈论这个问题的人，都是蒋新松的生前好友或者多年同事。他们心地纯正，态度诚恳，不带个人任何成见，而完全出于对问题的探讨。他们虽然在整体上对蒋新松持肯定态度，但对蒋新松的缺点也不加掩饰，坦诚地谈了自己的看法。这些看法概括起来主要有如下四点：

看法一：蒋新松这人思想品质很好，很有人格魅力和工作魄力，不玩阴谋诡计，也从来不整人。缺点是性子急，脾气大，说话太直，有时批评人不讲方式方法，话一出口，让人无法接受，伤了研究所一些老同志。有的老同志在工作上有不同意见找他谈，谈着谈着他就急了，一急就吼，甚至有时还拍桌子。有一次朱丽兰副主任批评他说："老蒋，你说话得注意点包装！"他在工作上要求非常高，总是用他自己的标准去要求所有的人，沈阳自动化研究所没有一个人能达到他的水平和标准。比如，他每次出差前，就给几位副所长布置工作，就像老师给学生布置作业一样。他一回来，就开始检查"作业"，一旦发现某道"作业"达不到他的要求，他就训人，一点不给人面子，有时还与人吵架。当然，每一次训人或者吵架，都是为了工作。训过、吵过之后，别人心里有气，他不，马上烟消云散，什么事都没有，第二天还给人道歉，从来不往心里去。

关于这一点，也有人说，蒋新松脾气大是大，但他从来不对下面的技术人员或者他的学生发火；还有人说，因为蒋新松患有甲亢，加上工作节奏进展，所以容易发脾气，可以理解。

看法二：蒋新松最能识别人，也最会用人；但他不会关心人，或者说他不关心人。蒋新松这人脑子里整天想的，就是如何为国家干大事。一些老同志的命运不太好，他也不太过问。一些老同志跟他干，干到最后，生活方面有些困难，他也不太关心。他自己做事，从来只讲奉献不讲索取，所以他要求别人工作也只讲奉献不讲索取。在他看来，只要是为了工作，为了国家的事情，你即使累死了，都是应该的。

看法三：蒋新松这人太傲气，一般的人他瞧不起。他在研究所上班下班，途中遇上谁，从不打招呼，就像不认识似的。有时你主动跟他打招呼，他也不理睬，像没看见你一样。有一次，机器人专家周国斌给他提意见，说："老蒋，你得注意一点，你太傲气了！"他说："我承认我骄傲，目中无人，但我从小就骄傲，想改也改不了啊！"

关于这一点，也有人替蒋新松辩解，说蒋新松当了二十年的右派，二十年没人理睬他，他也不理睬任何人，几十年如此，习惯成自然。另外，蒋新松是个从来不拘小节的人；加上眼睛不好，走路时常常考虑问题，所以给人造成一种“目中无人”的错觉。

而我的观点是，根据我与蒋新松的几次接触，蒋新松的骨子里确实有一股傲气，但这股傲气并非完全不好。清高，是中国知识分子的通病。但凡有本事的人，几乎没有不傲气的。区别在于，有人掩饰了这股傲气，有人没有掩饰这股傲气。而没有本事的人，是绝无傲气可言的。我们常常看到一个现象，有些中国人在外国人面前总是一副奴气，而有些外国人在中国人面前却尽是一副傲气。为什么呢？别人兜里有钱，屁股下有车，脑子里有货，身后还有一个强大的祖国，能不傲气吗？如果你既无本事又无资本，傲一下试试，肯定没人说你“傲气”，而只能说你“傻气”！所以从这个角度说，我认为傲气比奴气好，人应该有一股傲气。要是有一天十二亿中国人都有了一股傲气，那才真叫“扬眉吐气”！

看法四：蒋新松是一代知识分子的代表，他对中国的自动化、对中国的机器人确实作出了无人替代的贡献，但他出名后无形中就被围住了，后来就不太听得进别人的意见了，离群众也越来越远了。蒋新松是人不是神，他也是个矛盾体，身上同样有封建文化色彩的东西。他开始很民主，后来就不怎么民主了，所以同事们曾经跟他开玩笑说：“老蒋呀，希望你不要做晚年的毛泽东！”

…………

毫无疑问，作为一个科学家，蒋新松是优秀的；但作为一个人，蒋新松依然有着自身的局限。这种局限，我把它称之为人的局限，或者历史的局限。无论是伟人君子，还是普通凡人，都难以克服，无法避免。

我们究竟该怎样看待这位科学家呢？

1998 年 5 月至 11 月于北京平安里

附　录

编者与作者的对话

编者：据我所知，包括这部书稿在内，你已出版了九部有关科技题材的长篇报告文学，并连续三次夺得全国优秀报告文学奖。单就科技题材作品的数量而言，你已创下了“全国第一”。难怪有评论家和记者撰文说，你是继徐迟之后写科技题材最好的一位作家。所以，我想请你先给读者谈一谈，你是怎样走上科技题材创作道路的？

作者：我总是顽固地认为，一个作家写什么和能写什么，并不取决于或者说不完全取决于个人的一厢情愿，而冥冥中有一种所谓“天意”的东西在主宰着作者。我高中毕业就当兵去了西昌发射场，在那个最原始也最现代的发射场一待便是十五年。这十五年如今想来，绝非我自己的选择，更不是我心甘情愿的选择，而仿佛是一种命运的安排。而正因为有了这一“安排”，才使我获得了一般作家不可能获得的生命体验、情感体验和创作视角，以至于后来才会写出“在人类通往太空的路上，航天人的每个脚印远比总统伟大”这种话来。于是从80年代起，我便开始了“航天人”系列小说、报告文学和电视的创作。1990年，我写出了第一部长篇报告文学《飞向太空港》，此后对科技题材的创作便一发而不可收。写完一百万言的“航天四部曲”《飞向太空港》《澳星风险发射》《走出地球村》《远征三万六》之后，我又越过航天，把笔触伸向了中国其他高科技领域，写出了《中国863》和现在这部书稿。

编者：你的本职工作是编辑，你所编辑的图书还两次获得过鲁迅文学奖和其他多种文学大奖，写作只能靠业余时间。而且，你写科技题材不是谁给你下的任务，也不是赶时髦，而是一种自发的个人行为，采访费用全是自己掏腰包。那么，你既要编书又要写书，其艰难程度可想而知。但在这种情况下，近二十年来你对科技题材却始终情有独钟，不离不弃，这究竟是为什么呢？

作者：是的，近二十年来我的业余时间基本都用在了科技题材的创作上，几乎没有过休息日。当然，不是谁要我写，而是我自己要写。现在，虽说写了几本小书，拿了几个大奖，付出的却是颈椎病、腰肌劳损和半头白发！想起来就像做梦似的，大有不堪回首之感。至于到底为什么，我也说不清，也许是一种命中注定吧。不过，想法还是有一些的。

比如，我认为科技在任何时候对人类都是一个很重要的东西。正是科学技术的飞速发展，改变和加快了人类社会前进的步伐；也正是科学技术的飞速发展，把人类从茹毛饮血、刀耕火种的愚昧时代，带进了日新月异、美妙无穷的信息社会。尤其进入20世纪后，人类进入了一个科技革命的世纪，在这个世纪里，人类所创造的科学技术和物质财富超过了以往所有世纪的总和。英国著名现代物理学家保罗·戴维斯就曾经说过：“与宗教相比，科学能为人指出一条更为明确的通向上帝的道路。”此话细细想来，是有道理的。因为人类的历史早已写就了这样一个事实：政治和经济老是不断重复上演着不幸的悲剧，唯有科学总是平稳地创造并改变着我们生存的环境和我们梦想的世界，并不断为我们的日子带来种种实惠。身处今天这个时代的我们，无论在时间上还是在空间上，都无法离得开科技。过去，我们靠科技救国；而今天，则要靠科技治国、强国、富国、卫国！我们天天都在讲现代化，什么叫现代化？我认为，其核心就是科学社会化和社会科学化。今天的中国为什么问题很多并总是解决不了，如腐败、污染、搞假、混乱等，其中科学的非社会化和社会的不科学化，就是一个很重要的原因。因此，一个高度文明的现代化国家，应该是一个科学社会化和社会科学化的国家。

另外，如何看待科学家的问题。我不知道别人怎么看待科学家，反正在我的眼里，科学家就是敢于盗火的普罗米修斯，就是默默啼血的布谷鸟！从亚里士多德到哥白尼，从伽利略到牛顿，从爱因斯坦到霍金，从钱学森到袁隆平，莫不如此。正是有了科学家，我们每天才能像呼吸空气和沐浴阳光一样享受生活。如果没有科学家，这个世界不知糟糕成什么样子。所以，我认为文学书写科学和科学家，理所当然责无旁贷。

但是，几十年来我们似乎总是无视科学家的存在（近几年大有改观），好像科学家与我们的日子没有什么关系似的。中国人尤其是年轻人，大都熟悉这个“星”那个“星”，可对科学家却常常一问三不知。新中国成立快半个世纪了，一说中国的科学家，就知道钱学森、钱三强、李四光、邓稼先、陈景润，仿佛中国只有这么几个科学家，只有这几个人才是科学家。前年发生在北京的一件事，更是令我不寒而栗：九十高龄的“氢弹之父”王淦昌出门散步时，被一个年轻人的自行车撞倒。肇事者扬长而去，王淦昌老先生自己躺在马路边上，好长时间也无人理睬。因为谁都不知道他是个科学家，更不知道他这个普普通通的老头居然是中国的“氢弹之父”！这是中国科学家的悲哀，也是我们民族的悲哀，文学的悲哀。

最近，中国科普研究所有一份调查分析数据表明，中国有百分之九十九点八的人没有达到基本的科学素养水平，与1989年的欧共体国家相差二十一倍，与1990年的美国相差三十三点五倍。中国科协最近对国人的科学素质也做了二十万分之一的抽样调查，结果发现，对科学词汇和概念的理解与十四个发达国家相比，中国排位倒数第一。而据有关部门的统计，中国现有文盲二亿二千万人，而科盲竟高达五亿人！中国是一个科技古国，也曾经是一个科技大国，早在“五四”时期，先驱们就高高举起“民主与科学”的大旗了，可事到如今，国民的科技素质却依然如此落后！因此，今天的中国，除了需要加强科普知识的普及，更需要张扬一种真正的科学品格和科学精神。什么是科学品格和科学精神？说白了就是讲真话，干实事，坚持真理，不畏权势，尊重客观规律，实事求是，上不欺骗政府，下不糊弄百姓。

编者：中国那么多科学家，你为什么偏偏选择了蒋新松呢？

作者：应该说，蒋新松在这本书里只是一个符号。这个符号可以代表中国当代所有的知识分子。中国的知识分子是世界上最好的一群人——价廉物美，经久耐用，还忠心耿耿。蒋新松便是如此。蒋新松是土生土长的科学家，是从一条充满了荆棘与苦难的小道上靠自己的苦苦挣扎与不懈奋斗熬过来的科学家，其超人的毅力和百折不挠的精神令我深感钦佩！蒋新松与传统意义上的科学家不同，他一副肩膀挑着两副担子，一副担子搞科研，一副担子还要将科研成果转化为生产力。也就是说，他不光要自己找米下锅，而且还要把“生米”“煮”成“熟饭”，自己再去找市场推销产品，这个市场包括国内国际两个市场。而一旦亏本，还得自己承担责任和风险，这个风险包括技术风险和经济风险，甚至有时还有政治风险！

更重要的一点，蒋新松是中国科技界一位难得的人才、帅才。而人才的命运问题，是我一直关注和思考的问题。非常遗憾的是，蒋新松这位如此难得的人才、帅才，在他人生和事业的道路上，却总是举步维艰，命运多舛！这是为什么呢？

其实，人类文明的历史，就是一部人才的历史。真正推动历史前进的，是人才而不是奴才。前几天，我和“光学之父”王大珩先生探讨人才问题，他跟我说：“当年清华的同学不少人并不比我差，但后来却只有钱三强、于光远和我成了院士。这说明什么呢？说明要出一个人才是很不容易的。”可我们常常看到的现实是，接受奴才，要比接受人才容易得多。人才往往没有用武之地，而奴才却常常大行其道。尤其是有的官员，喜欢奴才，讨厌人才，甚至打压人才。他们扶持人才是外行，毁掉人才却轻车熟路，毫不手软，绝对一把好手。这是一件很不正常，也非常可怕的事情。

据我所知，现在西方一些发达国家把人才问题已经提升到了国家战略发展的高度来认识。所以我认为，人才问题是当今中国很重要的一个问题，应该成为政治家和社会学家共同探讨的一个重大课题，甚至应该作为一个基本国策来讨论。因为人才问题，也是国家大事！中国什么时候把人才问题解决好了，就大有希望。而人才问题，包括人才的权利和人才命运的保障。因此，这部书与其说是在写蒋新松的奋斗历程、坎坷命运，不如说是在探讨整个中国人才包括各界知识分子的命运以及为何会有如此命运的问题。我想，要是有一天中国能建一部《人才法》，那该多好！

编者：你把人才问题上升到国家的战略高度、基本国策来认识，这与当下中国很多地方不重视人才、甚至排挤打压人才的现实，形成很大的反差。细细一想，又觉得别有深意。对此，你是基于一种什么样的考虑呢？

作者：中国是一个自古便出忠臣的国家，当然也是一个自古便出奸臣的国家，“国家”对知识分子而言是个非常重要的字眼，甚至有的看得比自己的生命还要金贵，所以中国的知识分子历来都有着强烈的国家意识。蒋新松更是如此。然而1949年后，由于极“左”路线的影响，尤其“文革”这场大劫难，使国家这个神圣的字眼遭到亵渎。在一部分人甚至相当一部分人的眼里，国家是“你们的”，老婆、孩子才是自己的，于是国家与国民在某种程度上出现裂痕。改革开放后，中国开始富了起来，我们不仅有了肉吃，有了酒喝，有了烟抽，有了戏看，而且还有了彩电、冰箱、桑拿、足球、卡拉OK和大把大把的钞票；可细细一想，我们的生活似乎又正在失去什么和缺少点什么。我们失去和缺少的是什么呢？

感谢上帝的安排，让我有幸结识了科学家蒋新松。正是在采访蒋新松的过程中，有一天我忽然意识到，中国目前正在失去和缺少的，实际上是一种意识，一种像蒋新松那样自觉而又强烈的国家意识！想想吧，如今白天夜晚都在忙着挣钱的中国人，到底还有多少人在想着国家的事情？究竟还有多少人把国家真正当成自己的家？须知，唯有国家与国民亲密无间，唯有国家与国民同心同德，国家才会强大，希望才会存在。倘若国家与国民一旦发生分裂，是一件非常恐怖的事情。因为分裂的结果，便是亡国！一旦意识到这一点后，我的内心便多了一份沉重与忧虑，甚至几丝恐惧。于是我决定写下此书，借此表达一点我内心的呼唤：呼唤国家意识的复苏，呼唤危机意识的重构，呼唤科学精神的回归，呼唤优秀人才的保护！

其实，我的这种呼唤早就开始了。我写“航天四部曲”，是想呼唤一种“航天意识”。中国人受欺辱的历史太久，受压抑的时间太长，以致不少人出门，总习惯盯着自己的脚尖和别人的脚后跟走路。但人总不能像蚂蚁一样老在地上爬来爬去，一个民族也不能永远匍匐在地。如果抬起头来，多看看天，眼前的世界也许就变得宽广起来。而我写《中国 863》，是想呼唤一种高科技意识。早在 80 年代初高科技便席卷世界，可中国国民的高科技意识至今依然非常淡漠。这是一件令人痛心而又非常遗憾的事情。当然我心里也清楚，这是一个喧嚣的年代而不是思索的季节，谁要一思索，有人就发笑。我微弱的呼唤可能引起一点反应，也可能没有什么反应。但我不想改变谁，只求问心无愧。人生苦短，偶尔能听到自己一次真实的心跳，足矣！

编者：在 20 世纪的最后一年里，你出版这本书，你自己如何看待它的意义？

作者：在即将告别旧世纪走向新世纪的时候，我常常深深感到我们需要的东西实在太多太多。但最需要的，我认为还是精神的支撑！而蒋新松留给我们最宝贵的一笔财富，就是科学精神。就本书而言，如果非要说几句的话，干脆这么说吧，这本书小学生、中学生可以读，读了可以想想：科学家到底意味着什么？尤其是中国的科学家到底意味着什么？如果长大了也想当科学家的话，你该做好什么样的心理准备？这本书大学生可以读，读了可以想想：人生的路程到底应该如何设计？尤其在通往未来“雄才”的路上，怎样避免“磨难”或者减少“磨难”？如何才能把“自古雄才多磨难”变成“从此雄才无磨难”？可千万别像蒋新松那样，一踏进社会的门槛，就陷入苦难的深渊。这本书知识分子可以读，读了可以想想：中国的知识分子到底应该是什么样的命运？中国的知识分子为什么会出现非正常的命运？中国的知识分子怎样才能确保正常的命运？这本书领导者也可以读，读了可以想想：政治家与科学家到底是一种什么关系？领导者与被领导者到底是一种什么关系？二者应该是一种什么关系？如何才能寻找到二者的最佳结合点？怎样才能让 1+1=2，而不是让 1+1=0 甚至得负数？总之这本书愿意读的人都可以读，读了大家都可以想想："国家"二字的确切含意究竟是什么？国家与国民是一种什么关系？国家与知识分子又是一种什么关系？这二者之间到底应该是一种什么关系？等等。当然了，什么都不想也无妨，做一个普通的公民，就比一百个贪官强。

编者：这么多年来，你接触了中国各个领域不少有名的科学家，包括钱学森、王淦昌、王大珩这样的大科学家，你几乎都采访过。我的问题是，在你多年同科学家们的交往中，你最大的收获是什么？

作者：主要有三点。一是让我在对待社会、人生和世界的看法上，多了一个看问题的角度，即有些问题不能只从社会科学的角度去看，还应该从自然科学的角度去看。这样看的好处是，既合人理，也顺天意，还让你变得更理性，更清醒，更坦然；二是科学家们淡泊名利、厌恶权势、超然物外的人生境界和特有的人格魅力以及献身精神，让我的灵魂受到一次次的净化，甚至精神也得到升华；三是作为自然之子的人，在宇宙这位大师面前真的算不了什么。当你的目光和思维的触觉一旦伸向宇宙，就会感到自己的无知与渺小；只要你用心去阅读和体味这个玄妙的世界，便会感到上帝的旨意和科学的造化，其实比什么空喊的"主义"都要伟大得多，可靠得多，也实用得多！

编者：21 世纪即将到来，你如何看待中国科技发展的前景？

作者：可以肯定地说，和平与发展，仍是下个世纪的主题。中国有悠久的历史、广阔的市场和众多的人才，发展高科技，应该说前途无量。但，历史的经验值得注意，"运动"不能替代科学。任何事物的发展，都有一个循序渐进的过程。好比一个长期营养不良还身患多种疾病的人，倘若缺乏科学的营养配方，合理的调理计划，一下进食太猛，是肯定会撑坏肚子的，甚至很可能还会导致并发症。所以我们千万别忘了，科技这玩意儿不是好玩的氢气球，而是一把双刃剑。它既可将我们引进天堂，也能把我们打入地狱。何去何从，关键看我们自己。

编者：你认为报告文学从本质上讲，根本的特征是什么？

作者：思想性、现实性和批判性。尤其是今天，这三点很重要。

编者：你认为作为报告文学作家，最重要的是什么？

作者：最重要的是尊重事实，尊重历史；批判现实，揭示矛盾；挖掘真相，探究真理；不忽悠读者，不欺骗自己。报告文学作家是作家群中的特殊分子。他们既是时代的先知先觉者，也是时代的反叛者；他们不是知识阶层的金凤凰，而只能是黑夜中的猫头鹰。其思想和批判，是随身佩戴的两把利剑。尤其是在浊浪滔滔、奔流而下的现代思潮中，面对大千世界，面对大是大非，甚至面对大灾大难，必须坚守自己的基本立场，坚守自己的独立品格，坚守自己应尽的那份责任和与众不同的另一种声音。这声音不光属于自己，还要属于这个时代和中国百姓。如果这种声音一旦被扭曲、被淹没、被封杀，这个世界失去的将不是文学，而是良知与正义、人格与自尊。

编者：90年代以来，你的作品几乎囊括了全国所有的报告文学大奖，于是有人开玩笑说，李鸣生是“获奖专业户”。你如何看待这个问题？

作者：任何一个作家要想获得全国性的大奖，都不是一件很容易的事。但是，获奖仅是衡量作品的一个重要因素，而不是唯一的标准。获了奖的作品，不一定都是最好的作品；而没有获奖的作品，也不见得就不是最好的作品。我的态度是：希望我的作品获奖，因为一部作品能得到专家和社会的承认，总是一件好事情，何况多少还有人人喜欢的人民币。但是，我写作的目的绝不是为了获奖，更不会为获奖而去写作。从写作的本质意义上讲，作品与奖项无关，重要的是写出好作品。

1998年12月6日